公元787年，唐封疆大吏马总集诸子精华，编著成《意林》一书6卷，流传至今
意林：始于公元787年，距今1200余年

意林幻青春
开启你的传奇

决战星座学院

① 天佑之犬
Canis Minor

著

南庭

吉林摄影出版社
·长春·

图书在版编目（CIP）数据

决战星座学院 . ①，天佑之犬 / 南庭著 . —— 长春：吉林摄影出版社，2018.1
（意林幻青春）
ISBN 978-7-5498-3452-5

Ⅰ . ①决… Ⅱ . ①南… Ⅲ . ①长篇小说－中国－当代 Ⅳ . ① I247.5

中国版本图书馆 CIP 数据核字（2017）第 316312 号

决战星座学院①天佑之犬
JUEZHAN XINGZUO XUEYUAN ① TIANYOU ZHI QUAN

著　　者	南　庭
出 版 人	孙洪军
主　　编	顾　平　杜普洲
责任编辑	施　岚　胡晓路
总 策 划	蔡　燕　李　岚
统筹策划	李　岚
设计总监	资　源
执行编辑	王天颖
封面设计	资　源
美术编辑	徐　丹　张　迪
开　　本	700mm × 1000mm 1/16
字　　数	280千字
印　　张	15
版　　次	2018年1月第1版
印　　次	2018年1月第1次印刷

出　版	吉林摄影出版社
发　行	吉林摄影出版社
地　址	长春市泰来街1825号
	邮　编：130062
电　话	总编办　0431-86012616
	发行科　0431-86012602
网　址	www.jlsycbs.net
经　销	全国各地新华书店
印　刷	北京嘉业印刷厂

书　　号	ISBN 978-7-5498-3452-5	定　价：29.80 元

版权所有　翻印必究

（如发现印装质量问题，请与承印厂联系退换）

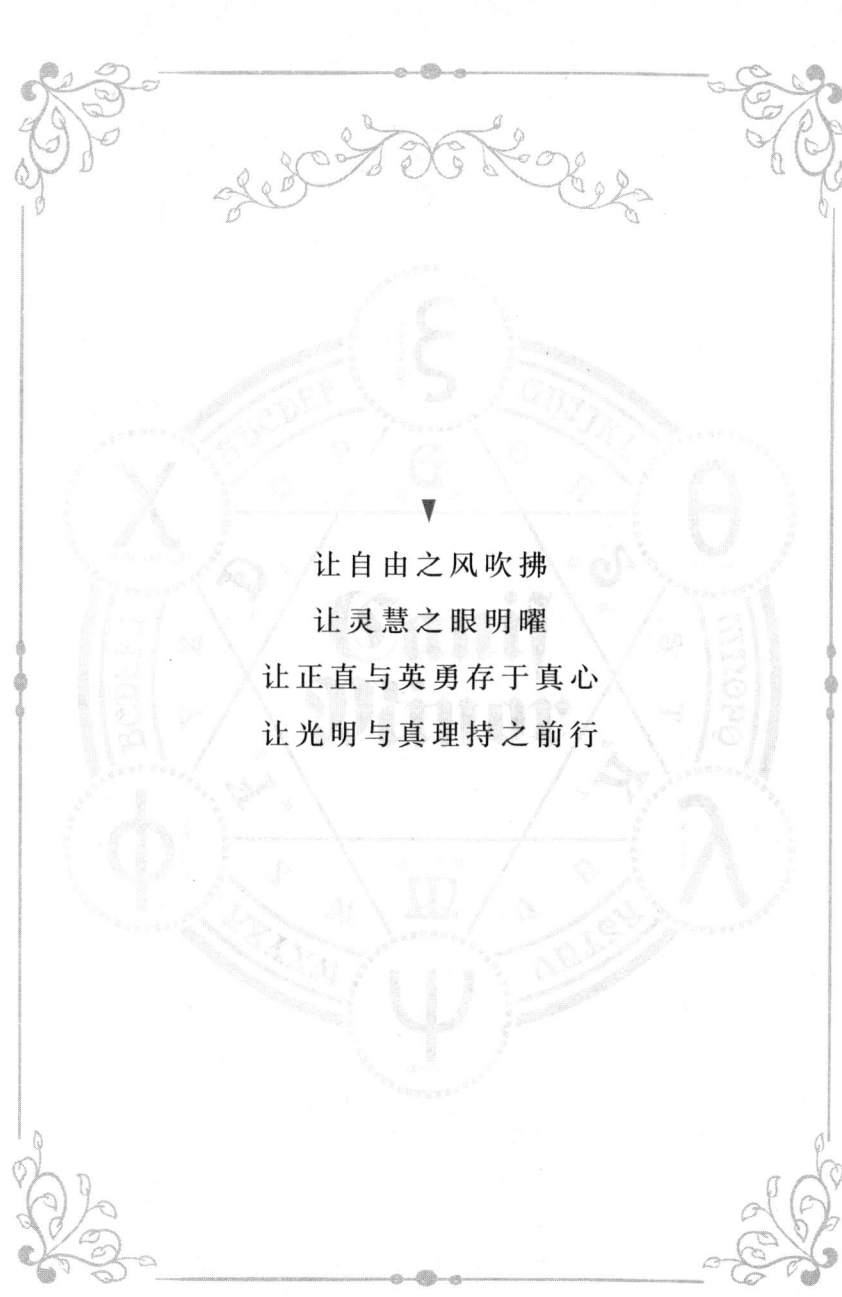

让自由之风吹拂
让灵慧之眼明曜
让正直与英勇存于真心
让光明与真理持之前行

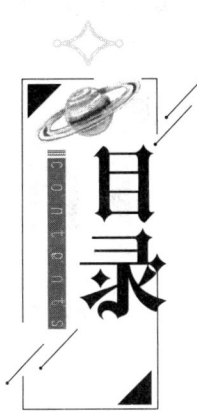

目录

第 一 章　转校生的出现便是这个故事的开头　001

第 二 章　贵族学生的青春一般是无敌的　015

第 三 章　长得很像反派那只能没朋友了　028

第 四 章　小精灵是不是强行埋下的伏笔　042

第 五 章　这件事非得由魔使来做不可　056

第 六 章　就算打错了对象，也要继续打　070

第 七 章　你们对真实的埃同学一无所知　084

第 八 章　战胜恶魔的人才是真正的恶魔　098

第 九 章　这种级别的能力不是谁都有的　112

目录

第十章　没人觉得彩色灵环看着傻傻的吗　　126

第十一章　有这种孩子的父母肯定很辛苦　　140

第十二章　在放飞自我的时候一定要保持冷静　　154

第十三章　你这是在训练狗还是训练人　　170

第十四章　不用担心，我们肯定是最美的　　184

第十五章　他用的应该不是灵力而是超能力　　200

第十六章　队伍中有一个正常人在真是太好了　　216

特别篇　小犬学院以后没有犬　　228

第一章 转校生的出现便是这个故事的开头

明歧一路跑向小犬学院,却看见门卫正在推动巨大的铁门——

"大叔!等我!"他连忙对门卫挥手。

门卫在听到他的殷切呼唤之后,却更加用力地推动铁门,加快大门关闭的速度。

"大叔!放过我!"明歧惨叫。

等他冲到大门口,门卫已经完全把大门关上了。

门卫用铁链锁上大门,非常欣慰地深吸一口气,像是完成了什么毕生夙愿一样,满足地将这口气呼出。

"……"明歧落寞地站在小犬学院大门口。

随后,迟到的另外三名同学也和他一起站在了门口。

门卫右手叉腰,对迟到的四名学生大喊:"全部做两百个俯卧撑!"

学生们都知道门卫的暴脾气,只能乖乖蹲下身,摆好做俯卧撑的姿势后,开始被迫锻炼身体。

明歧做了十个俯卧撑之后就趴在了地上。

"你太没用了!"门卫隔着大门对明歧大喊。

"我也觉得。"明歧无力地贴着地面。

"你承认也没用!继续!"

明歧只能撑起自己的身体,准备再努力做一个。

"砰!"

一声巨响,外加一次巨大的震动,明歧感觉自己的双手和双脚有那么一瞬间脱离了地面,再落下去时,他整个人重心没稳住,身子又扑在了地上。

侧过头去,他看见一个巨大的行李包放在自己身边。视线向下挪,他看见这个行李包已经把地面砸出了蛛网状的裂缝。

明歧立刻决定离这个行李包远一点儿。其余几名学生也都一脸惊恐地从地上爬起来，赶紧往旁边撤离。

"啊，原来迟到了吗？"一个黑色长发的少年站在行李包旁边。

乍一看那少年的长头发，会觉得他是女孩子。但看到他穿着的一身黑色短袍，以及那差不多有一米八的修长身材时，还是可以很明确地判定他是男生。

少年眯起眼睛打量小犬学院的大门，自言自语般地念出大门边的英文学院名："Canis Minor。"

"喂！不穿制服的！你是小犬学院的学生吗？我怎么没见过你？"门卫对着少年大喊。

少年露出友好的微笑，点头回应："是的。"

"穿了制服才能进去！"

"没有制服可以吗？"少年略微向右歪过头，三七分发型中三分那边的一缕头发滑到了他的额头上。

"不能！"

"那我也来做俯卧撑，可以吗？"少年依然微笑着，非常有耐心地继续询问。

"不可以！小犬学院明令规定不穿制服不能入内！回家去把制服穿上！"

少年不为所动，继续说："可是学校还没发制服给我……那么，还有别的办法吗？"

门卫已经不想和他再费口舌，直接伸出右手，手里握着一枚水晶："有本事的话，你就打破校门的屏障自己进来！如果你能打破，就有资格不穿制服进门！"

水晶焕发出白色光芒，与此同时，校门口出现了一片浑浊的白色屏障。屏障在显示了两秒后，重新变得透明，像是消失了一样。

"好的。"少年点头应允，抬起右手握成拳头。

其余人愣了一下。真的要去打屏障吗？

明歧觉得这少年过于自信了一些，连忙将右手罩在嘴边，轻声提醒他说："那个……据说那是高级骑士才能打破的屏障，从来没有学生能成功打破过……"

"谢谢提醒。"少年依然握着拳头，还特地后退了两步。

明歧觉得自己提醒了他之后，他的意志反而更加坚定了。

第一章
转校生的出现便是这个故事的开头

"五、四、三——"少年还要进行倒数。

明歧紧张地看着他的拳头。

在他倒数到"三"的时候,他的拳头上汇聚起一股肉眼可见的灵力波动。

没准真的能打破!明歧惊异地睁大眼。

少年向前冲刺两步,猛地把拳头向前砸过去——拳头砸在虚无的空气之中,像是什么都没有发生,也没有任何惊天动地的特效。

门口浑浊的屏障再次显现出来,显示他的拳头正好砸在屏障上。

缓缓地,屏障出现了裂缝,裂缝以他的拳头为中心,迅速向外扩展。

门卫惊愕地张开嘴。

打……打碎了!仅仅用拳头就打碎了!

这个看起来不过是个中学生的年轻人,真的有高级骑士的实力,甚至比高级骑士更强!

被门卫握在手心里的水晶突然碎裂,碎片从他手中掉落。

"可以麻烦你开门吗?"少年再次露出微笑。

门卫向前迈出一步,发现自己的身体竟然在颤抖。

他很快沉下气,继续向前走,脸色阴沉地去打开大门铁链上的大锁。

大门被缓缓拉开。

"谢谢,辛苦了。"少年很有礼貌地点头,微微欠身向门卫表示敬意,然后拎起地上的巨大行李包背在身后,迈步走入大门内。

少年即将与门卫擦肩而过。

门卫依然面色阴沉地盯着他,而少年却完全没有在意门卫的表情,只是很轻松地查看着小犬学院的校园风景。

突然之间,门卫抡起右手拳头,拳头迅速汇聚起庞大的能量——

"再过我这关!"门卫发出咆哮。

明歧发出惨叫:"小心啊!"

旁边的同学很轻松地对明歧说:"不用担心啦,他既然都有高级骑士的能力了,怎么……"

门卫的一拳结结实实地砸在了少年的胸口。

还在说话的同学一边惊愕地睁大眼,一边还在接着说没说完的话:"……可能被打中呢?"

"打中了啊!"明歧再次惨叫。

"呃？"门卫也没有料到自己竟然这么轻易就打中了对方。本以为对方会立刻闪避开，然后双方就会开始正式地对打……

少年面不改色地看着门卫，突然一口血从嘴里喷出来。

"喂！"门卫惊恐地后退一步，眼睁睁地看着这个少年依然面不改色地笔直向前倒下去，最终"轰"地倒在地上。

之所以会发出这么大的声响，是因为那个非常大的行李包还背在他的身上。一眼看过去，少年就像是被他的行李包压死了一样。

"不……不会吧……"还站在校门外的学生们继续惊愕着。

门卫却反应过来。

故意的！这个家伙……是故意被自己打中的！

但就算他是故意被自己打中，自己这一拳下去力度也绝对不轻……真是太胡闹了！

门卫立刻掀开少年身上的行李包，迅速把少年抱起来扛在肩上，扫视一眼站在门口的四个迟到的学生，伸出左手食指："那个谁——"

四个学生都一愣，全部做好了撒腿就跑的准备。

门卫移动的指尖最终定位在明歧身上："那个——对！明歧！就是你！"

"啊？"明歧惊恐地耸起肩膀。

"这件行李先交给你保管！"门卫粗暴地交代完，匆忙地转身离开，应该是要赶去医务室对这个作死神人进行抢救。

另一个保安马上跑过来，接替看守大门的工作。

"啊？"明歧这时候才反应过来，又疑惑地叫了一声。

另外三个男生"哈哈哈"地大笑起来，很友好地对明歧说了"再见"，然后径直前往教学楼，同时开始闲聊：

"门卫大叔竟然知道他的名字欸！"

"可能太出名了吧！"

"弱得全校都出名了吗？"

明歧俯视着这个非常沉重的行李包。

这个陌生的少年应该是刚转学过来的吧？他应该是准备住宿舍吧？

他拖着行李包前进，行李包一路和地面摩擦，被他拖到教室的时候，包的底部都已经被磨烂了。

他觉得非常对不起那位同学，因为自己实在太弱了，根本就背不动这个包。

第一章
转校生的出现便是这个故事的开头

教室里,大家正在非常热烈地讨论着即将有一个转校生出现的事情。

明歧又看了一眼已经被磨烂的行李包……再次向转校生同学表达自己诚挚的歉意。

他把行李包拖到自己的座位旁边放好,然后一边看书,一边继续听大家对转校生的讨论。

总结下来其实也很简单:转校生是从双子学院转来的,应该是在双子学院犯了什么大错才会被退学。

双子学院是重点学院,只招收贵族,因此这个转学生肯定也是一个贵族。

贵族啊……明歧回忆了一下那个少年的样貌。无论是外貌还是服装都非常妥帖,行为举止很有风度,确实是贵族应该有的样子。

一整个上午,那个转校生都没有出现。

明歧想,那个少年并不一定会插班到自己的班级,开始苦恼应该把他的行李放在哪里。

等他吃完午饭回到教室,发现一群男生正在翻那个少年的行李包。

"喂!不要动别人的东西啊!"明歧连忙跑过去制止。

班长猛地一拍明歧的肩,嬉笑着说道:"这是那个转学生的包?怎么在你这里?"

"我暂时替他保管的。"明歧很严肃地解释,"你们别乱来。"

"没有乱来,只是送了点儿见面礼给他。"班长再次拍了拍明歧的肩,突然凑到明歧耳边,带着笑意轻声说道,"要是告诉他的话,你就完蛋了。"

明歧全身一颤,低下头瞥了行李包一眼。

班长把行李包的拉链重新拉上。

"要来了!那个人要过来了!"在门外放风的一个男生跑进教室,对着教室内的同学们小声喊。

"好的!准备就绪!"班长做了一个"OK"的手势。

少年的身影在半透明的窗外缓缓经过,在他身后还跟着一个娇小一点儿的身形,应该是班主任。

考虑到转校生走在班主任前面,所以实施计划的那个同学直接双手结印,念咒之后,贴在门口地面上的一张纸符消失不见了。

转校生走到教室门口,突然停下脚步。

"快一脚踩上去啊!"全班同学的内心咆哮着。

转校生只是侧过身，抬起左手，手心向上，微俯下身，恭敬地对班主任说："请。"

班主任似乎已经被这个少年攻陷，常年严肃的脸竟然泛红，亲和地对少年挥挥手，笑道："哎呀，你不用这么客气的……"说着，班主任率先走进教室。

"不——"全班同学的内心再度咆哮。

班主任的脚底一滑，身体无法控制地向前扑下去。

"不！"同学们终于惨叫出声，离门口最近的两名同学连忙冲上去扶她，试图挽救他们即将被班主任吊打的未来——

突然一阵狂风爆开，扑向班主任的两个男生被风掀走。

狂风瞬间消失，那个转校生已经站在班主任的面前，双手稳稳地搭住班主任的双手。

所有人惊愕。这速度简直像是……瞬间转移！

"啊……谢谢。"班主任像是年轻了十岁，仰头望着少年，神情宛若少女。

少年再次侧过身，给班主任腾出前进的位置："请。"

同学们睁大眼。

贵族什么的……果然最讨厌了啊！

少年站在讲台边，面朝所有同学。

他已经换上了小犬学院的制服，穿着印有"Canis Minor"字样的白色衬衫和黑色长裤，腰间的皮带上挂着一把黑色长刀，长刀用银白色的细小铁链缠了起来。除了长刀之外，他还配备有一把短刀和三把小匕首。

在班主任介绍完之后，他闭上眼，右手搭在左胸口，左手按在腰间长刀的刀柄上，很有礼貌地向同学们九十度鞠躬，别在耳后的黑色长发有那么一缕落到了额头前。

直起身，他眯起眼微笑着开口："诸位中午好，我的名字为'埃'，今后在小犬学院学习，请多关照。"

同学们都一言不发，死死地盯着他看。

太有礼貌了！所以太讨厌了！

埃转身，拿起粉笔槽中的一支粉笔，把手抬到黑板的最顶端，然后猛地一笔画下来，形成一条笔直的垂线。

所有人都不明所以地看着他。

他再用粉笔在垂线的顶部和尾部分别加上一道小小的横杠，解释说："这是我的名字，I。为了方便，可以这么称呼我——埃。"

他在巨大的"I"字母旁边写了一个小小的"埃"字。

"有点儿帅呢……"一个女生在胸口双手抱拳，轻声呢喃。

除了女生们的内心已经动摇之外，男生们依然一脸不舒服地看着转校生。

班主任很严肃地一拍讲台桌。

班级的气氛瞬间变得非常融洽，全体同学都兴高采烈地鼓掌，大喊着"欢迎欢迎"。

"谢谢。"埃依然保持着微笑。

欢迎仪式结束后，班主任离开。埃从讲台上下来，径直走向明歧所在的位置。

"啊……"明歧有点儿不知所措地睁大眼。

埃提起那个行李包的背包带，对明歧点头："辛苦了，你真是个好人。"

明歧的全身像是被一道电流扫过，连忙站起来回复："别……你别这样说话啦！"

"好的。"埃再次点头，"非常感谢。"

他把包向上一提，从行李包的底部噼里啪啦地掉出来一堆东西，包括一个纸盒、一双手套、一个杯子还有两本笔记本。

"啊！抱歉！我把包给磨破了……"明歧连忙道歉，俯身去把掉在地上的东西捡起来，赶紧赔罪说，"我和你一起把东西搬到寝室里去吧。"

"没关系，我自己可以。"埃一副并不在意的样子。

"不，让我帮忙吧！真的不好意思。"明歧皱眉道。

"那好，如果还有东西掉出来的话，就麻烦你把它们都捡起来。"埃将背包背在身后，对明歧点头示意，"请跟我来。"

"啊……嗯。"明歧点头。

他有种很微妙的感觉——这个人的说话方式和别人似乎不太一样，说出来的语言让人听起来非常舒服，明明非常亲切，却又让人觉得他和自己的距离非常遥远。

埃背着行李走向宿舍，明歧就跟在他身后，一旦从行李包里漏出了什么小东西，他就赶紧捡起来抱在怀里。

"啊……对了，你身体没事了吗？"明歧问。

"没问题，谢谢关心。"埃很认真地回复。

明歧觉得他和自己的心理距离又一下子拉远了:"那个……你能……不要这么礼貌地说话吗?"

"请原谅,已经习惯了,不过我会努力改正的。"

明歧连忙说:"啊,其实也不用,你别勉强……"

"谢谢你的体谅。"

"……"明歧觉得他们两人并不在同一个世界。

走到宿舍三楼,明歧抬眼看了一下宿舍的门牌号,眉头拧了起来。

埃毫不见外地走进这个305寝室,对着室内的另外一人鞠躬:"你好,请允许我接下来与你和另外的朋友同住,我叫埃。"

"哦,随便你,只要你好好伺候本大爷。"那个男生合上手里的书,非常傲慢地瞥了一眼埃。

"好的,大爷。"埃很认真地回应一句,但并没有正眼看那个人,而是打开自己的行李包,准备整理物品。

"喂,你小子——"男生刚要喊埃,突然发现了站在门口的明歧。看到手里还抱着一堆零零碎碎的小东西的明歧,男生忽然露出明媚的笑脸,不怀好意地大喊,"明歧啊,你也回来住啦?"

"不,我只是送东西过来。"明歧依然皱着眉头,面色严肃。

"来嘛来嘛,回来和我们一起住嘛。"男生起身,笑盈盈地走向明歧,"自从你搬出去住了以后,我们每天都好无聊呢,真希望你再回来啊!"

明歧后退一步,但意识到自己不能就这样示弱,于是大喊:"不准过来!"

埃从行李包里翻出被褥,把被子丢到上铺的床上,再爬上去铺被子,并没有在意外面发生了什么。

"还在为以前的事情生气啊?"男生大笑起来,举起右手伸向明歧的头,"为什么要生气啊,我们明明那么喜欢你——"

"滚开!"明歧身上出现了白色的微弱电流。

"这种程度就想阻止我吗?"男生突然变了脸色,终于露出狰狞面目,右手一把抓住明歧的棕色短发,把他使劲往前一扯,"现在还学会反抗了?"

明歧怀里抱着的小物品全掉在了地上。

他也抬起右手,大喊一声"雷咒",右手汇聚出闪亮的白色电火花,猛地拍在对方胸口上。

男生惊愕地后退了两步,有点儿惊异地呢喃:"你小子倒是有进步啊……"

第一章
转校生的出现便是这个故事的开头

室内的埃爬下床,从行李包中抽出枕头,发现枕头上面贴着一张纸符。他面无表情地把纸符从枕头上揭下来。

水符,能量很小,只能把这个行李包打湿。

纸符被他的手触碰之后立刻启动,金色的纹路转化为蓝色。

埃依然没什么表情,只是一挥手,随意地把纸符扔出室外。

纸符像是一把钢刀一般笔直地飞出去,变成一个蓝色的水球。

室外,明歧惊恐地深呼吸,右手的电光逐渐变得微弱。

"但还是只有这种程度而已!"男生彻底发怒般抡起拳头,就要朝明歧揍过去。

蓝色水球撞击在男生的后背上,立刻引发水球爆炸——

"哧"!

男生的全身都被水浇透。与此同时,明歧手中的电流瞬间弥漫对方全身,痛得他赶紧后退两步以远离明歧。

"喂!"男生猛地转身,对着室内的埃大声咆哮,"是你干的吗?"

"是的。"埃眯起眼睛,露出微笑,"抱歉。"

"你就是找死!"男生挥起右手,右手手心凝聚出一团火焰,同时大喊一声:"大火球!"火球在他手中倏忽膨大,他用力将其朝埃投掷过去。

埃站在原地,直到火球逼近他眼前时,他才深吸一口气,然后轻轻地将这口气呼出——火球瞬间消失。

男生惊愕了。竟然一口气就吹散了火焰!这到底是什么程度的实力?

"请不要对室内造成破坏。"埃继续保持微笑。

"那你给我出来!"男生大喊。

"好的。"埃离开房间,朝男生走过去。

男生紧张地看着埃逐渐靠近。越是靠近,他越能感觉到埃身上散发出来的压迫气息——明明他没有散发任何的灵力,但就是有一种可怕的压迫感。

埃已经走到他面前,没有任何表示。

男生终于挥起拳头揍过去——不管对方有多强!先来探个底!

埃抬起左手,手心挡下对方的拳头,手掌在经受撞击之后依然纹丝不动。

男生的身体颤抖起来,眼睛死死盯着地面,都不敢抬头看对方充满笑意的眼睛。

埃轻轻地握拢左手手掌,将男生的拳头包裹在自己的掌心内。

决战星座学院
天佑之犬

随即，他猛地一个转身，将这个一百多斤的男生整个人向后抢出去。

"呵！"明歧发出惊呼声。

真的抢出去了！就像是抢一只老鼠那样容易！

一声巨响，男生撞在了走廊的墙上，墙面瞬间被砸出一个人形坑。

明歧再次目瞪口呆。第一次目瞪口呆是早上埃打破校门屏障的时候。他忽然觉得今后自己应该会经常情不自禁地露出目瞪口呆的表情。

男生已经没了反应，直接瘫软，昏迷过去。

埃的黑色眼眸向走廊上一瞥，确定他的暴行没有被其余人发现之后，很平静地咳嗽了一声，面色忽然变得不太好。

"你没事吧？"明歧赶紧问道。毕竟早上埃还被门卫打了一拳。

埃捂住嘴，低下头眯着眼，轻声说："请不用担心，接下来就麻烦你帮我转嫁一下责任。"

"啊？"明歧一时没明白。

埃又咳嗽了两声，忽然有红色的液体从他捂住嘴的手指缝里渗出来。

"喂！你没事吧！"明歧惊恐地睁大眼睛。

埃一言不发地向前倒下去，直接扑在地上，也没了动静。

明歧依然惊恐地看着地上躺着的两个人。

这时候有同学从楼梯转角出现，看见这一幕，发出凄厉的惨叫。

这一瞬间，明歧忽然不惊恐了，好像明白了埃口中的"转嫁责任"是怎么回事。

他十分冷静地将双手扩在自己嘴边，重新露出惊恐的表情，大喊："救命啊——出事了——"

召唤了十几个人来围观之后，大家手忙脚乱地把这两个人搬到了医务室。

埃躺在床上，突然睁开眼，看起来意识非常清醒。

"你醒得好快。"坐在旁边椅子上的明歧笑道。

埃轻松地坐起来，右手把额头前的长头发全部撩到耳后，再侧过头，对明歧回应："嗯，休息一下就好了。"

身体已经恢复得差不多，接下来应该不会再有机会酝酿出吐血的效果了。

"你到底是不是……"明歧压低声音，很谨慎地问，"装的？"

埃非常直白地点头："是的，装的。"

第一章
转校生的出现便是这个故事的开头

"……"明歧差不多可以确定,早上那一次,埃也是故意被门卫打中的。

看着明歧无奈的样子,埃亲和地解释说:"抱歉,毕竟我太强了。"

明歧露出了更加无奈的表情。

能心平气和地说出这句话的人,让人感觉他比"太强"还要"更强"。

"请你不要说出去。"埃的双眼眯成一条缝,神情像是狡黠的狐狸,同时还将双手在胸前贴合,发出"啪"的一声,做出"拜托你了"的手势。

"放心,我不会说的。"明歧笑道,"另外,事情的责任,我也已经转嫁了。"

在众人把两个人搬到医务室后,惊魂未定的明歧激动地向大家描述了事情的起因和经过。大致意思为:埃到了宿舍后,那个叫枥元的同学非常不欢迎埃的到来,立刻攻击埃,于是埃被迫自卫,打斗场面非常惨烈,导致双方两败俱伤。

明歧是出了名的老实人,大家都肯相信他说的话。加上枥元确实不招人喜欢,又是做坏事的一把好手,大家便更加相信明歧的描述,全部开始同情埃,而宿舍墙面的那笔修理费,也要枥元来支付。

"谢谢。"埃再次微笑。

"不,我要谢谢你啊,我觉得心里很舒坦。"明歧也笑起来,但是随即笑容逐渐消失,他的神色也黯淡下来,视线转向别处,轻声说,"好羡慕你啊……还能假装自己那么弱……"

埃微笑地看着明歧的侧脸。这个瞬间,似乎他也不知道该说点儿什么。沉默了两秒,他开口:"你愿意让我看看你的灵环吗?"

"嗯?"明歧愣了一下。

这确实是一个有点儿尴尬的问题。大多数人都不会愿意把自己的灵环展示给别人看,因为灵环的形态直接代表着这个人的真实能力。被别人看见,就意味着将自己的能力水平完全暴露在别人的目光之下。

强大的人都喜欢掩藏实力,弱小的人也在避免被别人知道自己的实力。

回想起来,明歧已经很多年没有展现过自己的灵环了。毕竟弱到这么惨不忍睹的灵环,自己都不忍心看。

面对明歧的沉默,埃再次尝试着开口:"请允许我看一看。"

明歧终于下定决心,点头:"好。"

确实应该看一看了,万一这几年来,它变大了一点儿点呢?

他闭上眼,抬起右手,缓缓地深呼吸,将自己所具备的灵力全都调动起来,

汇聚到右手上。

一个白色的光圈出现在他的手掌外，像是在他的右手上套了一个大手环。

明歧很忐忑地睁开眼，看见自己的这个直径大约二十厘米的白色灵环。非常普通的灵环散发出非常普通的白光。如果可以实体化，那这个灵环很适合丢到垃圾桶里。

虽然确实大了那么一点儿点，但并没有什么实质性的变化。

明歧见到过别人炫耀自己的灵环，那灵环大到像是呼啦圈一样可以围在腰间，并且发出绚烂夺目的金光。

"啊，算了吧。"明歧假装随意地感慨一声，想要缓解自己的尴尬。

"确实普通了一点儿。"埃点头。

"其实我一直想要去普通人的学校读书，我根本就不想成为骑士。"明歧说出了心里话。毕竟灵环也给他看了，就没有什么更重要的秘密值得隐瞒了。

但是他不能去普通人的学校。

因为在光明帝国，所有的孩子在三岁的时候，政府都会指派专门的人员去对每个孩子进行灵力测试。一旦被检测出拥有灵力，那么这个孩子就会被注册为骑士，今后只能接受骑士教育，不能够进入普通学校和普通人一起学习。

虽然这个政策限制了"能力者"的选择，但是也产生了非常大的社会效益：光明帝国的骑士教育非常成功，为帝国培养了大批骑士军团；能力者被政府集中管理并集中监控，所以能力者凭借力量祸害社会的情况很少发生。帝国内部非常稳定，普通民众的幸福感普遍提高。

"你确定——你真的很想去普通学校学习吗？"埃问。

明歧很肯定地点头："是的。"

埃抬起左手，用左手的拇指和食指捏住了那个灵环。

实际上灵环只是一道光芒，是无法触摸到的。但是埃把手放在那里，做出这个手势后，看起来就像是他"捏"住了灵环一样。

"只要我捏下去，你的灵环就会碎裂，你的所有灵力就会消失。"埃很认真地看着明歧，吐字很清晰地解释，"让我抹消你的灵力，然后你去骑士管理部门进行鉴定。他们在确认你已经不具备灵力后，就会取消你的骑士注册，允许你去普通学校，和普通人一起学习。"

明歧很紧张地听着埃的话。

"你愿意我这么做吗？"埃问道。这是最后一句。

第一章
转校生的出现便是这个故事的开头

明歧愣了两秒，颤抖着开口："不……不可能吧……"

灵环这种东西，怎么可能被捏碎？它难道不就是一道光吗？只是力量的一种展现形式而已吧？就算不小心弄没了，也还能再产生一条新的出来……

埃没有回复，只是继续看着明歧。

埃的黑色眼眸真的全部都是黑色，不仅瞳仁是黑色，连虹膜也是黑色，给人深不可测的感觉。

他的眼眸就像是黑洞。

黑洞在表示："我很强，所以我说的都是对的，你就算不相信，我说的依然都是对的。再次强调，因为我很强。"

明歧的右手举了很久，已经开始产生酸痛感，轻微地颤抖起来。

时间又过去了十余秒。

埃终于眯起眼睛，但是并没有微笑，反而非常严肃地问："你在迟疑吗？"

"我……"明歧的全身都轻微地颤抖起来。

没错，我在迟疑。自己真实的内心……根本就不想失去自己的力量！

这么多年来，一遍又一遍地奢望着想要失去自己的灵力，只有在真正可以失去的时候，自己的内心，才表达出了自己最真实的想法！

时间再次过去了十余秒。

"对不起……"明歧低下头，右手的灵环消失了。他右手握拳，放在自己的大腿上。

埃也收回左手，很温和地轻声说："你不用对不起我。"

"为什么……"明歧忽然开始抽噎起来，紧紧闭着眼睛，努力压抑自己的情绪，握拳的双手颤抖着，"为什么我会不愿意……我明明应该非常开心才对……为什么我会不愿意……为什么我还希望保留着这么微弱的能力……"

埃看着他，但是看不见他的表情，只能听见他强行忍耐住的哭声。

"我一直讨厌自己，现在我更讨厌自己了。原来我是这样子的一个人……"

"啊，抱歉。"埃轻声呢喃。他似乎并没有料到明歧的情绪会因此而崩溃。

毕竟，他体会不到一个真正的弱小者的心情，从来都体会不到。

"不……别管我……和你没关系……"明歧解释。

埃缓缓地把视线挪向别处，终于轻声说出真相："其实我不可能抹消你的灵力，我只是想问一问。"

然而就算他说出这个真相，对明歧而言也无济于事。

因为他已经把明歧内心的情感,掀了一个底朝天。

过了一分多钟,明歧才止住抽噎。

这期间两人都没有说话。

稳住了情绪后,明歧立刻开口说:"对不起,我失态了。"

自己确实经常哭,这也不是什么大事。但被一个才认识一天的人轻而易举地弄哭,真是太丢脸了。

是自己的内心太脆弱,还是对方的心理攻势太强?

"请不要介怀。"埃看向他,轻声安慰。

"嗯,没事的。"明歧用袖子揩掉眼泪,笑着抬起头,重新望向埃,问道,"可以让我看看你的灵环吗?我真的很想知道你的灵环是什么样子的呢。"

这一定会是明歧有生以来见过的最大的灵环。

"抱歉,不方便展示。"埃很真诚地解释,"灵环会渗透到房间之外,被其余人发觉的。"

"啊……"明歧瞥了一下这个医务室的房间有多大,然后有点儿不甘心地再问,"那么你可以口头告诉我,你的灵环有多大吗?"

"直径可能有三米吧。"埃微笑。

明歧忽然觉得直径三米好像也不怎么大,之前还觉得最恐怖的灵环可能会有一个操场那么大……但是衡量一个人实力的标准不仅要看灵环的大小,还要再参考灵环光芒的颜色。于是他再问:"那么,是什么颜色的呢?"

埃竟然思索了两秒,然后回应:"可能……什么颜色都有吧。"

"……"五颜六色的吗?彩色大灵环吗?这是什么样的灵环?

明歧用手在空中画一个圆,有点儿茫然地追问:"请问,在这个圆中,不同颜色是一截一截分布的,还是像街上的灯一样,整个圆圈一下子变成红色,一下子变成蓝色,一下子变成黄色?"

听到如此细致又诡异的形容,埃又思索了两秒,然后用不太确定的语气回应,"我想,可能是一截一截的吧?"

他还真没研究过,毕竟颜色是渐变的,看起来并不是突兀的"一截一截"的。

"啊……"明歧深吸一口气,脑海中浮现出一个很具体的场景:埃站在辽阔的天地之间,灵环从他身上显现出来,在天边形成了一道颜色一截一截的彩虹。

第二章
贵族学生的青春一般是无敌的

再次回到教室的时候,明歧事先提醒埃说:"小心那些同学,尤其是男同学,他们都不太喜欢贵族的。"

"好的,明白。"埃点头。在之前看到水符的时候,他就已经确定新同学们不太友好了,"请问,你也不喜欢贵族吗?"

"嗯。"明歧在思索两秒后还是点头承认,毕竟他觉得埃这个同学值得信任,"毕竟在我们的印象里,贵族太优越了,所以我们会本能地去嫉妒和讨厌吧。每次分配任务的时候,分配给那些重点学院的都是最简单最轻松的任务,分配给小犬学院这样非重点院校的,都是最困难、最危险的工作。"

埃点头:"确实如此。"

"啊,你不要介意,"明歧连忙再解释,"你和我想象中的贵族不太一样呢,只要让其余同学了解你的话,你一定会很受欢迎的。"

埃露出微笑,再点头:"我会努力令自己受欢迎的。"

明歧感觉到对方身上散发出一股谜一般的自信。

到教室的时候已经上课了,他们和老师打了招呼之后,就直接找位置坐下。

他们的教室是一间非常大的阶梯教室,班级人数只有三十多个,但教室却有一百多个座位。因此同学们虽然有的会喜欢坐相对固定的位置,但还是会时不时因为各种原因而乱坐。

明歧和埃坐在了教室后侧,这里相对人少,并且位置较高,视野开阔。

下课之后,班长突然提着他的书包走过来,坐在了埃的身边。

明歧坐在埃的左侧,班长就坐在埃的右侧,和埃隔着一个空位,像是作为即将产生冲突的缓冲带。

"你好。"埃对班长进行问候,"你叫什么名字?"

"德利安。"班长神色严肃地皱眉。

埃并没有在意对方的神色，依然温和地点头："好的。你愿意与我成为朋友吗？"

德利安严肃的脸上终于露出了傲慢的笑意："要和我做朋友的话，得让我先承认你的实力才行。"

"请说。"埃知道还有下文，于是耐心地等待。

"来比试一场吧！"德利安激动地一拍桌子，睁大眼看着埃。

一群男生听到拍桌子的声音，都兴奋地往这边看过来。

明歧也期待地看着埃，一点儿也不担心——毕竟埃的真实水平摆在那里，德利安绝对不是他的对手。

埃露出了一点儿苦恼的表情。自己的身体真的已经好得差不多了，很难再酝酿出"吐血"的效果，也无法以身体不适为由推辞掉这种比试了。

德利安再猛地一拍桌子，大喊："有没有胆量来！"

一群男生都围上来，等待着埃的反应。

见埃还没有应战，德利安更加自信地大喊："你要是有本事赢我，我就把班长的位置让给你！"

在班级里，班长的位置一向是由最强者来担任，所以德利安放出这话，也并不是过于自傲。谁有实力，谁就真的能够取代目前的班长。

一个男同学连忙对班长悄悄说："你别太自信，据说他早上一拳就打烂了校门口的屏障……"万一到时候……真的要换班长了呢？

"你好烦！"德利安吼回去。他才不会被贵族打败！那种柔弱的、娇生惯养的、一推就能倒的贵族！

埃的双手手肘压在桌面上，双手十指交叉，下巴搁在双手十指上，很认真地轻声呢喃："抱歉，我并不喜欢武斗。"

德利安猛地再拍桌："那就文斗！"

喊完之后他自己也愣了一下，文斗要怎么斗？

但是没关系，只要能"斗"就行了，只要能"斗"死这个贵族就行了！

"文斗的话……有什么好的提议吗？"埃继续平静地开口，黑色的眼眸扫视着围观的男生们。

男生们陷入沉思，良久，一个人弱弱地提议："大冒险？"

德利安慎重地考虑了两秒。大冒险的话，并不能保证自己有百分百的胜算，这个风险性太高了。

埃侧过头望向明歧："请问，大冒险是什么？"

"就是你必须要完成别人命令你做的任何事，特指那些你平时绝对不会去做的奇怪事情。"明歧解释，然后又强调了一下重点，"就是做奇怪的事情。"

"了解。"埃点头，重新望向德利安，"我很有兴趣。"

本来不想进行"大冒险"的德利安在听到埃的肯定回复后有点儿犹豫，但是暂时又想不出还有什么别的方式……

"请放心，我并不愿意成为班长，"埃进一步说，"所以，请尽情地挑战我，只要方式文明，我都会接受。"

"那好，就按你的意思办！"德利安在得到了埃前一句话的保证后，瞬间安心地做出决定，"为了公平起见，就请第三方来定规则——"

上课铃声响起，围观的男生们不得不回到座位上，因为不知道下文而显得很惆怅。

一个女生临时换了座位，坐到了他们的前排。

兴致勃勃的德利安没有在意老师的到来，伸手去戳了戳前面女生的后背。

"啊？"那个女生转过头，一脸疑惑。

德利安把身子向前凑过去，对女生轻声说："我要和埃玩大冒险，你现在帮我们定一个规则。"

女生回过头看了正在黑板上写字的老师一眼，再把头转过来，很怀疑地强调："现在？"

"嗯，就是现在。"德利安点头。

"请随意。"埃也点头。

女生又回过头去，看了一眼还在黑板上写字的老师。五秒钟之后她下定决心，把整个身子向后转，对德利安和埃轻声说："那就这样……"

女生说完，还在等着看热闹的男生们终于发现德利安和埃有了动静。

他们两个都趁着老师在黑板上写字的时候，迅速地换了座位。

教室内有两条小走道，将座位分为三个区域。埃坐在左侧走道的旁边，德利安坐在右侧走道的旁边。

两个人这是要干什么？男生们疑惑。

老师正在面对大家讲授课本上的内容。讲解两分钟后，老师转过身去，继续在黑板上书写板书。

就在这时，埃和德利安两人迅速起身站在走道上，然后开始——做第七套

广播体操！

要在老师写板书的时候做操！既要尽快地做操，还要不被老师发现！

男生们激动地睁大眼睛看着，注意到动静的女生们也惊愕地看过去，全部屏住呼吸，在心里默念广播体操的节奏——

一二三四，二二三四，三二三四，四二三四，再来一次——

突然，埃与德利安以风驰电掣之势一屁股坐在椅子上。两人面色平静，像是什么都没有发生过。

围观的同学们还没有反应过来，下一秒，就传来老师的声音："你们在看什么？"

扭头的同学们全部惊恐地看着老师。

"认真听！"老师拍黑板，"黑板上的都是重点！"

同学们赶紧低下头，把黑板上的重点全抄在笔记本上。

五分钟后，老师又去写板书，埃与德利安又站了起来。但老师在两秒钟后又面朝学生，两人又迅速悄无声息地坐下去。

周围的同学们时不时地瞥着那两个人以及老师的动静。

非常紧张！围观的同学们内心比竞赛的两人还要紧张！

老师再去写黑板，埃与德利安又站起来。

德利安死死盯着老师在黑板上写字的动作，得提前估计老师会不会突然写完转过身。

在德利安还在观察情势的时候，围观的同学们发出了微弱的惊呼声。

德利安也朝着埃望过去——埃正在往桌子上爬。

为什么要爬桌子？

德利安的内心发出了与其余同学一样的咆哮，然后眼睁睁地看着埃傲然地站立在桌子之上，高举双手，开始第三节——踢腿运动！

右手拉下来！左腿踢上去九十度！左手拉下来！右腿踢上去九十度！

迷人的大长腿闪耀在众人眼中，踢在众人的心中。

这是找死啊！德利安的内心要崩溃了。

他以为老师会很快发现这么猖狂的埃，但是过去了十余秒，埃已经在桌子上完成一套踢腿运动，老师还没有转过身来。

等他回过神的时候，发现自己不仅在高度上落后了，在进度上也落后了！

埃突然结束第三节，很优雅地从桌子上爬下来，重新坐在椅子上。他依

第二章 贵族学生的青春一般是无敌的

然是一脸若无其事的平静表情,深邃地望着前方,仿佛正在认真听老师上课。

老师一下子就转过身,德利安猛地一惊,意识到自己还站着,连忙坐下,惊出一身冷汗。

自己竟然这么轻易地就慌了手脚?这么容易就被震慑住了吗?

他凶神恶煞般死死盯着老师,等着老师下一次去写板书。

"德利安,你对我有意见吗?"老师感受到德利安凶狠的目光,皱起眉头,很不解地问道。

"没有!对不起。"德利安连忙捂住自己的眼睛,揉了揉酸痛的眼皮。

十分钟后,老师再转过身去时,埃又爬上了桌子开始第四节体侧运动。他完全沉醉在非常好的自我感觉之中,身体大幅度地旋转后展开双臂拥抱自然,仿佛整个人都要飞入另一个时空。

所有同学都已经不再惊愕,而是用非常钦佩的目光看着埃的表演。

德利安的内心再次咆哮,连忙继续他的第二节扩胸运动。

自己一定能赶上!只要做得快一点儿!只要动作没有他那么标准!而且自己更不容易被老师发现——

"德利安!"老师大喊。

德利安全身一颤,险些扩胸扩到喷出一口老血。他侧过头,发现埃刚才所站的桌子上没有任何人!座位上也没有他的人影!

老师深吸一口气竭力保持冷静,压低声音质问:"德利安,你在干什么?"

德利安没有顾得上回答老师的问题,而是把双手抬到自己的眼前,看着自己颤抖的双手。

自己竟然……竟然一味地只想超越对方,反而忘记了最基本的事情,就是要时刻观察老师的动静,自己竟然突然就变得如此幼稚!

原来自己是这么容易就被情绪冲昏头脑的人吗?

"哈……"德利安的自我认知仿佛被击碎,他咧开嘴,绝望地发出笑声。

明歧担忧地看着班长,感觉班长要疯了。强大的班长竟然就这么崩溃了?

老师伸手指向门口:"德利安,你先出去冷静一下,十分钟以后再进来。"

"哈!"德利安再次发出笑声,没看老师一眼,面色惨白地往门口走去。

此时,在一片死寂中,头顶的天花板突然发出微弱的"咔啦"一声。

所有人抬头往上看,还没来得及发现什么,突然有一个重物从上方笔直地砸了下来。

一声巨响后，重物坠落在桌面之上，把桌子砸出一个大坑。

是挂在天花板上的吊扇。

埃以单膝跪地的姿势蹲在桌面上，吊扇被他踩在脚下，他的右手正握着吊扇上端的悬吊杆。

全班瞬间鸦雀无声，连正在往教室外走的德利安也停下了脚步，呆愣地看着埃。

很明显，刚刚埃之所以能够突然消失不被老师发现，是因为他瞬间转移到了天花板的吊扇之上。而吊扇年久失修，没能够承受住他的重量。

埃如同雕塑一般继续单膝跪在桌面上，如同一个等待君王下命令的战士。

但是在这种微妙的氛围下，没有人敢对他下达命令。

只见他缓缓地起身，后退两步，站在了电扇后侧。他的右手还握着悬吊杆，轻微一用力，右手就把吊扇举了起来。一路举过自己的头顶，将吊扇架在自己的右肩上，像是撑了一把花朵般的伞。

他的神色平静，宛若一个神明扛起了世间所有的责任，稳重而安详地俯视着自己所有的子民。

所有人都瞻仰着他。

良久，神明终于开口，声音温和而清晰："请交给我来修。"

老师再一指门外："你也给我出去。"

下午的课程结束后就放学了。

当同学们都离开教室之后，埃扛着吊扇走进来。吊扇的扇叶已经被他擦得锃明瓦亮，看起来就像是新的。

明歧还坐在位置上，看着埃走进来。

"你不离开吗？"埃很平和地问了一声，然后爬上桌子，将吊扇举过头顶，准备将吊扇装回去。

"嗯，我比较好奇你要怎么修。"明歧说。

"不用担心，我能修的。"埃将吊扇尽力往上举，吊扇的悬吊杆还是接触不到天花板的顶部。

"你需要一个脚手架。"明歧建议说，"我去器材室借一个过来吧？"

"不必麻烦，我可以的。"埃将吊扇放下，蹲下身做出预备姿势。

"啊？"明歧不解他又要干什么。

埃的双手也贴在桌面上，以他的双手和双脚为中心，突然迸发出强大的灵力波动。

明歧被这灵力波冲击，头脑发出"嗡"的一声轰鸣。他赶紧劝说："修个吊扇而已，你别这么认真啊……"

"没关系，我的灵力很充足。"埃仰头望向天花板，瞬间向上一跳。

他的双手率先触摸到天花板，借助双手的力量，双脚也踏在天花板上。一瞬间，他就以壁虎一般的姿势，倒贴在了天花板上。

明歧从没见过能把灵力运用到如此登峰造极地步的人。

这不仅需要强大的灵力作为支撑，而且要将非常稳定的灵力平均分布于双手与双脚，必须时刻全神贯注，稍有松懈打破灵力平衡就会立刻坠落。

埃的黑色长发因为重力作用，笔直垂下去悬挂在半空中。

他缓缓抬起双手，使双手脱离天花板，最终只用双脚站立在天花板之上。

一些小东西噼里啪啦地从他的口袋和腰带上掉了下来，是三把简易小匕首、两枚硬币、一串钥匙、两张卡片。最后，他那挂在腰间的黑色长刀也因为重力作用而掉在了桌子上。

明歧立刻被这把长刀吸引了。刀鞘和刀柄都没有任何花纹，看起来非常普通，但是刀鞘外缠绕着一圈银白色铁链，让这把刀充满一种神秘的气息，让人想到里面是不是封印着什么古代大恶灵。明歧侧过头，看见刀柄的侧面刻有一个字：真。

"请麻烦你把吊扇给我。"埃说。

"啊，好的。"明歧也爬上桌子，把吊扇举过头顶，让埃能够接到它。

德利安站在教室门口。

本来他是想来看看埃需不需要帮忙，如果需要帮忙的话，自己可以来搭一把手。但是一到教室，却看见埃倒着站立在天花板上的场面——竟然能够把灵力掌控到如此精熟的地步！

看来是不需要自己帮忙了。

德利安转身就要走。

倒立着的埃却已经发现了他，轻声唤道："你好？"

德利安面无表情地回过头，看着上下颠倒的那一个人。

"有机会的话，下次继续玩吧。"埃眯起眼睛露出微笑，"这个活动我很喜欢。"

决战星座学院
天佑之犬

"啊。"德利安应了一声，转身离开。

明明之前挺讨厌他的，但是在他们一起在教室外被罚站了之后，德利安竟然觉得自己并不讨厌他。

怎么说呢……那个人确实挺有礼貌的，不是贵族的那种装出来的礼貌。

埃收回视线，开始安装吊扇。

明歧看到一个黑影突然出现在旁边的墙面上。

是什么东西的影子吗？但如果是影子的话，应该不至于……这么黑？

一大块黑影在墙上晃了晃，然后向天花板上转移过去。

"嗯？"他疑惑地叫了一声。

埃正在用手拧最后的两枚螺丝，没有在意明歧的声音。

黑影在墙面与天花板的连接处停留了两秒，随即瞬间冲出去，直接奔向埃所在的位置。

"小心！"明歧大喊。莫非这是什么奇怪的暗器！

埃用右手猛地一拍最后一颗螺丝，硬生生地把螺丝整个拍了进去。与此同时，那块黑影也穿过了他的脚底，瞬间扰乱了他稳定的灵力。

埃一下子从天花板上掉下来，在半空中翻身划过一个弧度，有些惊险地降落在桌面上，整排桌子发出剧烈的颤动。

"呼——"埃急促地呼出一口气，似乎在感慨刚才掉下来实在是危险，也可能是在欣慰终于在最后一秒修完了吊扇。

黑色的影子迅速地在教室墙面上滑行，四面八方到处乱跑，明歧的肉眼根本追不上那影的运动轨迹。

埃拿起桌面上的一把匕首，猛然朝着一个方向扔出。

匕首在空中一路翻转，最终斜向劈入他面前的墙面，正好命中那刚刚经过的黑影。匕首发出白光，那黑影猛地向一侧跑过去，但无论朝哪个方向跑，它那尾巴的一截始终被钉在墙上，只能绕着匕首打转。

匕首上注入了埃的灵力，而对方即使只是个影子，但也是由灵力操控的物体，会被其余灵力所破坏。

"是你吗？"埃站在桌子上，手里握着另一把匕首，对着黑影开口。

黑影中间裂开一道白色缝隙，像是张开的嘴，传出了男性的声音："我是谁呢？"

埃并不想称呼对方的名字，直接回应："我在这里过得很好，你不必来

看望我。"

"我看出你过得很好了。"对方发出笑声。

"谢谢你的关心。"埃扬起右手,握着的匕首再次被注入灵力,发出白光。

他把匕首向前抛去,这把匕首也戳在黑影上。汇聚在匕首中的灵力向外扩展,黑影由内而外被埃的灵力蚕食,逐渐变成越来越细小的圆环,最终消失。

明歧终于开口问:"是你的朋友还是……敌人?"

"姑且算是敌人吧。"埃纵身跳到走道对面的桌子上,拔下戳在墙上的两支匕首,用左手往墙上抹了一抹,将那两个小裂缝抹平整,防止被别人发现这里被东西戳过。

明歧猜测道:"因为这个敌人,所以你才不得不转学到小犬学院来吗?"

"是的,但也并没有迫不得已。对我而言,在哪里学习与生活都没有太大的关系。"埃解释。

"哦……"明歧应了一声。

对于这么强的人,确实在哪里上学都没问题。不过,那个"敌人"有能力让埃同学转学,是不是意味着他的实力也非常强大?

明歧有很多事情想要询问他,但是考虑到自己和埃真的只认识一天而已,觉得还是不要给人留下"太烦人"的印象,于是他在沉默了一会儿后说:"我先回去了哦。"

"好的。"埃站在桌子上对他点头。

明歧提着书包离开。

埃跳下课桌,开始整理自己书包的时候,忽然听见教室外明歧的喊叫声。

"嗯?"他眯起眼,放下自己的书包往外走。

一个重物被丢进教室砸在讲台上,发出一声闷响后,讲台向另一侧倒过去,砸在地上发出更大的一声闷响。

砸倒讲台的就是明歧,他被什么人用力地扔了进来。

"你还好吗?"埃向明歧走过去。

明歧倒在讲台边,因为后脑被磕在讲台桌角上,导致他一下子就陷入了半昏迷状态。

"醒一醒。"埃蹲在明歧身侧,用手去拍明歧的脑门。

"啊……"明歧略微将眼睛睁开一点儿,反应了好几秒之后才露出尴尬的笑脸,"没……没事……我已经习惯了……"

埃站起来，转身望向门口，就看见了枥元，那个中午被埃瞬间击倒的人。

"来！出来打！"枥元大喊。

埃无奈地深吸一口气。

"来啊！再来打一次啊！有本事推卸责任，就没本事认真打一次吗？"枥元再次大喊。

埃只能往教室外面走。

教室外有一个空旷的广场。因为广场上经常发生打斗事件，所以小犬学院的领导内心都已经麻木，近几年来也没再试图去维修过广场，因此原本的大理石广场如今已经变成碎石地，广场的边缘处还常年生长着低矮的杂草。

埃并没有料到自己第一天转学到小犬学院，就要面对这么多的事情。相比之下，在双子学院倒是悠闲很多——毕竟都是贵族，大家都比较注重形象，一些小事也能忍就忍——而在小犬学院，同学们就显得过于热情了一些。

他把双手环抱在胸前，一边无聊地对比着两所学校，一边往广场的中央走。距离广场中央还有很长一段距离时，他感觉到背后有东西在急速靠近。

他瞬间向前跳出两米，在半空中转身，抬头看见从对面教学楼楼顶降落下来两个人。

其中一个人袭击埃失败，一把斧头徒劳地劈在地上，轰炸出大量的碎片；另一个人落地后刺出长剑，大喊一声"雷咒"，长剑迸射出亮丽的青色电火花。

"停。"落地后的埃已经侧过身，水平伸出右手，食指和中指夹住长剑的顶端，雷咒立刻失效，电火花也跟着消失了。

握着长剑的男生根本无法继续把剑刺过去，在准备收回剑时，竟然发现也无法把剑收回来。

这个人竟然用两根手指控制住了这把剑！而且是牢牢地控制住！

"小犬学院比较流行群攻吗？"埃轻声开口，右手的食指与中指向上一提，长剑的顶端突然断裂，一小截剑刃夹在他的指缝间。

在双子学院，在正当的场合，大家都会规规矩矩地办事。该单挑就单挑，群战的话就要事先商量好多少人打，保持双方人数的平衡——在暗地里解决私仇的不算。

埃倒是没料到在小犬学院，公共场合也会不按常理出牌。

长剑的主人没有在意埃的问题，完全沉浸在长剑被损坏的巨大悲伤之中。

此时，站在埃身后的枥元已经双手结印，并调动起了全身的灵力，就差

第二章
贵族学生的青春一般是无敌的

念出最后的咒语："火咒！超级无敌大火球！"

"可以重新命名吗？"埃有点儿为难地皱起眉头，这名字听着让人感觉不太舒服。

咒语念完，埃的脚边出现了一小圈火焰。以此为中心的半米远处，随即出现了第二圈火焰，再向外半米远处，出现了第三圈火焰……一直拓展到十圈火焰，直径一共大约五米！

之前袭击埃的两人连忙后退。

这是枥元的最强招数！

正因为枥元的这个绝技，才奠定了他在"收割团"中排名第七的地位！

一切就在眨眼之间。

第一个火焰圈瞬间爆炸，形成一个火焰团，将埃的全身包围。随即第二个火焰圈爆炸，将第一个火焰团包裹在内部，形成一个更大的火焰团……眨眼之间，第十个火焰圈也爆炸，只有一个巨大的火球立在广场之上，仿佛是宇宙中一颗即将爆炸的红巨星。

明歧扶着门框站在教室门口，张开嘴，失神地呢喃："不是吧……"

大家都是同学啊……对同学，为什么要使用这种必杀技？

火焰内没有任何动静。十秒之后，大火球的旺势已过，枥元猛地呼出一口气，把右手举过头顶再挥下去："散！"

大火球被一道无形的力量劈成两半，左右两边的火焰突然崩塌，如同洪水般向四面八方奔腾而去，顿时整个广场都被湮没在一片火海之中。

枥元的周围半米内没有任何火焰，他睁大眼，看见前方依然站立着的那个人影——逐渐熄灭的火焰在风中发出呼号声，埃的黑色长发在风中晃动。

没有丝毫损伤！

唯一变化的是——他那别在耳后的一缕头发垂到了额头前面。

埃将额头前的那缕头发撩起来重新别在耳后，双眼眯成一条缝，温和地笑着开口："这么厉害的火咒，你真的不考虑改一下名字吗？"

枥元跪倒在地上。

他的灵力虽然已经在发动这个火咒之后消耗一空，但还不至于到支撑不住身体的地步，然而此时他却根本支撑不住了。

他的内心……已经被彻底击垮了！

围观的学生中有不少"收割团"的成员，此时其中的两名成员连忙跑上场，

一个把枥元拖走,另一个人对埃鞠躬,大喊:"对不起了!"

"没关系。"埃抬起右手招了招,对退场的枥元再次嘱咐:"记得改名字。"

本以为这场闹剧会就这样收场,然而此时,却有另一个收割团的成员进入了广场内。

"喂!阿萨!别去找死啊!"同伴提醒那个走向埃的人。

那个人没有回应。

埃看着这个迎面走过来的人。

是一个看起来很普通的男生,大概和明歧一样普通。他个子不高,还不到一米六,眉清目秀的,看起来没有什么杀伤力。

"让我来挑战你吧。"小个子的阿萨微笑着开口。

"好的。"埃点头,右手叉腰。既然已经到这种地步了,那再打一场也没事,只要稍微注意一下自己下手的轻重就好。

阿萨抽出腰间的双刀,瞬间扑向埃。

埃闪身避开他右手的刀,却发现对方左手的刀已经劈向他的肩膀——敏捷度竟然比他预想的要高!

他也瞬间加快了自己的反应速度,俯下身时一掌推在对方的胸口,将对方推出两米远。

阿萨的同伴看着觉得很奇怪。阿萨怎么突然变得这么厉害?而且阿萨的兵器不是双刀,那个正在攻击埃的人……不是阿萨!

"不用担心伤害到我。"阿萨再次露出微笑。

"好。"埃终于认真了一点儿,迈开双脚压低重心,将右手放在身前,做出防御的姿势。

"你的刀,不用吗?"阿萨问。他看见埃的腰间有一把被铁链捆起来的黑色长刀,但是埃没有任何想要使用兵器的意思。

"不用。"

"那好。" 阿萨再次向前冲出,娴熟地使用双刀攻击。埃只用闪避来防守,一路向后退,他逐渐感觉到,自己的防守已经快被攻破。

埃睁大眼,对方的实力并不像是学生!

他的右脚踏在地上增加阻力,停下身形后终于开始进攻,想以此确定对方究竟是什么水平。

他的左手握住阿萨右手的手腕,猛地一掌探过去,似要拍在对方脸上,

第二章
贵族学生的青春一般是无敌的

实际上只准备揪住对方的头发，以免造成对方重创。

阿萨竟然敏捷地一个扭头，避开了他的右手。

埃眯起眼。这个感觉不对！

阿萨右手的刀捅入埃的腹部，而埃的右手还伸在阿萨的耳畔，但再也没有了下一步动作，就像是定格在了那里。

还扶着门框的明歧看不清远处广场上发生了什么，但是根据埃的动作，以及现场的凝固气氛看来，好像发生了什么不得了的事。他赶紧跟跄跄地往外跑。

面对这种情况，阿萨也愣住了，随后尴尬地轻声说："抱歉啊……"

埃急促地喘息着缓解疼痛，竟然还很平静地轻声回应："没关系。"

这让阿萨又愣了一下。

埃的身体缓缓向前倾，整个人靠在了阿萨身上，把自己的下巴搁在对方肩上，闭上眼睛后就不再有动静，身体一下子瘫软下去。

"喂！"阿萨赶紧抱住埃。但是他的体格太小了，有点儿支撑不住对方的重量。这时，他的全身散发出白光，白光消失后，阿萨已经变成了另一个人。

是一个有着紫色齐肩短发的女人，三十多岁的样子，一米七的身高，身姿挺拔，她稳稳地抱住了埃。

"主任啊！"围观的同学们发出惨叫。

教导处主任啊！你在干什么啊？

紫发女人闭上眼，冷静了两秒之后，突然睁大眼露出凶狠的表情，对围观的同学大喊："全部散开！"

然后她横抱起埃这个身高一米八的少年，迅速带他离开。

没人敢跟上去，大家只能目送他们离开。

明歧终于跟跟跄跄地捂着胸口跑到广场，看见大家呆愣的表情，连忙抓住一个人问："发生什么事了？他们人呢？"

"转校生被主任捅了一刀。他们已经走了。"

明歧也加入了呆愣的行列。

这个……埃会不会又是故意让人捅一刀的？

第二章
长得很像反派 那只能没朋友了

医务室的医生把埃的衬衣向上拉，在拉到胸口的位置时，埃的左手突然抬起来，精确地扼住了她的手腕。

"啊！"医生被吓了一跳，连忙去看埃的脸，发现埃确实已经醒了，精神竟然还不错。

另一个医务人员还在给他的腹部消毒，感觉刚开始处理伤口没多久，这位同学就醒过来了。

"醒得真快啊，恭喜你今天第三次进医务室。"医生对他微笑。

"是的，这里真令人流连忘返。"埃也眯起眼露出笑容。

"肚子还痛吗？给你做了局部麻醉，不知道效果怎么样。"

"没有什么感觉，多谢。"埃闭上眼再睁开。

医生俯身看他胸口，发现他胸口正中央有一个黑色的印记。印记的一半露了出来，另一半还藏在衣服下面，只要再把衣服往上拉一点儿，就可以看清楚这个到底是什么印记了。

埃松开医生的手腕，把自己的衣服放下去，完全盖住了那个黑色的印记。他似乎知道衣服撩到这个位置时黑色印记就会露出来，这才突然做出了反应。

大概是胎记吧？长在胸口正中央的胎记确实不太美观。

医生很理解他不想让别人看到胎记的心情，便没有问什么。她思索了一下说："待会儿把衣服换一下，和音会给你带新制服过来。"

"麻烦你们了。"埃继续微笑。

医生又陷入了沉思，琢磨好一会儿后才意识到是哪里不太对。她看向埃，疑惑地皱起眉头："你怎么一直这么冷静？"

被有私仇的同学捅一刀也就算了，这次是被老师莫名其妙地捅了一刀，正常人应该怎么样都想不通才对吧？

"啊,我也不知道。"埃把眼睛眯成一条缝。

在伤口处理好之后,埃微微侧身,撑着坐了起来。

医生查看了一下手机信息,对埃说:"你要现在见见和音吗?她已经在外面了。"

"请问和音是谁?"埃向后挪了挪,后背靠在床头,看起来很放松。

"就是捅了你一刀的那个主任。"医生郁闷地解释。

没想到埃爽快地点头答应:"好的。"

医生挥手招呼了一下房间内的另一个人,两人带着一些物品离开了。

几秒钟后就响起两声敲门声。

"请进。"埃开口。

门打开,站在门口的就是紫色齐肩短发的和音。

她的眼睛是深紫色的,面庞瘦削,细薄的嘴唇抿着,一看就像是非常精明干练的女人。如今已经快入秋,她还穿着炎热夏季才适合的深蓝色背心和半截裤,腰间绑着一截黑色布条,腰后的布条中插着半米长的双刀,修长矫健的身形轮廓展露无遗,一看就是非常擅长战斗的厉害女性。

"你好。"埃率先开口问候。

"感觉还好吗?"和音开口。她走进来,走到床边时,把手里的一件制服外套丢给他。

"很好,不用担心。"他回应。

"看起来,你一点儿也不好奇我为什么要攻击你。"和音勾起嘴角露出一丝冰凉的笑意,右手叉腰,无奈地说道。

"是想探测我的实力吧。"

"你倒是挺明白的。"和音笑出声,面色柔和了一些,继续说,"我听说你早上打破了校门口的屏障,所以想来摸一摸你的底子。但你似乎不想让我探测到你的实力。"

和音战斗经验丰富,现在已经是资深教师,埃的突然"变弱"根本无法蒙蔽她。

"啊,是的。"埃承认。

"不想展现你的真实实力吗?"和音问。

"那样他们会被我吓到的,我刚来这里,担心会交不到朋友。"埃温和地回应。

"你的朋友多不多?"和音突然有点儿好奇。

经过短暂的交手,她已经可以确定面前的这个学生确实是个天才。

实际上,和音当年也是天才,也是大多数人都很畏惧的存在,她那时候也确实没什么真心朋友。不过她在十几岁的年纪,完全意识不到自己没有朋友的原因。这么一想,面前这个十六岁少年的情商真是比较高了。

"之前我在双子学院学习的时候,朋友很少。我特地去问了一些人,他们的回复差不多都是——我太像一个反派了。"埃一边解释,一边露出微笑。

和音一下子就感觉到了这种微妙的情绪,很认同地点头:"你别说,你笑起来还真的挺像反派的。"

就是那种看似是朋友实际是敌人,城府深到不可捉摸,脸上永远挂着美好的笑容,在最关键时刻就会暴露真面目,突然要对付主角的终极反派。

所有反派的特征都已经具备,再加上这个人特别强大,也难怪会没有朋友。

"我觉得我还是有希望在这里交到朋友。"埃再次露出沁人心脾的笑容。

"你加油吧。"和音把另一只手拿着的牛奶递给他,坐在了旁边的椅子上。

她现在很有兴致想要和埃继续聊下去——这倒完全出乎她的意料。她本以为自己捅了对方一刀,加上双方完全不熟悉,两人之间谈话的气氛应该会很僵硬才是。她继续问:"你的名字是I.希斯什么……全名是什么?"

"I.希斯纳·格瑞飒·阿尔弥兰。不用在意全名,叫我'埃'就好。"他伸出右手食指,在半空中比画出"埃"这个字。

"你的名字还真是奇怪。"

"是的,原本是个很普通的名字,后来母亲为我改名了。"他又在空气中用手指比画出"I"这个字母,"'I'象征着'自我'。"

"你倒确实很有个性。"和音点头。

"可能正是因为如此。"埃微笑。

"名字后缀这么长,你一定是贵族吧,为什么转学来小犬学院这所非重点院校呢?"和音问起这个重要的问题,"听说你是得罪了什么重要的人?"

"算是吧。"

"愿意透露细节吗?"

埃略微仰起头,双手拆开牛奶的吸管,在完全不看牛奶盒的情况下,把吸管精确地插进了那个小孔中,然后才开口呢喃,"因为联赛的事情。我与另一位同学在竞争联赛的名额,那位同学就让我转学了。"

第二章
长得很像反派那只能没朋友了

和音仔细思考了一下埃这么简单、委婉的说法，猜测："说到底，是因为人家的后台比你硬？"

在光明帝国，普通民众没有姓，只有贵族才拥有姓。在拥有姓的贵族中，也分为普通贵族和真正意义上的贵族。通常姓氏越长，在某个家族中的血缘就越弱，身份也就越普通。埃的真名非常长，证明他只是个很普通的贵族而已。

"是的。"埃温和的脸上并没有别的什么表情，只像是随意承认一件很简单的事情，没有什么想要抱怨的。

"啊。"和音突然有些感慨。

小犬学院是没有联赛名额的，在光明帝国，联赛只有那三个重点学院的学生才能参加，所以埃真的不可能参加联赛了。想到自己竟然为埃感到可惜，和音很奇怪自己怎么会突然多愁善感起来。她觉得不能继续聊下去了，于是起身准备离开。和音侧头问埃："你能走路吗？我把晚饭给你带过来吧。"

"我没事，已经没问题了。"埃喝着牛奶缓解失血后的口渴，略微侧过身翻下床，很轻松地站起来。

"那记得把衣服换掉。"和音再交代了一句后，打开门离开。

"慢走。"等和音离开，埃把喝完后的牛奶盒放进垃圾桶。他把破了一个洞还沾着血迹的外套脱掉，拿起床上的那件新制服。

他低下头看了看自己的胸口。那里有一个黑色的印记，是一个完整的图案，比硬币稍微大一圈，像是一簇燃烧的黑色火苗。这不是胎记，而是在他五岁的时候才出现的印记。也是从那之后，他改了名字，变成了埃。

他把新的外套穿上，伸出右手，被放置在床头柜上的黑色长刀瞬间飞到他的手中。他把长刀挂在腰间皮带上，整理完毕后也走出房门。

到达一楼大厅的时候，医生吩咐他："最近两天不要剧烈运动噢，如果感觉不对劲的话就赶紧过来再检查一下。"

"好。"他微笑着点头。

小犬学院可以选择是否寄宿，大概有一半的学生住在学校。埃吃完晚饭回到寝室，发现枥元和另一位同学已经卷铺盖走人了，四人间的寝室只剩下他一个人。

啊，把室友吓跑了吗？他觉得还是有点儿遗憾。

晚上看了一会儿书之后，埃就熄灯准备睡觉。躺在床上不知道过了多久，他忽然把眼睛睁开。腹部的麻醉效果快要过去了，虽然伤已经在医务室治愈

了一大半，但残存的疼痛感越来越强烈，让他有些不好入睡。

他坐起来，准备去外面走一走。来到小犬学院之后他还没有了解过这个院校，因为白天真是太忙了。

埃走上这栋宿舍楼的楼顶，放眼望去，只能看到附近的一部分，无法看到小犬学院全部的建筑。他环顾四周，看到学院内最高的建筑便是学院中央的一座白色的高塔。只要能到那座塔上，便一定可以看到学院的全貌。

他下楼，准备去探索这个学院全部的建筑。

晚上值班的很多都是黑夜兽人。因为这个分支的兽人难以忍受白天的明亮光线，在如今越来越发达的社会大融合背景下，他们为了获得一份好工作，一般都会选择在各个机构里当夜间保安，被其余人称为"夜班一族"。虽然值夜班很寂寞，但好在夜班一族向来不喜欢热闹，所以都非常享受这种安静又安稳的工作。

埃很轻易地避开在保安亭内看电视的一个黑夜兽人，翻墙离开宿舍，直接前往那座高塔所在。

白塔的保安亭内，也有一个黑夜兽人在一边看书一边值班。埃悄无声息地绕着白塔走了一圈，看见二楼的某个窗户并没有关严实，还留着一个小缝隙。于是他先是爬上周围的一棵树，再以此为踏板跳向二楼，双手攀住二楼窗台往上爬。等他站到窗台上时，再用手去打开没有关严实的窗户。

这扇窗户大概是常年都保持着这种状态，他一用力，窗户打开了，发出很响的"嘎吱"一声。埃赶紧跳进室内，准备满足好奇心后尽快离开。

他这道黑影在黑暗的走廊内迅速穿梭。

这座塔似乎是行政塔，因为塔内蕴含有非常强大的灵力，应该是放置了非常重要的东西。他在巡视一圈之后确定了强大灵力的来源所在，站在了一扇门的面前，门上的金属牌上写着"信息收发室"。

这个地方就是小犬学院日常运作的核心了。

埃伸出右手，准备去触摸大门，先感知一下这扇门有没有屏障进行防护。

此时，走廊中响起了脚步声。

埃立刻做出反应，猛地向上跃起，双手与双脚攀附在上方的天花板上。

两个黑夜兽人从下方经过，其中一个在靠近埃的时候，突然惊呼："喂！"

"嗯？"埃愣了一下。就这样被发现了？

他向旁边侧过头，发现自己那垂下去的长发完全糊在了一个兽人的脸上。

第二章
长得很像反派那只能没朋友了

失手了。

另一个兽人对着上方的埃大喊:"什么人?"

埃从上方跳下来,吓得两个兽人连忙后退。在其中一个兽人要启动警戒的时候,埃率先按下旁边的电灯开关。

瞬间灯光大亮,兽人惊恐地捂住眼睛,很生气地咆哮。

"抱歉,我是小犬学院的学生,请不要启动警戒。"趁着两个兽人没有精力去启动警戒的时候,埃解释完毕,再迅速把灯关上。

兽人们终于能把眼睛重新睁开。其中一个大叔很狐疑地仔细打量埃,确定对方穿的确实是小犬学院的制服后,问道:"你来干什么?"

"睡不着,想来看看。"埃解释,"我不想打扰你们休息,就直接进来了。"

"其实晚上就是我们的上班时间,你想进来的话,直接找我们就好,这样偷偷摸摸的真不像样子。"这位大叔竟然很不错,非常有耐心地对埃解释道。

埃却露出了非常惊讶的表情,仿佛很不可思议地呢喃:"原来如此……"

"啊?很奇怪吗?"大叔皱起眉头。兽人在黑暗中的视力非常好,埃的表情他看得一清二楚。

埃睁大眼,继续呢喃:"我竟然没想到……我本可以直接来找你们……"

"啊?"大叔还是很奇怪对方到底是怎么回事,"我们是兽人啊,晚上工作很正常啊,不需要休息的。"

埃缓缓地蹲下,捂着头:"我知道你们是兽人,我也知道你们在晚上工作,但我竟然一时没想到你们不需要休息……"

"啊?"大叔继续一脸茫然。面前这个学生的脑子是不是有问题啊?怎么完全不明白他要表达什么?

另一个大叔好像明白过来了,轻声对这个大叔解释:"大概意思就是,他明明知道我们不用休息,但是脑子一时没反应过来,以为我们像其他人一样晚上需要休息,所以没来打扰我们,希望我们好好休息。好像是这么个意思。"

"哦……"这个大叔似乎理解了。

"是的。"蹲在地上的埃痛心疾首地回应,"我无法原谅我自己。"

"喂!没必要这么夸张吧!"大叔又不理解了,"就是一下子想不明白而已,很正常的啊!"

"不,这不正常。"埃很固执。

"你这样活着会很累的知不知道?正常人都不会在意这么多的!"大叔

开始引导这位年轻人的人生走向光明。

埃沉默了一会儿,终于放下手,深吸一口气缓缓呼出,站起来,很平静地轻声说:"谢谢你的引导,我现在感觉好多了。"

大叔沉默了,心想,这个人到底是怎么作为一个正常人活到现在的?

另一个保安一直盯着埃看,像是终于确定了什么,开口问道:"你是刚来的那个学生吧?听说是个黑色长发的男孩子,长头发的男生在这里还是很少见的。"

"是的。"他点头承认,"我叫埃。"

"你来这里想了解什么?"大叔再问。

埃伸手指向信息收发室,解释说:"我很想知道里面是什么样子。"

"给你看看也没关系,只要里面的东西你别乱动。"大叔点头,从口袋里掏出一串水晶,将其中一枚敲在门口的屏障上,屏障瞬间消失。

信息收发室并不是很机密的地方,如果学生有兴趣的话,都可以来。只不过里面放置的东西非常重要,学生要来看的话必须得接受严格的监管。

门打开,里面是一个非常大的空间。空间中央的地面上镶嵌着一块巨大的浅蓝色晶石,晶石散发着蓝白色光芒,光芒笔直向上投射,形成一道巨大的光束,在光束内部,悬浮着十几个信封。

"噢。"埃发出一个微弱的语气词。他本以为小犬学院的信息收发室会比双子学院的寒碜很多,但现在看起来是不相上下。这块巨大的转移晶石绝对价格不菲,小犬学院竟然有这么雄厚的资金。

转移晶石的作用就是与其他地方建立连接,从其他地方投入的信件就会转移到这里来。这些大多数都是求助信,是普通人向骑士学院的能力者发出的求助。骑士学院会选择其中合适的内容,调派学生过去,为普通人解决他们无法解决的问题,这是骑士学院的主要功能之一,同时也是骑士学院的最大收入来源。

"很厉害吧?"大叔很自豪地笑道,"我们小犬学院现在一点儿也不比那些重点学院差,差不多可以赶超他们了。"

"确实出乎意料。"埃承认。

小犬学院以前只是双子学院的附属院校,用来招收来自民间的能力者。虽然基础设施比较差,但学费很低,平民也可以承担。后来小犬学院的实力开始强大,便摆脱了双子学院的领导,成为独立院校。这之后究竟发展到了什么程度，那些重点院校就不知情了。

大叔继续热情地介绍："其实我们的学生比那些贵族厉害多了，没有架子又吃苦耐劳，可以执行难度很大的任务，而且都完成得非常好。我们小犬学院在民间的口碑比那三个重点院校好得多，在十几个非重点院校里，小犬学院早就是最出色的了。你能转学到小犬学院来，也是很幸运啊。"

"嗯。"埃笑着应了一声。

另一位大叔轻声说道："但是国家还是没重视小犬学院……"

这位大叔也一下子没了兴致，抱怨说："确实是过分，连资金都拨不下来，根本就不搭理小犬学院。"

埃开口："如果真的有实力的话，就差一个契机来展现了。"

"没有那种机会啊。"大叔无奈地耸肩，"我们非重点院校连联赛的名额都没有，要展现实力的话，估计只能靠大家一起冲过去，当着教育部的面把那群贵族打一顿了。"

"公然聚众斗殴是犯法的。"埃笑着把眼睛眯成一条缝。

但是听到"联赛"这两个字，他觉得自己内心有什么被触动了。

"那就继续熬吧。"大叔再一耸肩，看向埃，"看好了的话我们就出去。"

"好的。"埃后退两步。

退出去后，大叔将门锁上。

"我可以去楼顶看看整个小犬学院的风景吗？"他又提出一个请求。

"可以啊，注意安全，离开的时候向我们说一声。"大叔很愉快地答应了。

"谢谢。"

到了白塔的顶部，埃站在顶端平台之上，放眼望去一片辽阔，视野中没有了任何障碍物阻拦。

埃所在的地方是小犬学院的中学校区，南侧是大门，大门后侧便是最主要的三座教学楼，这座白塔就在教学楼的后方。宿舍分布在西南和东南两侧，北侧地域是训练场和田径场，最北端是综合大楼。

埃闭上眼睛仰起头，感受着夜间凉爽的风。

一切都归于沉寂，他能感觉到自己的心脏在胸腔中平稳地跳动。

他喜欢高的地方，这里似乎可以安抚他潜意识中想要征服这个世界的心。

他再次深呼吸，缓缓睁开眼睛，望着辽阔的天幕，仿佛感知到了自然所赋予的使命。

"我知道了。"他露出温和的微笑。

第二日清晨,埃从食堂里出来,看见门口有一条狗跑过。他呆呆地看了那条狗好一会儿,忽然吹了一声微弱的口哨。

犬类对高频率的声音很敏感,那跑远了的大黄狗忽然好奇地回过头。

"过来。"埃蹲下来,拍拍手。

那条狗似乎有点儿怕生,又似乎没理解埃的意思,茫然地盯着他看了一会儿后,还是扭过头准备离开。

埃又吹了一声口哨,那条狗又扭过头看埃。这时,埃的黑色眼睛忽然变成红色。那狗突然呆愣住了,连尾巴都僵硬地垂下去。

"过来。"埃继续睁着红色的眼睛,对着那条狗拍拍手。

狗突然反应过来,神情完全变了,欣喜地张开嘴伸出舌头,热情地摇起尾巴,飞快地向埃奔跑过来,然后一下子扑进他的怀里。

"真乖。"埃一脸满足地抱着大狗,眼睛重新恢复成黑色。

他蹲着逗了五分钟的狗,然后返回食堂买了一个鸡蛋,剥掉蛋壳后把蛋喂给那条狗吃。

"你真浪费哦。"站在旁边的食堂阿姨感慨一声。

"开心就好。"埃笑着抚摸这条狗的脖子。

大黄狗从没有受到过这么好的待遇,使劲往埃身上扑,完全不知道怎样才能表达它的激动。

"你很喜欢狗哦?"阿姨笑道。

"是的。"埃回应。

"有一大群呢。"阿姨拿起一个铁盆,用一个大勺子敲了敲。

金属的撞击声发出后,从远处跑来十几条狗,一下子都汇聚到了食堂门口,全部眼巴巴地等着吃饭。被狗包围的埃感觉自己的心都要化了。

明歧今天没有迟到,到教室的时候还非常早。

教室里只有稀稀拉拉的几个人,存在感很强的埃就坐在教室的后排,略微仰起头闭着眼睛,仿佛在感受着什么神明的召唤。

"你在干吗?"明歧很好奇地坐在他身边。之前还一直想着要来问问他身体好点儿了没有,但是一开口却变成了这句话。

埃继续沉浸在自我的世界中无法自拔。

第二章
长得很像反派那只能没朋友了

当室外的云层飘散时,微弱的晨曦投射入教室,埃沐浴在浅金色的光芒之中,黑色的头发反射出一层亮丽的光晕,仿佛整个人都在安谧中升华。

"你身上有点儿脏,还有好多毛毛……你干什么去了?"明歧打量着埃的衣服。这完全不像是埃的贵族作风。

"摸了半小时的狗。"埃说出这个让他可以神清气爽一早上的缘由,缓缓睁开眼眸,黑色的睫毛上跳跃着晨曦的细碎光晕。

"我不是很能理解。"明歧瞬间郁闷。没想到埃竟然会喜欢狗,这个爱好还真是接地气呢。他又想起自己好像有什么重要问题要问,但一时竟然想不起来,只能先想到什么问什么:"你晚上在这里睡得还习惯吗?"

"非常安好,谢谢关心。"埃又眯起眼睛,笑着点头。

明歧终于想起了那个重要问题,连忙问:"听说你昨天受伤了,没事吧?"

"没事的,完全没问题了。"埃平和地回应。

听见埃这么礼貌的答复,明歧忽然觉得自己的关心并没有意义。虽然对方确实很平易近人,但总是这么礼貌地说话,他总觉得有一种无形的隔阂。

埃注意到明歧失落的表情,轻声问:"怎么了?"

"没……没什么啦。"明歧连忙笑道。他想,可能只是自己太多愁善感了而已。

上午第一节课下课后,埃就立刻起身走向教室外。他一出教室,十几条狗就从四面八方奔跑过来,把他围在中间争夺他的抚摸。

教室外顿时"犬"声鼎沸。这时,忽然有一道浑厚的灵力波动沿着地面传导而来,十几条狗都感觉到危险的临近,全部受到惊吓而逃离。

埃起身皱起眉头,有些不开心地看着对面走过来的少年。

"啊,原来你不是被狗围攻啊?"过来的少年微笑,伸出右手示意,"那真是不好意思,打扰了。"

埃也伸出右手和他握手,缓和了表情后重新露出微笑:"你好。"

"我是轻风团的团长伏啸,你就是埃同学吧?"这个灰色短发的少年很友好地说。

"是的。"

"我与你直截了当地说吧。昨天傍晚你的表现我看见了,我很希望你能够加入我们轻风团。"

此时教室内已经骚动起来,女生们都趴在窗台上,满脸崇拜地看着伏啸:

"啊——是轻风团团长!"

伏啸确实一表人才,很适合成为女生们的爱慕对象。连一些男生们也趴在窗台上往外看,满脸都是敬佩之色,可见伏啸的为人应该还算正派。于是埃还真的准备考虑一下,毕竟加入一个团队应该有助于自己培养同学友谊。

伏啸见埃有所考虑,很自信地继续介绍说:"我一向实话实说,轻风团的整体实力虽然比不上收割团,但我们内部纪律严明,同伴之间互相信任,始终以维护小犬学院的和谐安定为己任,和收割团的那群人很不一样。"

埃感觉到自己的身后有另一个人走过来。也正是因为这个人走过来,伏啸才特地加重了最后一句话的语气。因为到来的人,就是收割团的副团长。

那个暗红色头发的高大少年在埃身后停下,一脸不爽地右手叉腰,对伏啸大声喊:"你们轻风团那么弱也就算了,还要通过贬低别人来抬高自己?"

"我说的都是事实。"伏啸冷笑,"怎么?收割团也要来挖人了?"

"当然了,好好的人才放在这里,怎么可能不挖?"收割团副团长高傲地环抱双臂,对埃开口,"喂,经他们反映,你小子能力还不错。来我们收割团的话,你想要什么资源和地位,只要要求合理,我们都会尽量满足你。收割团才不像轻风团这么死气沉沉的,每天都被条条框框绑着。"

埃觉得这个时候他需要再保持一下沉默。

伏啸依然很冷静,但他的灵力已经发散出来,形成一股威慑:"你们真是没什么诚意,我这团长是亲自来请的,你们就派一个副团长过来,而且你们一共是有五个副团长吧?"

收割团副团长的灵力也一瞬间爆发出来,在他身边汇聚成一圈红色的灵环:"只会嘴皮子厉害!就算副团长多,我们每个副团长也都比你这个团长强!派遣比你强的人过来,能够把你打趴下,诚意已经够了!"

伏啸抬起双手,右手握成拳头一下子拍在左手的手心里,露出阴森的微笑,全身的灵力也全部迸发出来,形成一圈蓝色的灵环:"这么说是要打一场了?我倒是好一阵子没教训过收割团的人了。"

"来啊!"收割团副团长嚣张地大喊,"我最喜欢这种解决方式了!"

教室内响起惊呼声。

"真的要打起来了!两个人看起来都很厉害!"

"灵环看起来都好强!看不出来谁会赢!"

"伏啸学长要加油啊!"

长得很像反派那只能没朋友了

实际上伏啸从没和收割团的团长或副团长交过手。因为一旦失败，轻风团的形象可能会一下子崩塌。虽然轻风团如今确实已经有了一定的地位，但如果团长在实力上真的不行的话，大家对轻风团的认可度一定会大幅度下降。

但为了把埃这个人才挖过来，伏啸觉得自己值得冒这个风险。而且双方的灵环看起来不相上下，自己的胜算还是很大的。

在双方即将各自发动技能之际，站在他们中间始终没有挪过位置的埃突然抬起双手，左手对着收割团副团长，右手对着伏啸，认真说道："请等一下。"

"你让开，不然会伤到你。"伏啸对埃开口。

副团长也对埃大喊："让开！现在没你的事！"

埃继续抬着双手，说："请再耐心地等十秒钟，好吗？"

"啊？"伏啸和副团长都有点儿不解。

过了几秒，埃开始倒数："五、四、三、二——"

伏啸和副团长都皱起眉头，这个人到底要干什么？

"一。"上课铃响。

埃放下了自己的双手，对两人郑重点头："好了，没事了，上课去吧。"

伏啸和副团长沉默，随后同时转身，狂奔着离开。

教室里传来同学们的大笑声。

"其实我们班的埃同学也很帅呢。"一个女生笑到肚子疼。

"是啊，其实比伏啸学长更帅呢。"另一个女生拍桌子。

上午第二节课下课，教室的广播里忽然响起激昂的运动员进行曲。全班同学都快快地往教室外面走，只有德利安一个人兴致高昂地站在讲台上，大声催促同学："快点儿！动作要快！"

埃依然坐在位子上，不明白接下来要发生什么。

"是要跑步啦。"明歧解释，"每天上午第二节课下课，大家都要绕着整个学院跑三圈。"

"哦，好的。"埃跟着明歧往外走。

经过德利安身边的时候，德利安笑着向他伸出大拇指："埃同学要加油了，我们小犬学院的体能训练肯定比双子学院猛多了。"

埃感受到对方传达的友好，很开心地点头："我会努力的。"

明歧觉得埃同学根本不需要努力。他忽然感觉埃这一次的笑脸和之前的笑脸不太一样，之前的那种笑容简直是皮笑肉不笑，这一次倒像是发自真心

的笑了。

在简单地整完队伍之后,德利安便带领全班同学开始跑步。刚开始的五分钟,班级队伍还是整齐的,五分钟之后队形就变得松散,队伍越来越长,很快就和其他班级的同学混合在一起。

明歧在快跟不上埃的时候,上气不接下气地提醒他:"待会儿到了督查站的时候,记得在机器上刷一下卡,跑一圈就打一次卡。"

"好的,谢谢提醒,我先走了。"埃点头,随即就抛下明歧,脱离已经落后的大部队,开始向前冲刺。

"快点儿!"跑在最前面的德利安转过头,对着已经落后的同学们大声喊,却发现自己身后只跟着埃一个人。

"我可以赶超班级领队吗?"埃笑着问。

德利安的奔跑热情一下子就燃烧起来了,大喊:"来啊!比谁更快啊!"

"好。"

一瞬间,埃与德利安全部加快速度向前奔跑,周围的同学一脸惊愕。

这两位同学简直是人才!

"二年级一班的班长今天是疯了吗?"一个被赶超的男同学惊呼。

"和他一起跑的那个好像是……昨天新来的转校生?"另一个男同学想追上前去仔细看看那新同学是什么模样,但根本追不上。

"听说那转校生非常厉害!"

"我看出来了。"连他最基本的跑步速度都跟不上好吗。

很多同学在见到这位体力惊人的转校生之后,全都加快脚步跟上他,试图以此来比较自己和埃之间是否有实力差距。

德利安与埃一起跑完第一圈,在终点的刷卡机上打了卡之后,开始第二圈。

两人虽然是不相上下之势,但已经汗流浃背的德利安侧过头看埃的脸色,发现埃依然面不改色地"随意"奔跑着。

这个人根本就没有用尽全力跑步!这真的是贵族应该有的体质吗?

"加油。"埃侧过头,对德利安微笑。

他还笑得出来!德利安大喊:"不用给我加油!我很好!"

两人的前方已经没有人,后方跟着零零散散的十几个人。十分钟后,他们已经可以看见前方还在跑第一圈的吊车尾同学。

"你好。"埃赶超了明歧,向他挥手。

第二章
长得很像反派那只能没朋友了

"我很不好!"咆哮的明歧看着气喘吁吁的德利安从自己身边经过。看到德利安已经要虚脱的表情,他连忙说:"班长,别和他拼啊,你拼不过的。"

"不!这关乎我的尊严!"德利安继续追赶。

"……"被套圈的明歧觉得自己大概已经没有任何尊严可言了。

第二圈打卡后,德利安已经到达了极限,因为过度出汗而喉咙涩痒,停下脚步剧烈地咳嗽起来。他抬起头向前望去,发现埃已经没有了踪影。

好绝望!为什么世界上会有如此强大的人存在?

他跟跄地向前走两步,忽然发现一只手伸在自己的面前,握着一瓶矿泉水,随即传来很熟悉的礼貌用语:"请喝水吧。"

德利安惊愕地转过头,看见拿了两瓶矿泉水的埃。

这个人竟然还能跑到两百米开外的小卖部买水喝……

不过令德利安欣慰的是,埃终究也是一个正常人,在经过激烈的奔跑之后,埃也已经很疲惫地小口喘息着,汗水同样渗透了衬衫,头发也湿成一缕缕地贴在脸颊和脖子边。

"休息一下吧,我也不行了。"埃微笑道。

"啊……好。谢谢。"德利安接过矿泉水,喝了一大口水润嗓子。

休息了一会儿之后,两人开始以正常的速度向前跑。这时候大多数人才跑完第一圈,他们混在人群之中,一起慢慢地前进。

前方传来了惊呼声——"这样也能打起来啊?"

巨大的灵力波动发散出来,埃觉得这灵力有点儿熟悉,于是对德利安说了一声"我有事",便冲上去查看情况。

果然,一边跑步一边打起来的是伏啸和那不知名的收割团副团长。

两人一边要向前跑,一边还要时不时调动灵力向对方丢出一个咒术攻击,这"辛苦"的场面一下子就让埃陶醉了。

小犬学院的校风真的和别的学校很不一样。

"请等一下!"埃大喊。双方还在猛烈攻击着对方。

伏啸与那副团长看到埃已经出现,更加没有要停下来的意思,他们都希望在埃的面前证明自己的实力更强。

埃双手结印:"风咒!风浪!"

一道巨大的风浪横切入双方中央,斩断双方的攻击,并将两人向左右两侧推离半米。风浪消失,埃已经跑到两人中间。

第④章
小精灵是不是强行埋下的伏笔

三个人并排向前跑。

那个副团长试图跑得快一些，甩开埃，但埃始终跑在两人的中间，不管两人是什么距离、什么方向，只要两人所在的两点位置形成一个线段，他就绝对处于这条线段的正中央。

"你让开！"副团长大喊。

"请问我应该怎么称呼你？"埃笑着问副团长。

"我叫路塞尔！我再说一遍！你给我让开！否则我就不客气了！"路塞尔咆哮。

"我不希望你们因我而发生斗争，因此我不参加任何一方的团队，请结束吧。"埃对两人说。

路塞尔大喊："这已经不是你的问题了，我就是要和他打！"

伏啸也对埃说："是的！就算你不加入轻风团，我都要打败他！"

埃点头，很理解地呢喃："原来如此……已经到这种地步了吗？"

"你给我让开！"路塞尔继续大喊，"不然连你一起打！"

埃沉思片刻，很认真地对两人说："你们想要继续打的话，请先打败我吧。"

"你还真把你自己当回事啊！"路塞尔侧过身，猛地一拳挥向埃的脸。

埃瞬间俯下身避开拳头，右手握住路塞尔的手腕遏制住他的动作。

路塞尔睁大眼。速度好快！

埃的腰部和右手一用力，就迅速把路塞尔朝左后方抡出去。路塞尔惨叫一声，直接砸在伏啸的身上。

伏啸都来不及惨叫，两人已经一起滚向了道路边的草坪。

埃停下来，看着那两人在草坪上越滚越远，周围跑步的同学也停下脚步，查看到底发生了什么事情。

路塞尔停止滚动后立即冲刺回来。他撩起右手的衣袖，右手手掌和小臂上逐渐出现一个暗红色的图腾："腾龙！"

图腾不断扩散，他的手臂也随之覆盖上坚硬的黑色鳞片，最终变化成一只健硕尖锐的巨大兽爪。

"你太嚣张了！"路塞尔一爪挥下去，埃立刻跳离原地避开爪刃。

爪刃形成四道金色的光芒劈出，埃挥出左手掀开气浪将金光挡下。

"我打败你的话，你就加入收割团！"路塞尔在埃抵挡的同时，再次冲上去，一拳挥向埃的胸口。

在拳头即将撞击到对方的身体时，埃却突然从原地消失，随即，路塞尔的后衣领被他提住。

路塞尔愣住了。真的太快了！再强的攻击也没有用武之地！

"好好跑步吧。"埃露出微笑，一个转身，再次把路塞尔扔了出去。

旁边的伏啸刚爬起来，就看见那个黑影又向自己砸了过来，伏啸又和路塞尔一起滚了出去。

周围响起一片惊叹声，后面才来的同学好奇地问"怎么回事"，前排围观的同学解释"转校生把两个打架的都给打了"。

"那就这样，谁能打败我，我就加入哪个团队。"埃左手叉腰，右手指向那两个正在努力爬起来的人，眨了一下左眼。

女生们立刻被埃的这个充满爱意的眼神所折服："啊——好帅气！"

埃转过身继续沿着跑道向前跑。围观的学生们立刻解散，全部都充满干劲地跟在埃的身后奔跑，仿佛前方有什么未来的曙光在等着他们。

"什么情况啊……"被砸得腰疼的伏啸爬起来。

"浑蛋！"路塞尔大骂一声，不再理会伏啸，也跟着大部队开始奔跑，企图去超越埃。

"还真的打不下去了。"伏啸感慨一声。

一直在围观的德利安很自豪地笑道："我们班埃同学还真是友善啊。"

"他真的不介意自己变成被攻击的目标吗？"伏啸皱眉。

"没事，埃同学是无敌的。"刚从后面赶上来的明歧补充一句。

就在路塞尔即将追赶上埃的那一刻，埃在打卡的机器上刷了最后一次卡，离开跑道，朝着训练场的瞭望台跑了过去。

路塞尔难以置信地看着埃的背影，而自己只能继续沿着跑道跑第三圈。

瞭望台上正站着和音，她在监督学生们跑圈。

当埃走上瞭望台的时候，和音那冷峻的眼神中忽然有了笑意，轻声问："三圈跑完了吗？"

"是的。"埃露出微笑。

"真是厉害。"

埃伏在栏杆上，俯视下方还在跑圈的大部队。

他很享受这种俯视的感觉。

"你昨天肚子还受伤了，今天做这么剧烈的运动，真的没问题吗？"和音再问。

埃低下头，忽然痛苦地喘息起来，缓缓下蹲："啊，你这么一说，我忽然觉得，我真的有些不舒服……"

和音突然抬起握成拳的右手，面无表情地开口："你敢倒下的话，信不信我揍你？"

埃立刻站起来，笑着侧过头对和音解释："我现在感觉好多了。"

"……"

埃继续低头看着下方跑步的人群。

"我说，你这么好的天分，不能参加联赛真的是可惜了。"和音说。

"我也觉得。"埃眯起眼睛，依然俯视着下方，轻声补充说，"不过我并不想证明自己有多强大，我只是很想去别的国家看一看。我想要对这个世界了解得更多。"

和音想到埃已经没有了参加联赛的资格，忽然觉得自己不应该问这个问题："啊，抱歉，不该提起。"

"没关系的。"埃依然微笑着，"我会把名额争取过来的。"

"嗯？"和音转头看他，"可以吗？"这种就连整个小犬学院都做不到的事情……

埃也转过头，看着和音，点头说："我会试一试的。"

他有这个自信。

傍晚放学的时候，背着书包的埃忽然找到明歧，很虔诚地双手合十，眯起眼睛对他微笑："请问我可以跟你回家吗？就让我住一个晚上。"

"啊？"明歧一下子愣住，没有反应过来。

埃以为明歧有点儿为难，补充道："不行的话也没关系，我可以去找别

小精灵是不是强行埋下的伏笔

的地方住。"

"啊不,不是不行,绝对可以的,我很欢迎你来我家住。"明歧抬起双手,连忙解释说,"我只是没反应过来你为什么要来我家啦。"

埃瞥了一下周围往来的同学,很认真地对明歧点头:"我们出校门再说。"

"嗯,好。"明歧也很认真地点头。

感觉有什么"阴谋"正要开始。

明歧觉得有点儿紧张。

小犬学院的管理制度非常严格,在放学之后,走读生必须在规定的时间内离校,离校之后所发生的安全问题,学院一概不负责;而住宿生要离校的话,必须申请外出,还必须有正当的外出理由,外出的记录资料会向上进行报备。

埃和明歧一起进入学生处,和值班的副主任打招呼。

"是因为什么事情要出去?"副主任问埃。

埃一把搂住明歧的肩膀,解释说:"去明歧同学家住一晚,请他帮我补习一下功课。"

明歧突然红了脸。

副主任看着一脸微笑的埃和红着脸的明歧,感觉很微妙地眯起眼,问明歧:"真的?"

"嗯!真的!"红着脸的明歧点头。

"行吧,把表格填了。"副主任把一张纸推到埃的面前。

"谢谢。"埃松开明歧,抽出笔开始填表格。

明歧站在旁边,用冰凉的双手捂住自己发烫的脸,想让自己赶紧冷静下来。

副主任忽然侧过身,很认真地看着明歧,非常小声地问他:"真的没问题吗?如果你不愿意的话,我来帮你拒绝他好了。"

明歧一愣,连忙解释:"没!没有不愿意啦,我就是有点儿激动……"

"激动吗?"副主任好奇地睁大眼。

明歧又一愣,赶紧再解释说:"不!也不是激动,我就是觉得,埃同学真的对我好亲切,有点儿感动……"

"噢,明白。"副主任点头,接过埃递回来的表格,仔细检查核对。

"谢谢你能这么说,我很开心。"埃微笑着对明歧说。

刚冷静下来的明歧一下子又脸红了。

副主任给表格盖了章,把一个通行证递给埃,对两人点头说:"出去吧。

明天早上你把通行证交还给门卫。"

"谢谢。"埃回应。

埃把通行证展示给门卫看,门卫就允许埃出了校门。

"你有什么事情要做吗?"明歧问埃。

埃点头:"是的,我有东西落在双子学院了,需要回去一趟把它拿回来。"

"这样啊。"明歧想了一下,还是感觉有哪里不对——如果真的是这样,埃没有必要找另外的出门理由来应对学生处副主任。

但是他很快就阻止自己继续思考下去,毕竟这是别人的事情,他不需要管这么多,并且埃同学这么聪明,要做什么事情一定有他的理由。

走了将近三十分钟后,明歧回到了家。

房子是已经很破旧的一排公寓楼,这栋房子一共有九个楼层,每个楼层有十个大房间,一看就是房主用来出租的。

整片公寓楼看过去,埃有一种进入贫民窟的感觉。

他们上楼的时候,明歧很尴尬地解释:"房子是我租的,我比较穷,租的房子老旧了一点儿……"

"没关系。"埃笑着点头,完全没有在意。

明歧打开五楼一个房间的房门,故意挡在门口,转过身对埃继续解释说:"其实本来我连这种房子也租不起的,不过听房东说这个房间闹过事情,没有别人要租,于是就低价租给我了。我在这里住着倒是还可以,并没有什么很奇怪的事情发生。"

"啊。"埃有些呆愣地看着明歧身后飘浮着的一个女娃娃。

女娃娃披散着白色的头发,头发糊住了整张脸,身上穿着白衣服。

"怎么了?"明歧焦虑地耸起肩膀,以为是埃觉得他的家实在是太简陋了,简陋到出乎意料而惊讶。

"啊,不,没事。"埃眯起眼睛露出微笑,无视了明歧身后的女娃娃,"刚刚不小心分神了。"

"进来吧,不要嫌弃我家哦。"明歧压制着自己的焦虑,带领埃进门。

埃继续无视女娃娃,走进室内后开始随意地打量这个环境。

虽然一切看起来都很破旧,到处都是东西,但是所有东西都被整理得很干净也很整洁。大厅的左侧放着一张床和一个沙发,右侧放着木桌子和椅子,前方隔离的阳台同时做了厨房,阳台边隐蔽的角落里应该是卫生间。

地方虽然很小，但基础设施还是很齐全。

"挺好的。"埃开口感慨。

"啊，你能接受的话，真是太好了。"明歧感觉到埃是由衷在赞叹，因此内心的焦虑缓解了一点儿。

那个白头发的女娃娃飘到埃的面前，用女孩子的尖细嗓音，故意拉长语调说："你看到我了，对不对？"

埃再次当作没有看到，挪开视线去看墙上的时钟，现在是傍晚五点四十五分。

"埃同学你想要吃什么，不如我们出去吃吧？"明歧看了一眼厨房后，决定放弃自己下厨的打算。

"我随意。你平时都是自己做饭吗？"

"嗯，是的。"明歧尴尬地笑起来，"不过我都是随便做一做，味道不怎么样的，我们还是出去吃吧。"

女娃娃又飘到埃的眼前挡住他的视线，生气地对埃大喊："你就是看到我了！"

"没关系，我很想尝试一下明歧做的饭。"埃双手贴合，又做出虔诚的"拜托"的表情。

"啊……只要你不介意我做饭难吃就好。"虽然明歧很不情愿暴露自己糟糕的厨艺，但是一看到埃同学这么虔诚的表情，一种罪恶感油然而生，好像自己做错了什么一样。

埃被挡住了视线，完全看不见现在的明歧是一副什么表情，于是他终于有点儿不耐烦地抬起右手，往那女娃娃身上轻轻一拍，像是掸掉了一片灰尘。

但是女娃娃却瞬间弹射了出去，"噗"的一声响后，女娃娃被拍到了右侧的墙面上。

"啊，怎么了？"明歧茫然地望向那边的墙面，感觉有什么东西过去了，仔细看又什么都没有。

"不用在意，只是一只小虫子而已。"埃解释。

他真的不想告诉明歧他家真的有奇怪的东西，明歧要是知道的话，可能会无法安心地继续住下去吧？

明歧皱着眉头走过去，轻声呢喃："墙上的漆都掉了……"

"我要生气了！"女娃娃发怒地张开双手，白色头发全部向上飘浮，露

出惨白的一张脸，张开嘴，露出嘴里的尖牙。

埃瞬间转移到明歧和女娃娃中间，右手猛地一掌拍在墙上："啊，刚刚没把虫子打死，现在应该打死了。"

女娃娃被埃的右手按在墙面上，差点儿喷血，在缓过劲来后大声惨叫："放开我！"

"请你放心地去做饭吧，我很期待今天的晚饭。"埃无视女娃娃，对明歧说。

"嗷！"女娃娃低下头，一口咬在埃的手上。

"好的……"明歧一边往厨房走，突然又回过头问，"真的没什么吗？"

"没有。"埃依然微笑。

明歧睁大眼："那个……你的手好像流血了……"

"是虫子的血。"埃继续一本正经地说道。

"真的流血了啊！"明歧跑过去查看埃的右手，发现他右手的虎口处竟然有一排小小的牙齿印。牙印非常小，仿佛咬人的东西只有一个洋娃娃一样大。"有什么东西咬你了吧？"

"啊，我放弃了。"埃无奈地松开右手，把女娃娃放出来，"你家确实有奇怪的东西。"

"啊？"明歧惊愕地抽出两张纸巾递给埃，反应了两秒之后露出更加惊恐的表情，"啊！"

女娃娃对着埃大喊："我是精灵啦！"

"噢。"埃点头，对明歧解释，"她说她是小精灵。"

"小精灵？"明歧疑惑地皱起眉头，不过在得知是"精灵"后，恐惧感倒是瞬间少了很多。

埃用纸巾擦干净手上的血渍，继续解释说："这个小精灵很弱，只有我这样灵力非常强的人才能看见。"

糊着一脸白色长发的小精灵很认真地闭上眼，一本正经地点头："嗯。"

"大概是住在这所房子里的小精灵吧。"埃望向小精灵。

"不，我是被困在这里了，再过几年估计我就要死掉了。"小精灵对埃说。

于是埃面无表情地转述给明歧："她说她要死了。"

"我现在还不会死的！"小精灵对埃大喊，头发又像火焰一样竖了起来。

埃再面无表情地转述："她说她还不想死。"

明歧立刻就认为这是一只命不久矣的可怜小精灵，赶紧问那一团空气：

小精灵是不是强行埋下的伏笔

"有什么我可以帮你的吗？"

小精灵伸手指向床边："那里有个工艺品，我被关在一块白色的玉石里。我没有办法带走那块玉石，只能一直被困在这里。"

埃走向床边，从床底下拿出一个黑天鹅工艺品。黑天鹅是用黑色玉石镶嵌而成的，它的眼睛是用白色玉石点缀的。这个工艺品很笨重，因此小精灵既没有办法把白色玉石抠出来，也没法带走整个工艺品。

明歧解释说："这个东西是以前的房客留下来的，我觉得它没什么用，丢了也可惜，就塞到床底下了。"

"嗯，小精灵的玉石被嵌在这上面，把这块玉石拿下来还给她，她就会走了。"埃对明歧解释，又问那小精灵，"是左边的还是右边的？"

"唔，右边的呢。"小精灵认真地看着埃用手指抠玉石。

埃把黑天鹅工艺品的右侧白玉石取下来，放到小精灵摊开的手心中。

"啊……太好了呢。"小精灵握拢双手，白皙的脸上露出微笑。

"请离开吧。"埃也露出微笑。

"嗯。"小精灵点头，瞥了一眼埃后，又望向明歧。

不过明歧只看见一颗白色玉石悬浮在半空。

小精灵看着明歧，欲言又止，最后还是转身向门外飘去，回过头对两人大喊："我走啦！"

"再见。"埃对着她挥手。

明歧见状，也连忙对着那个方向挥手说"再见"。

几秒后，明歧问埃："她真的走了吗？"

埃点头："嗯，走了。"

"啊……真是的……"明歧忽然露出有点儿惆怅的表情，缓缓呼出一口气，"要是我能看见就好了。"

这样子也不必让那小精灵等待这么久了。说到底，是自己的灵力不够强啊。

"不要在意。"埃笑道，"快去做饭吧。"

"嗯。"明歧走向厨房。

埃俯视手里的黑天鹅工艺品，然后把它塞回床底下。

厨房里的明歧对着埃大喊："没有准备什么菜，我们吃面条可以吗？"

"可以的。"埃点头。

"好的！"明歧从橱柜里取出两盘干面，放入煮沸的热水中。

他在切菜的时候，突然感觉到背后站了一个人。

他不说话，那个人好像也不准备说话。

这种沉默的氛围有点儿可怕。

明歧终于开口："那个……你想知道点儿什么吗？"

"你一个人住在这里吗？"埃很认真地问道。

"是的，我一直都是一个人的，我没有父母。"明歧很平静地解释。

"啊，抱歉。"埃说。

"没关系啦，我已经无所谓了。"明歧微笑，然后回问，"埃同学的家是不是离小犬学院很远，所以要在小犬学院住宿？"

"是的，比较远，在乡下。"

"竟然在乡下啊……"

"乡下环境很好。"

"确实挺好的。"

接下来埃又没有了声音，明歧便开始新的话题，问："埃同学你是从小就这么厉害了吗？还是后天练习得这么厉害的？一定是很刻苦地练习，才这么厉害吧？"

"不，是天生的。"埃很耿直地坦白，"后天似乎没怎么练习。"

"……"明歧心如死灰地把切好的菜也放入锅里。

面条很快就煮好了，两人一人盛了一半，坐在一张小矮桌边吃。

埃觉得明歧的厨艺应该非常好，至少比食堂里做菜的阿姨要好很多。

吃到一半时，他看见自己的左侧飘浮着那只小精灵，刚想开口说点什么，那小精灵忽然将食指贴在唇边，"嘘"了一下，示意埃什么都别说。

埃瞥了一眼还在吃面的明歧，自己也继续吃面。

小精灵眼巴巴地看着明歧，轻声开口对埃说道："本来我想直接走的，但又始终觉得会留下遗憾。虽然他听不到我说话，但我还是希望他能够知道我的想法……请麻烦你把我的话转告给他。"

埃的嘴里含着一口汤，认真地听小精灵接下来的话。

"你现在不要转告他，待会儿我走了之后，请你再告诉他。这件事对我来说很重要……"小精灵捂住脸，有点儿羞涩。

埃忽然一掌拍在了桌子上，发出"砰"的一声巨响。

"怎么了？"被吓了一跳的明歧睁大眼，差点儿喷了他一脸汤汁，手里的筷子都掉在了桌子上。

埃看着明歧的眼睛，把嘴里含着的那口汤咽下去，很认真地开口说："小精灵还有话想告诉你。"

"啊？"明歧皱眉。怎么突然就来了这么一出？太突兀了吧？

小精灵更加害羞地捂脸，对着埃大喊："不要现在转告他啊！我会害羞的！"

埃对小精灵说："我觉得，如果是什么重要的事，还是你亲口告诉他比较好。"

明歧很惊奇地看着那个方向："难道小精灵还在这里吗？"

"可是他看不见我啊……"小精灵呢喃。

"我的灵力分给你一点儿。"埃抬起手，把食指戳在小精灵的脑袋上。他的指尖发出蓝光，随即小精灵的全身都发出了蓝光。

"我看见了！"明歧惊呼。

漂浮在半空中的是一个很娇小的女孩子，和手偶一般大小，白色的长头发很凌乱地披散着，身上穿一件很简单的白色小长袍。

"我感觉我变强了！"小精灵惊喜地欢呼，绕着房子飞行了一大圈。

"是错觉。"埃说，"时间有限，想说什么就快点说吧。"

小精灵落在明歧面前的桌子上，仰头看着明歧，黑色的眼睛水汪汪地充满情愫。

"啊……"明歧的脸上起了一点儿红晕。虽然这个小精灵小了一点儿，但确实是一个非常可爱的小妹妹。从来没有女孩这样含情脉脉地注视过他。

"吱！"小精灵发出一声尖锐的叫声，又捂住了脸。

埃有点儿寂寞地用左手托住下巴，等着剧情的进一步展开。

"你有什么事情要对我说，是吗？"明歧问。

"嗯……"小精灵把双手往下挪，重新露出很大的黑色眼睛，鼓起勇气开口说，"我想告诉你，和你在一起的日子，我真的一点儿都不寂寞呢。"

明歧再次疑惑地皱起眉头："请问我们之间……发生了什么吗？"

他们之间好像什么都没有发生过吧？为什么这个小精灵给他的感觉，就像是他们之间已经上演过一场荡气回肠的情感大戏了呢？

"虽然什么都没有发生，但是我可以想象——想象我们一起在沙滩上漫步，想象我们一起在月光下憩息，想象我们一起游荡在山间，追寻着风所携

带的花朵的香气……"

明歧连忙抬起双手回复:"请你不要想这么多!"

小精灵像是受到了惊吓,用宽大的袖子掩盖住嘴巴,露出很委屈的表情。

"啊,"明歧意识到这样突兀地打断小精灵不太好,于是连忙补充,"没关系,你继续说吧。"

小精灵沉默了一会儿,继续小声说:"我每天都在看着你,时时刻刻都在看着你……就算只能看着你,我也觉得我的内心得到了极大的满足,甚至心里想,就算我生命中剩余的时间全部留在这个地方,一直用来看着你,我也应该是……"

"等……等一下。"明歧再次打断了小精灵的言语,虽然他内心很不情愿这么做,但总觉得再任由小精灵说下去,他会陷入万劫不复的境地,"我想问问,你真的一直盯着我看吗?包括我睡觉的时候?洗澡的时候?唱歌的时候?"

小精灵认真地点头:"嗯,包括你模仿电视里那些人跳舞的时候,我也一直看着哦。"

"不!"明歧悲恸欲绝地捂住头。

什么都被看到了啊!如今还当着埃同学的面全部说出来了啊!

明歧瞥了一眼埃同学,果然他的表情变得有点儿微妙。埃似乎很想说什么,但没能说出口,于是痛苦地皱起眉头,把嘴抿成一条缝。

明歧觉得埃同学的内心真的很强大,竟然能够一直忍着不发表一句评论。

小精灵很不安地轻声问:"你不喜欢我看着你吗?"

"嗯。"明歧很尴尬地点头,"我觉得不管是谁,时时刻刻被人盯着看,也会觉得很不自在的。"

"啊……"小精灵深吸一口气,脸颊有点儿泛红,轻声说,"抱歉啊……以后我不会再……啊……我们今后不会见面了吧……"

明歧笑道:"没关系啊,你以后还是可以经常来看望我的啊。"

小精灵重新睁大眼,点头:"嗯!"

明歧看着小精灵的身影,觉得小精灵慢慢变得透明起来。他连忙说:"时间好像到了,我感觉我又要看不见你了。"

埃再次把自己的手指头戳在小精灵的后脑勺上,把灵力灌输过去,但这一次已经没有用了。小精灵无法再次吸收埃的强大灵力,在明歧眼里变得越

第 8 章 小精灵是不是强行埋下的伏笔

来越透明了。

"快要消失了……"明歧觉得很可惜。

小精灵突然悬浮到半空,很激动地对着明歧大喊:"我回去后会好好修炼!等我下次来找你的时候,一定让你能够看见我!"

"啊……嗯。"明歧点头,微笑着说道,"等你下次来找我的时候,我也一定要强大到能够看见你。"

小精灵的身形完全消失。

"好的!再见!"小精灵对着明歧深深一鞠躬,然后转身飞出窗户。

明歧没有听见小精灵的这句话,在看到埃的视线转向窗口的时候,才意识到小精灵已经飞走了。

埃把视线挪回来,笑着对明歧说:"请加油。"

要强大到能看见力量如此微弱的小精灵,真的要很努力才可以。

"啊,不,我随便说说的。"明歧瞬间意志消沉地捂头,很小声地碎碎念,"毕竟在这种情况下,我必须要说出励志宣言,这个故事才显得更完美一点儿吧。"

"你对自己没有信心吗?"埃缓缓开口问道。

明歧沉默片刻,然后抬起眼,对上埃的视线,轻声反问:"我想知道,在埃同学的眼里,我真的还有进步的空间吗?埃同学对我……有信心吗?"

在他的眼里,埃已经是接近完美的存在。埃有着超越常人的力量与超越常人的思维,一定把自己看得很透彻了吧?自己究竟还有多少发展空间,埃同学应该早就心中有数了吧?

埃将双眼眯成一条缝,像是真的在思考什么,几秒后又突然睁开眼睛,脸上依然保持着稳定的微弱笑意,回复说:"我不知道。"

明歧看着他。

埃继续说:"一个人的发展,不是我说了什么,就能够决定的。"

"啊,抱歉,没事没事。"明歧突然结束这个话题,连忙大口吃掉剩下的面。

自己为什么要抛出这种问题?要明智地回答这种问题,对别人来说一定是个挑战吧?

埃看了看切断话题的明歧,也低下头看着自己面前的碗,端起来再喝了一口汤。

汤已经冷了。

结束晚饭后,明歧去收拾碗筷,让埃先坐在沙发上看一会儿电视。

埃也没有客气，很大方地坐在沙发上，不断地用遥控器切换着电视频道，最终停留在一个健身操节目。

倒也不是健身操很特别，而是跳健身操的人都是身材姣好的年轻女人，充满女子的激情与生命力。

埃没再调频道，抬起右腿架在左腿上，开始很有兴趣地看女子团体健美操。

当明歧手里拿着两个苹果从厨房里出来，看见这个电视节目的时候，顿时整个人都抽搐了一下。

因为这个节目就是，之前小精灵说的"模仿那些人跳舞"的节目。

该不会是埃同学发现这一点儿了吧？明歧有点儿紧张。不过他觉得埃应该不会想这么多，于是又冷静下来，把一个苹果递给埃，说："你也喜欢看这个节目吗？"

啊，糟糕，多说了一个"也"。

"嗯，挺喜欢的。"埃点头。

那就好。明歧完全松了一口气，坐在沙发上，咬了一口苹果。

埃也慢慢啃苹果。过了一会儿，埃一边注视着电视，一边漫不经心地呢喃："啊，忽然想看明歧同学跳舞。"

"嗤！"明歧发出一声微弱的声响，开始疯狂地"咔嚓咔嚓"啃苹果。

还是……被发现了吗？

"啊，抱歉，我随口说出来了。"埃连忙转过头对明歧笑道，"你可以吃慢一些。"

"唔。"明歧把满口的苹果渣渣吞下去。看来，埃同学真的没有想那么多。

一下子吞得太多，他有点儿被噎到，缓了好一会儿后，他才对埃说："今晚你就睡床上吧？我睡沙发，睡在沙发上也挺舒服的。"

"啊，说起过夜的事。"埃突然站起来，左手扶正了挂在腰间的长刀，长刀和铁链摩擦发出微弱的金属碰撞声，"我就不在你家过夜了。现在我也是时候离开了，很感谢你的招待，我很满足。"

"啊……现在就走吗？"虽然明歧知道埃要回一趟双子学院，但大晚上的赶过去……还是有点儿难以理解。

"是的，现在。再见。"埃略微俯身，行礼后离开。

午夜十二点，埃站在双子学院的大门前。

他已经穿上一件黑色的短袍，完全退去了属于学生的稚气，身材修长挺拔，

小精灵是不是强行埋下的伏笔

有着成熟男人的深沉稳重。

双子学院的管理并不像小犬学院一样严格，因为双子学院是贵族院校，既是重要的文化中心，也是重要的政治中心。这里的社会人员来往频繁，学院难以统一管理，于是形成了相对开放的校风，只要持有许可证，就可以进入校门并来往于各个区域之间。

埃从口袋里抽出自己的许可证，将卡片贴在校门口右侧的金属仪器上。

机器发出"嘀"的一声响，屏幕出现白光，上面显示持卡人姓名：I. 希斯纳·格瑞飒·阿尔弥兰。

随即，大门旁边的校门自动解锁。

埃收回卡片。

看来双子学院将他开除得太突然，都还没有开始着手消除他在电子系统里的相关信息。这倒是省去了他强行潜入双子学院的麻烦。

他推开校门进入校内，校门在他身后自动上锁。

夜间的校园总是处于静谧之中。

他离开双子学院并没有多久，但觉得昔日熟悉的一切已经有一些陌生了。

站在空旷的道路上，望着散发黄色暖光的路灯所指引的远方，他深呼吸一口气，径直走上通往图书馆的道路，很熟练地避开所有巡夜的保安。

图书馆在夜间闭馆，粗大的铁链象征性地将大门锁上。

很多学生在一开始会认为图书馆中充满玄奥，按照小说的剧情发展，他们可能会在机缘巧合之下，在图书馆中偶然得到一本遗落在这个世界上的重要之书，这本书会指导该生突破自我，从此走上征服大陆、征服世界的热血道路。

然而他们很快就会看清现实，图书馆的藏书都很普通，多读两本也并不会让他们脱胎换骨，所以他们对图书馆的执念也就消失了。

于是图书馆并没有被学院严格看管，因为贵族们并没有偷书的动力。

第五章
这件事非得由魔使来做不可

埃站在图书馆入口的转角处,仰头看向入口右上方的监控摄像头。

摄像头很隐蔽,多数学生到了毕业离校都不会发现这里有监控的存在,但埃早就对图书馆内外的监控布置一清二楚。

虽然图书馆没有人工守卫,却到处受到监控。

他戴上一双黑色手套,从腰间抽出一支小匕首投掷出去。匕首猛地戳入摄像头外的保护罩,将镜头连带保护罩一同破坏。

与此同时,他迅速冲向图书馆门口,抽出短刀劈在粗大的铁链上。灌注了灵力的短刀瞬间劈断铁链,几乎毫无声响,他径直冲入室内。

开始了。

这是一项比较有挑战性的事情,埃兴奋地露出微笑。

本以为,不会到今天这种地步。自己不该迈出这一步的。

他迅速而轻巧地沿着隐蔽的角落极速奔跑,穿梭于层层书架之间,不时从腰间抽出匕首,投掷向上空角落中的监控摄像头。

十余个监控设备全部被破坏。

他是如此了解图书馆的监控布局,以至于没有哪一个监控设备能够捕捉到他的身影。最终,他到达最里侧的一扇门前。

图书馆建造在地下,这里是地下一层,打开这扇门就会前往地下二层。

地下二层用于储存相对而言枯燥无味的非常用图书,几乎被作为废书堆放室使用,平日里很少有人会进入地下二层借阅图书。

他打开这扇门,迈进去两步后停住。门的上方是两个监控设备,镜头正对准他的后背。他知道自己无论如何都无法逃避这两个监控镜头。

磅礴的灵力从他的身上发散而出,汇聚成一道白色的流光向上方扫射出去。监控的保护罩和镜头被这道光线击中,瞬间破碎。

这件事非得由魔使来做不可

埃平静地打开灯,踏着楼梯向下走,进入地下二层。

地下二层的书架摆放与一楼不同,是沿着墙壁摆成一个大圆圈,周围都是书,唯独中央腾出了一块近百平方米的空地。

埃走向空地中央,长靴踏在晶石铺制的浅黑地板上,发出微弱的"嗒嗒"声。

"你回来了。"

地下二层的空间中,响起微弱又嘶哑的声音。声音如同从野兽的喉咙里发出,拖泥带水又含糊不清,让人觉得连周围的空气都变得寒冽起来。

"嗯。"埃轻声回应。

此时他已经站在大厅正中央,低头看着自己脚下的地面。在微弱灯光的映照下,淡黑色晶石清晰地映出他的倒影,以及以他为中心而展开的一个巨大的金色图阵。

周围没有人。

"你离开没有多久。"那个声音说道。

这个声音只有埃能听见。

一年前,埃第一次进入图书馆地下二层时,就看见了眼前的这个刺眼的图阵。但是这个图阵没有其他人能看见。

对于自己的灵力总是强大到看见不寻常的东西,他已经非常淡然了。

那被困在图阵之中的怪物似乎感觉到了他的能量,开始试图与他说话。

最开始的几次,埃的周围总是有其他人在场,面对怪物的声音的侵扰,他就当作什么都没有听到一样,始终无视它。

当这个怪物要放弃的时候,他趁着周围没有人,回应了一句:"你好。"

之后他就经常出入图书馆,在这地下二层阅览一些冷门的书籍,有机会的时候,就和这个怪物对话几句。

因为出入的次数太多,他顺便摸清了图书馆监控布置的格局。

"我需要你帮我做一件事。"他对怪物开口说道。

"哈!"那怪物发出难以理解的感慨声,语气有些嘲讽。

他面无表情地继续开口强调:"我放你出来,你帮我做一件事。"

"能放我出来,你的所有要求我都会答应。只是啊——"怪物无奈地嘲讽起来,"你做不到。"

过去一年多的日子里,怪物虽然经常与埃对话,但从没请求过埃释放它,毕竟那是奢望。

一个年轻人，不可能有这个能力。即使它能感觉到埃与众不同的能量，能够感觉到地面上埃的存在，但它不认为埃有什么超乎常人的力量。

"让我试一试。"埃的右手摸上左侧腰间的长刀，握住长刀的刀柄。

捆绑在长刀刀鞘上的银白色细小铁链忽然松开，如同被托举般悬浮在空中。他抽出刀鞘中的长刀，很突然又很随意地将长刀插在图阵最中央的圆点上。

刀尖刺入晶石的同时，图阵金光大亮。

埃握着刀柄，用力将长刀一转，轻声说："解除。"

图阵中心的金色纹路破碎，金光消失。埃的力量沿着长刀向下灌注，再由长刀向外一层层扩散开。他的力量所经之处，图阵纹路便瞬间支离破碎。放射出在垂死挣扎般的光芒之后，图阵完全消失了。

黑色晶石塌陷下去，取代图阵的，是一个黑色的旋涡。

从旋涡中伸出一只巨大的黑色兽爪，兽爪猛地拍在晶石地面上，尖锐的灰色指甲嵌入地面，边缘的晶石碎裂成粉末。

"你是……"那怪物发出难以置信的低沉声音，"你怎么能够……"

"出来吧，让我看看你的样子，"埃平静地等待着对方的出现，并且唤出对方的称谓，"魔使。"

一只巨大的野兽从旋涡中爬出。

它的身躯有三米长，接近两米高，身后拖着一条一米长的粗大尾巴，全身覆盖着灰色的长毛。它的头部似狼，两只长耳朵竖立在头顶。

在听见"魔使"这个称呼后，形似灰狼般的野兽惊恐地睁大金色的眼眸，狭长的瞳孔缩小成一条缝隙——面前的人类，竟然知道它的身份！

虽然他们之间曾经进行过许多次对话，但对话内容都简单到无关紧要，他们从来都没有互相询问过对方的身份信息。

埃望着灰狼，平静的脸上终于露出微弱的笑意，双眼眯起来，轻声说："太好了！你是我喜欢的类型呢。"

是带毛的四足兽。如果换成其他什么形象，尤其是没有毛的怪物，那他可能会很难喜欢上对方。

而那灰狼也是第一次看见了埃的模样。

灰狼略微将头凑上前，试探性地嗅了嗅埃的气息，在确认埃只是普通的人类后，它突然咧开嘴露出獠牙，抬起前肢站立起来，成为一个三米高的健硕狼人。

"你啊,为何会天真至此?"狼人发出狰狞的笑声,猛地抬起右爪朝埃拍下去,"一旦自由,我怎会听从你的号令?"

眯着眼睛的埃忽然将眼睛睁开,露出已经变成红色的眼眸。

与此同时,正对上他目光的灰狼的双眼,也变成了红色。

"砰"的一声巨响,灰狼跪在地上,膝盖陷入地表砸碎晶石,犹如陷入了一个半米深的大坑。

双膝碎裂般的疼痛涌入大脑时,灰狼才惊愕地意识到自己下跪了!

它完全控制不了自己的身体,伸出的右爪正好触碰在埃的头顶,既无法继续拍下去,也无法收回。唯一的动作只有——恐惧地颤抖。

"你比我预料的更弱一点儿。"红色双眼的埃从灰狼爪子的下方走出来,伸手去抚摸它鼻梁上的短毛,继续微笑着说,"请答应我的条件吧。"

埃的抚摸很亲和,但是灰狼感受不到任何的舒适,反而觉得对方更是像在逆毛抚摸,惹得它全身都战栗起来。

它完全没有反抗的能力!面前的人类,究竟强大到何等地步?

埃停止抚摸,右手压在灰狼的鼻梁上,用力将它的鼻梁往下压,让整个僵硬住的笨重狼头向下垂。

他以右手为支撑,身体前倾,红色的双眼笔直地注视着灰狼巨大的红色眼睛。

双方眼睛的距离不到半米。

灰狼的眼眸急剧颤抖着。

埃的双眼虹膜是明亮的鲜红色,瞳孔是暗红色,此时瞳孔放得很大,几乎覆盖了整个眸子。

"答应我。"埃笑着,轻声说。

"……是。"犹如意志也被对方控制了一般,灰狼极不情愿又遏制不住地从喉咙里发出了屈从的声音。

"好。"埃收回前倾的身体,后退两步,右手再轻轻拍了拍灰狼的鼻梁,"明天,你要按我说的去做。做不好的话,我会来找你,让你直接从这个世界上消失。"

"……是。"

说出这个字的时候,灰狼突然感觉到自己全身终于获得了解脱。

然而在重获自由的这一刻,它却身体瘫软地向前扑倒,下巴磕在地上,

上下齿咬合发出"咔嗒"一声脆响。

"不用紧张,是很简单的事情。"埃补充说。

它抬眼,看见这人类少年正微笑着俯视自己。虽然他面带笑意,但从他恢复成黑色的眼中看不出丝毫的亲切与善意。

这不是自己能够对抗的人,灰狼的每根毛发都颤抖着给它传达这个信息。

它支起上半身,像是一条大狗般坐在地上,竖起耳朵听候埃的命令。

埃开口说:"请你听好,在明天……"

真的只是做一件非常简单的事。

但这件事别人做不到,非得由"魔使"来做不可。

第二日,明歧来到教室,发现埃正伏在桌子上一动不动,似乎是在补眠。

他坐在埃的附近,试探着问:"你昨晚睡得还好吗?"

埃没有回应。看来睡得不是很好。

埃一直睡到第一节课上课。那个老师是非常和善的人,对新来的转校生有一定程度的宽容,并没有叫醒他。

于是埃又睡到了第二节课上课,第二个老师终于按捺不住,拿起粉笔就往埃的头上扔了过去。

全班静默地看着埃。

粉笔在距离埃半米时,突然被一道保护屏障弹开。

"倒真是个人才。"女老师冷静地说出一句反语,一推眼镜后,猛地一拍桌子,大喊:"埃同学!"

"在。"埃瞬间精神恍惚地坐直身体。

老师拍黑板:"上来。"

"是。"

埃完全没有在意黑板上写了什么,起身便往前走,到了黑板前拿起粉笔时,才用眼睛扫视了一下题目,在一长串算式题目后面画了个等于号,后面接上"4"这个数字。

下面的同学低头看了看自己写的密密麻麻的草稿。

埃放下粉笔,双眼无神地对着老师略微一点儿头表示问候,然后走下讲台回到座位,继续神情恍惚地端坐了两秒。

老师严肃地看着埃,强行挤出了和蔼可亲的笑容,轻声说:"你睡吧。"

你的脑子需要好好呵护。

第五章
这件事非得由魔使来做不可

"谢谢。"埃再次伏在桌子上。

教室里终于响起了惊讶的感叹声:"天——才——"

明歧看着沉睡的埃。

按照埃所说的,他的强大力量是与生俱来的,那么他的智力也是与生俱来的吗?一个人为什么能够达到这个境界呢?是造物主做错了什么,才让这个世上不慎诞生出这样一个完美的人?

明歧虽然这么思索着,但他出奇地平静。

大概埃同学与他不是同一类人吧。差距如此之悬殊,让"嫉妒"、"羡慕"与"介怀"这种常人该有的感情,都没有可以展现的余地了。

第二节课结束,在德利安的催促下,埃才慵懒地起身去绕着学院进行长跑。

埃跑得很慢,眯着眼睛露出一股漫不经心的神情,无论德利安怎么催促,他都始终拖在队伍的最后面,不肯加快步伐。

连明歧都可以轻易地赶上他了,他问埃:"你昨晚没睡好吗?"

"嗯,做完事情后,没找到地方睡,就在公园里看了一会儿夜景。"

"你可以回我家来睡的……"

埃露出微笑:"太晚了,会打扰到你的。"

前方的伏啸和路塞尔还在对打,伏啸手里握着双刀,路塞尔右手的龙爪铁臂抓着双刃斧,两人完全没有使用术法攻击,而是粗暴地进行冷兵器对抗。

因为这种较量非常容易伤及无辜,而且不具备什么美感,所以他们周围并没有多少同学愿意围观。

在两人相撞后各自退让之际,埃和明歧不急不缓地从两人中央的道路上跑过,然后将两人抛在身后。

又跑了五分钟,明歧见埃还是没有任何反应,就问道:"那个……你刚刚有没有看见有人在打架?"

看埃同学依然恍惚的表情,似乎他刚才完全没有注意到伏啸和路塞尔那么大的动静吧?

此时,埃的前面出现了一个高大魁梧的男生,制服的袖子一直拉到胳膊上,像是给自己贴上了"不良"的标签。那男生用粗大的嗓门豪迈地大喊:"喂!你就是那个很嚣张的转学生吗?"

埃将头侧向明歧,身体很自然地偏转方向跑出一个弧度,绕过了那个男生的拦截,对明歧说:"啊,是吗?抱歉,我没在意。"

明歧眯眼:"我觉得你刚刚又错过了什么。"

那个男生愣了两秒,追上埃,跑到埃的身前大喊:"站住!"

"啊,我还是有点儿困,无法顾及那么多。"埃再将头侧向明歧,身体又自然而然地避开了那个男生。

明歧连忙说:"埃同学,请你注意一下那位同学,他可是收割团的——"

"你真是够了!"那个男生冲到埃的面前,愤怒地抡起拳头,准备朝埃的脑门上敲下去。

明歧在见到那男生的拳头时,没能把后面两个字说出来。埃一巴掌拍在那男生的脸上把他推开,好奇地问明歧:"的什么?"

被推开的男生犹如被一道猛烈的气流弹射出去,撞在了两米外建筑的墙面上,墙面瞬间被撞出一块蛛网状的裂纹。

明歧这才吐出最后两个字:"团长。"

埃与明歧继续向前跑,埃接着问:"那团长在哪里?"

明歧平静地解释:"算了,不用管那么多,继续跑步吧。"

跑完步后,埃并没有清醒多少,而是快快地打个哈欠,继续伏在课桌上睡觉。继续睡了两节课,到了临近吃午饭时,他才真正睡饱了一般苏醒过来。

时间差不多了,不知道那个魔使将任务完成得如何。

午休的时候,和音突然出现在二年级一班的门口,敲了两下打开的门作为打招呼,轻声说道:"埃同学,我找你。"

埃闻言起身,朝门口走去。

和音领着埃向行政塔方向走,一边解释:"出现了一点儿麻烦的事情,需要开个会。本来是没有邀请你的,但我想让你也过来,而且我们院长想要见见你。"

埃满足地露出笑脸,但他也知道不能将得意的笑展露得太明显,于是又将笑容收敛了,装作不知情地问道:"请问是什么事?"

"今天早上接到的消息,说是双子学院镇压的魔使跑了。"和音轻描淡写地解释,看得出来她并不是很关心这种事情。

埃认真地问道:"请问魔使是什么?"

"魔使啊……"和音想解释,但想了一下后还是放弃了,"待会儿开会的时候会解释的,你现在就当作是来自另一个世界的一种非常强大的怪物吧。"

"好的。"埃点头。

/第五章/
这件事非得由魔使来做不可

和音右手叉腰,继续轻声抱怨:"不就是跑掉了吗?隔壁巨蟹学院的魔使都跑十几年了。"

埃问:"双子学院的人现在很紧张吗?"

和音点头:"是的,他们院长命令必须把那魔使尽快抓回去。"

"大概是因为魔使的破坏性太强了吧。"埃眯起眼睛,露出了满足的笑容。

和音带着埃进入行政塔后走向地下室。地下室中心是一个会议厅,会议厅四十平方米左右,虽然空间不大,但都是高级的设施配置,似乎是专门用来召开最重要的秘密会议。

会议厅的灯光是蓝色的,墙面四周布置着满满的蓝色屏幕,此时屏幕正处于待机状态的准备画面,散发出的光也是蓝色的。

埃瞥了一眼会议室门口贴着的蓝色牌子,上面用白色的字写着"蓝厅"。

于是整个会议室都笼罩在一片蓝色的忧郁之中,所有已经在座位上的人都显露出一副忧国忧民的严肃面孔。

和音拍了一下埃的肩膀后就往外走:"埃同学你先坐,我去接应一下院长。"

"好的。"埃点头。

当他走进去,面孔也被蓝光覆盖时,他的表情也变得冷峻起来了。

已经有八个人到场,占了会议桌的大半位置。其中就有伏啸和路塞尔,他们各自坐在会议桌左右两侧的最中央,似乎分别是两个团队的头领。

那么这两个团队应该就是轻风团和收割团,目前在场的都是这两个团队的核心人物。两队人员寂静无声,谁都没有开口说话。

埃在一个剩余的空位置上坐下后,八个人的目光都集中在他身上。

"嗯?"埃不解地眯起右眼。

伏啸将右手掩在嘴边,轻声提示埃:"那是领导的位置。"

"啊。"埃愣了一下。

此时,门外已经响起领导到来的脚步声。

埃突然将右手拍在桌面上,以此借力纵身向前飞跃,在半空中一个敏捷的侧空翻后蹲在他原先座位对面的空位上。

就在领导进门的那一刻,埃已经在座位上坐好。

"久等。"一个白色长发的男人坐在埃之前坐过的位置上。在这个男人坐下以后,和音和另外一个老师才在这男人的左右侧坐下。

白发男人四十余岁,看起来很健朗,白色的眉毛低压着,嘴唇也抿成一

条线,给人的感觉异常庄重严肃。他穿着一件黑色的大衣,双手环抱在胸前,蓝色的双眼径直地望向对面的埃。

埃露出微笑,温和地向对方点头表示问候。然而这个男人依然压着眉头,表情没有任何变化。埃的笑意也因此难以维持下去,只能将视线撇开,平静地望向别处。

和音率先开口讲述:"因为任务比较棘手,所以没有在全院范围内公开,只召集了轻风团与收割团的诸位——"

和音扫视在场的所有学生,转而去问路塞尔:"你们团长没来吗?是你来代替他做决定吗?"

"是。"路塞尔回应,转而望向埃,"他早上被某个人打了一顿,现在还头疼,没办法过来了。"在路塞尔的暗示下,所有人都用很微妙的眼光望向埃。

埃有些不明所以地挪回视线,很认真地询问:"我需要做点儿什么吗?"

"不用了,我倒是不想要那个人来。"立刻猜到原因的和音止住这个话题,向众人介绍说,"因为埃同学前几日有一些出色表现,所以我邀请他一同出席这次会议。下面请小召来介绍具体情况。"

小召老师起身,打开大屏幕的控制器,大屏幕立即启动,变成白色的页面。

"今天早上接到通知,双子学院镇压的魔物逃离,给双子学院造成了巨大的财产损失。"小召介绍情况,与此同时,屏幕中呈现出一团灰黑色的模糊兽影以及周围一片狼藉的建筑,"在这里,我先给大家科普一下什么是魔物。这是五百年前混战时期来自另一个世界的怪物,大战结束后,魔物在理论上已经被消灭,但还是有部分魔物活在这世上,被十二个主学院封印镇压。"

埃双手托腮,平静地听着。

他们没有用"魔使"这个名词,而是用"魔物"来替代。

"这个我在科普书上见过。"一位同学回应。

另一位同学碎碎念:"外祖母在我小时候骂我时,就常说'魔物抓走你,打死喂锦鲤'。"

"为什么是喂锦鲤?"另一个同学加入讨论。

"大概是为了押韵吧。"

又一位同学插嘴说:"我母亲的版本是'魔物抓走你,我也不会理'。"

"我那边的版本是'魔物抓走你,埋在山沟底'。"

"貌似只要押韵就可以了?"

第五章
这件事非得由魔使来做不可

"大概吧……"

没有参与讨论的埃扫视所有人，目光最终定格在自己右侧坐着的一个女孩子脸上。

那个女孩子并没有参加讨论，而是一直在用非常炽热的目光望着埃。在对上埃的视线后，那个女孩子突然害羞地避开埃的视线，转头望向别处。

她有着金色的卷发，后侧的头发剪得比较短，脸颊两侧留了比较长的一小束，仅仅看外表的话，埃觉得她比较像是还在读小学的娇小女孩子。

"很欣慰大家对魔物都有所耳闻，但是现在请结束这个话题，你们可以在会议后继续讨论。"小召老师终止了学生们对于"押韵"的执着，继续说道，"这里我就不再继续介绍魔物了。目前的情报显示，这个魔物产生了四个以上的分身，其中两个被发现于白玉之森，在白玉之森引发巨大骚动，其能量甚至已经改变了局部的气候环境。白玉之森属于我们小犬学院的管辖保护范围，因此即使双子学院没有向我们发出求助，我们也有义务将这个魔物消灭。"

"了解。"伏啸代表众人点头，路塞尔也表示了赞同。

"因为收割团与轻风团是小犬学院最大的两个骑士团队，最精英的学生都集中在这里，所以才请你们来解决这件事情。两位团长可以召集愿意参加此次活动的人员，今天下午三点，请来行政塔大厅集合。"

小召说完后，和音再次发言："重申，此次任务艰巨，请愿意参与的人慎重考虑，两位团长请不要允许那些派不上用场的人出现。到时候将由我和辉老师带领你们前往白玉之森。有什么问题想要提出来吗？"

"没问题。"伏啸说。

"那就散会。"和音宣布。

同学们起身离开。埃最后一个起身，也准备跟着离开时，忽然听见那白色长发的男人说："埃同学。"

埃停下脚步，望向这个应该是院长的人。

虽说是最高领导人，但这个院长也太沉默了一些，在会议的全程都没有开口说过一个字。

其余同学已经全部离开，只剩下埃一个学生留在会议厅里。

"听说你很厉害。"院长再次开口说。

埃逐渐露出笑意，眼睛眯起来，轻声回应："没有的事。"

"双子学院今天早上发消息给我说，他们在系统记录中查到了你半夜进

入双子学院的信息，以及被损毁的监控中留有一段疑似你的背影。"

"确定是我吗？"埃继续眯着眼睛，表情没有丝毫波动。

这绝对不像是一个少年该有的处事不惊的心态——说"不惊"也不像，埃的反应简直太过于漠然了，似乎完全没有把这种事放在心上。

"不能确定是你。"院长回应，严肃地望着埃。

埃则是毫无畏惧地看着院长。

就在气氛即将僵硬的一瞬间，和音用很随意的语调对埃说："有人假冒你也是常理之中的事，你不必在意，毕竟你都已经到被开除的地步了，在双子学院一定有不少人对你存有敌意，我们会帮你澄清这件事的。"

和音一旦开口，那院长就继续沉默，没再说话。

小召似乎一直介怀着什么，终于下定决心般轻声对和音提起："和音，我查了昨天的离校记录，埃同学确实离校了。"说罢，小召看着埃，希望埃给出解释。

埃刚准备开口说话，和音就一脸漠然地对小召说："去把记录改掉。"

小召愣了一下，连忙去看院长的脸色。然而院长依然只是一副严肃的表情，并没有对和音的话产生什么反应——

"好的。"小召也非常淡然地推了一下眼镜。

到底是院长太纵容，还是和音真的可以强势到无视院长的感受了？

院长竟然还真的默许他们这样做吗？

"有劳诸位费心了。"埃再次露出温和的微笑，给人一种仿佛"一切都在我意料之中"的自信感。

"你可以走了。下午三点，请你到这里来。"和音说。

"好的。"埃点头。

正准备离开，忽然又听到院长唤他："埃同学。"

埃再次停下，侧过头对上院长的视线。

"我相信你没有做这件事，是因为我认为你不可能具备那个能力。"院长轻声说，将重点放在后面那句话上，"但如果真的与你有关，那我非常荣幸能够遇见你。"

埃的嘴抿起来，没有回应。

和音也终于决定说点儿认真的话："如果这件事与你有关，你可以放心地告诉我们，我们会保守秘密；如果这件事与你无关，或者你不想承认，那

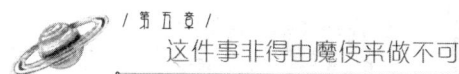

这件事非得由魔使来做不可

你可以离开。"

埃的表情很平静，仅仅思索了短暂的一秒钟后就继续转身离开，果断地走出会议厅门口，随后消失在转角处。

"看他那反应，摆明了就是他干的吧……"小召说道。

和音瞥了一眼院长，见院长依然严肃地坐着，双手十指交叉，手背托住下巴，眯起眼睛望着桌面，正在回想埃的反应。

和音开口："先不说他有没有那个能力，仅凭他早就知道双子学院镇压有魔使，以及能精确地发现魔使的具体位置这两点，他就已经是一个非常恐怖的存在了。"

很少有人知道魔使的存在。如今年轻一代的人都不会接触到与魔使有关的任何信息，也根本不知道魔使为何物。

"再观察吧。"院长闭上眼，轻声说。

双子学院的魔使跑掉了，其实对小犬学院而言只是一件无关紧要的事。

但如果埃同学与魔使有关，那对小犬学院来说倒是一件让人在意的事了。

不管怎样，他们都必须将埃同学保护起来。如果他与此事无关，那么保护他是小犬学院的义务；如果他与此事有关，那就更要保护起来——因为他会是一个身份暂时不明确的重要人物，很可能会对小犬学院产生重大的影响。

加上小犬学院与双子学院一向不合，如果埃真的祸害了双子学院，那他简直就是小犬学院的英雄。

这样一想，院长突然睁开眼，似乎意识到了什么。

埃同学是不是早就预料到了老师们会这样想，所以才会肆无忌惮又若无其事地做出这种惊天动地的事？

啊，还是坚信埃同学被陷害了吧，毕竟释放魔使这种事情，根本不是正常人能够做到的。

院长起身，对他们说道："我先走了。"

"我送你。"和音也起身。

"不用。"院长抬手表示拒绝，然后转身离开。

和音右手叉腰，目送他离开。好嘛，反正她也不是很想送院长。

"院长今天的话倒是多了一点儿。"小召说。

"嗯，比以前开会的时候多一点儿。"和音点头。

以前出席会议的时候，院长一般只会在开头问候一声，在结束时告别一

声，中途全程不说话，只是严肃地看着，仿佛在对发言者说"请你继续表演"，搞得会议气氛很是紧张。

虽然不知道其余人怎么想，但和音与院长的交情已经有很多年，觉得他其实是个很亲和的人，可能就是有那么一点儿……内向吧。

下午两点四十五分，埃进入行政塔一楼大厅。

墙上有一个很大的液晶屏幕，有点儿无聊的埃就去用手戳那个可以感应的屏幕，不断切换着上面播放的信息和图片。他翻找到了地图的选项后打开，将画面转换到白玉之森，查看白玉之森的具体地理位置。

"埃同学。"和音喊他。

他转过身，和音将一部手机和一个小盒子交给他："这是给你配备的，以后就用这个和同学联系，每个同学都有一个的。"

"谢谢。"埃接过来。

他在双子学院的时候也有一部联系用的专配手机，但在离开双子学院的时候，他的手机已经交还。埃立刻打开手机的翻盖，去探索这部手机的功能，发现手机已经绑定了有关他的信息，也已经储存了与小犬学院有关的信息，甚至在通讯录中还能够找到和音的电话。

所有学生都储存了和音的电话吗？似乎不太可能。那和音是特地将她的电话储存在里面了吗？埃抬眼瞥了一下和音，但和音不知道埃在想什么，于是问："你想在手机里找什么吗？"

"比较想要联网的功能。"埃眯起眼睛露出微笑。

"没有哦，学校发的手机只有最基本的通信功能。"和音双手环抱在胸前。不然学生还会有心思上课和训练吗？

到三点整的时候，除了埃，又来了十三名学生，轻风团六名，收割团七名。埃在轻风团的人员中看到了明歧，有些意外地盯着他看了一会儿。

似乎有些缘分呢。

明歧走向埃，有些尴尬地对埃打招呼，解释说："那个，是伏啸找我来的。"

"你原来在轻风团吗？"

"嗯，加入挺久了。不过其实就是个打杂的。"明歧愈发难堪，总觉得自己的出现……拉低了整个轻风团的档次。

伏啸走过来，一掌拍在明歧肩上，很热情地对埃笑道："明歧是我请到

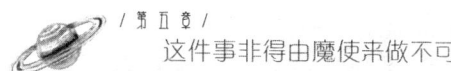

团里的,虽然他在战斗力上有所不足,但是智力方面表现得非常卓越呢。"

"别这么说。"明歧继续尴尬地笑。

"比起我们这种只会依靠武力和本能来战斗的人,明歧的思维和判断能防止我们犯很多错误,所以在很多重要的场合,我都不得不请他来帮忙。"伏啸解释说,"少犯一个错误比多带两个战斗力更加有用。"

明歧将目光转向另一侧,哀怨地轻声呢喃:"谢谢你没认为我帮倒忙。"

"原来是这样。"埃点头。

一时没话可以聊下去,伏啸就趁机勾住明歧的脖子,把他拉到一边,轻声问道:"你和埃同学是不是很熟?"

"啊……算是比较熟悉吧。"明歧回应。虽然算不上非常熟悉,但至少相对于其他人来说,他们的关系应该是比较好了。

听到这个回答,伏啸很兴奋地对明歧眨了一下右眼,再次压低声音吩咐:"那你一定要帮我一把,把埃同学拉到我们轻风团来。"

明歧虽然没有信心可以说服埃,但也不能辜负团长,只能答应:"嗯,我会努力的。"

辉之义是最后一个到达的,他似乎因为什么事情耽搁了一下,不得不跑过来,到大厅里才缓了两口气。他看起来三四十岁,身形健壮魁梧,有着非常健康的小麦肤色,相貌倒是很普通,还剃着很普通的平头,因此给多数人留下的第一印象就是"一个普通的健壮的中年男子"。

还没等辉之义和大家打招呼,等得有些不耐烦的和音就挥挥手,提醒学生们跟她走:"我们出发。"

"喂。"辉之义有点儿埋怨,但是没有多说什么。

他们坐校车前往白玉之森。埃在上车后,就坐在了比较靠后的那一排。

明歧看见靠窗坐的埃身边没人,就准备走过去和他一起坐。但就在这个时候,他发现伏啸也走了过来。于是他很识相地坐在了埃的前面一排,把位置留给伏啸。

伏啸刚想在埃的身边坐下,却发现路塞尔出现在他面前。两人的目光碰撞后瞬间激荡起火花。

埃有些苦恼地望向窗外,假装什么都没有看见。

第六章
就算打错了对象，也要继续打

校车已经启动，伏啸和路塞尔继续面无表情地僵持着。

埃终于有了反应。他突然站起来，双手搭在前排座位的靠背上，用力一撑便爬上了前面的椅子背，膝盖下方支在椅背上，准备爬到明歧坐的那一排去。

"嗯？"明歧惊讶地转过头，看见高高地"跪"在椅背上的埃同学。

能够稳住这个姿势还是有点儿难度的……

"能麻烦你靠左坐吗？"埃微笑。

"啊，好。"此时明歧也坐在靠窗的位置，埃要爬过来，明歧必须先腾个位置出来。

正在这时，"司机"辉之义一个急刹，埃瞬间重心不稳扑到了明歧的背上，明歧直接滚到了地上。

"啊！痛……"明歧眯起眼，感觉脖子似乎扭到了。

旁边的伏啸和路塞尔瞬间愣住。

这时候，听到动静的和音走了过来，皱着眉，对他们大喊："搞什么！给我坐下！"

伏啸立刻坐在座位上，路塞尔扭头就走，准备坐到离伏啸最远的位置上去。

"就给我坐在这里！"和音揪住路塞尔的后衣领，把他拖过来，同时瞪了一眼伏啸。

伏啸不得不向靠窗的位置挪过去，随即，和音粗暴地把路塞尔摁在他旁边。

"请问……"处于痛苦状态的埃轻声开口，想引起和音的注意。

"真是的。"和音呼出一口气，把埃从缝隙中拖出来，明歧这才得到了解脱，挣扎着从座位底下爬了出来。

"谢谢。"埃微笑。

对于埃同学，和音完全摆不出粗暴的姿态。她觉得埃同学闹腾起来也像个小孩子一样。从本质上说,埃确实还只是个没成年的家伙,但自己却本能地觉得他已经是一个成熟的男人了。

"哦,安静坐着吧。"和音平静地扔下一句,在他们对面的空位置上坐下。

伏啸和路塞尔互相盯着对方看,刚要动手互招,和音就猛地转头瞪过去,吓得他们二人连忙转头,假装欣赏窗外的风景。

明歧正揉着自己扭伤的脖子,埃却突然把右手手掌贴在他的脖子上,让他不自在地哆嗦了一下。

"我帮你治疗一下吧。"埃微笑。

"不用了,不是什么大问题。"明歧笑道,但话音一落,他就感觉到脖子的酸痛感瞬间消失了。

明歧轻声感叹:"厉害!"

"我虽然没有治疗的天赋,但对于跌打损伤还是能够应付的。"埃笑着解释,"你还有别的地方不适吗?我可以一起解决。"

"我挺好的,没问题了。"明歧连忙拒绝。

埃却非常贴心地侧过身去,右腿膝盖跪在座位上,居高临下地将双手都贴在明歧的胸口上,让明歧又不自在地全身一哆嗦。

埃已经收敛了笑意,用非常郑重的神色对明歧说:"作为补偿,请让我为你做一个全身保健吧。"

明歧终于崩溃地喊出来:"不用了!谢谢!"

"啊,抱歉。"埃意识到自己的行为似乎亲密过头了,立刻道歉。

"不用抱歉的。"明歧笑道,"我就是不太习惯而已……"

埃却表情沉重地回到了座位,半张脸都埋在阴影里,犹如陷入了痛苦的自责之中。

这让明歧又莫名地萌生出一股罪恶感,连忙对埃解释:"你是不是有点儿难过?别在意啦,是我承受不住你这么亲切……"

"对不起,我很难过,不是你的错。"埃用双手捂住脸,避免被明歧看到表情,并用很认真的语气补充说,"让我自己反省。"

"你别这样……"明歧拍他的肩安慰他,"人生那么多大起大落,一点儿小挫折算什么。而且你也根本没有遇到挫折吧?"

和音用眼角余光瞥着突然沮丧的埃。她难以判断出埃究竟是在假装还是确实沮丧。虽然她很愿意相信埃同学没有假装,但正常的人……一般不会表

现成这样子吧？

　　见无法安慰到他，明歧转移了话题，说："埃同学，你刚刚是不是拿到新手机了？我们交换一下联系方式吧。"

　　埃沉默了一小会儿，缓过来后掏出手机，平静地说道："好的。"

　　大巴车在路上行驶了将近一个半小时，到达了偏僻的郊区。这里已经是最人烟稀少的小镇，坐船渡过白玉河，就是无人居住的原始森林——白玉之森。

　　他们先在一家小餐馆落脚，准备吃了晚饭再进入森林。现在是傍晚五点，小镇外还是落日西垂的明媚天气，这里的天空却被阴云笼罩，让他们有种已经是晚上七点的错觉。

　　店内打起了暖色的灯光，学生们心情愉悦地享受着提前到来的晚饭。

　　和音准备去结账，辉之义连忙打断她，把她推回座位上："怎么好意思让你来。"

　　"噢——"吃饭的学生们都发出一声不明所以的感叹。

　　辉之义到了柜台，看见账单后沉默了两秒，忽然转头对还在狼吞虎咽的学生们大喊："少吃点儿！待会儿剧烈运动对肠胃不好！"

　　和音一边喝果汁，一边面无表情地对辉之义说："你别勉强。"

　　和音作为教导处主任，拿的工资似乎比院长都高，而辉之义只是个普通的体育老师，在和音眼里，他的薪水完全处于不忍直视的水平。

　　"不勉强的。"辉之义冷静地结账。

　　"等一下！"那个看起来年纪最小的金发女孩子伸出右手，"辉老师！加两碗大汤面！谢谢！"

　　瞬间不能冷静的辉之义咆哮："够了！别吃太饱！"

　　"我还没饱……"女孩子回应。

　　和音右手托腮，对辉之义说："小孩子长身体呢。"

　　辉之义只能再从钱包里抽出钱："加两碗。"

　　当大家都吃得差不多，进入"消食"状态的时候，只有那个身高只有一米四的女孩子还在吃。

　　差不多已经吃了两份炒饭、三份汤面了呢……

　　埃觉得这个孩子大概真的还在长身体吧。

第六章
就算打错了对象，也要继续打

渡过河，他们到达了白玉之森。

和音告诉他们，中午已经有双子学院的人到达这里，如果在这里遇见双子学院的人，一定要合作对抗敌人，尽量避免不必要的矛盾产生。

为了提高效率，他们分为两支队伍各自前进。和音带领收割团，辉之义带领轻风团。

"你随意挑一个吧。"和音对埃说。

伏啸和路塞尔瞬间虎视眈眈地盯着埃。

"我喜欢单独行动。"埃微笑。

"不行哦。"和音说。

伏啸望了明歧一眼，明歧会意，连忙对着埃挥手："埃同学到我这边来吧，就当是我拜托你了，毕竟我是拉低队伍整体实力的人。"

"好的。"埃很干脆地答应。

伏啸很得意地瞥了一眼路塞尔，这让路塞尔恼火地皱起了眉头。

"那就出发吧。"和音满意地点头。就算埃不做选择，她也会把埃塞进轻风团里去。因为轻风团的整体实力比收割团弱，而辉之义的能力也比她逊色，只有把埃丢到轻风团去，两个队伍的整体实力才会均衡，也能让轻风团的安全度提高一点儿。

而她必须亲自带领收割团，则是因为收割团这群人向来没组织、没纪律，要是让辉之义来带领，恐怕镇不住这群"容易脱缰的野犬"。

辉之义带领轻风团往右侧的片区前进。

白玉之森本来就笼罩在阴云之下，加上此时太阳的消失，森林的可见度越来越低。

"辉老师，麻烦你点个灵环吧。"金色短发的女孩子扯了扯辉之义的衣服后摆。

"会把魔物吸引过来的。"辉之义回应。实际上他不愿意展现自己的灵环。

女孩子有点儿不开心地双手环抱："我们不就是为了把魔物吸引过来嘛。"

学生们都期待地看着辉之义，倒不是为了获得光源来照明，纯粹是好奇他的灵环大小。

辉之义一时间有点儿难堪，但作为老师，还是得做出典范，于是他很无奈地双手结印，闭上眼调动全身的灵力，忽而将眼睛睁开。

一道金色的灵环亮起，以他为中心形成一个半径为两米的大圆环，周围

昏暗的环境被照亮了不少。

到底是哪个前辈发现"灵环照明"这个谜一样的功能的？辉之义很想把他揪出来打一顿。

"挺大的。"伏啸很冷静地评价。

"挺亮的。"女孩子很平静地呢喃。

"挺好看的。"另一个男生平淡地夸奖。

辉之义很嫌弃地瞥了他们一眼："闭嘴吧，你们。"

这群学生摆明了就是在表示，虽然在未成年人眼中看起来挺厉害的，但在成年人的世界里，尤其是在大叔辈的世界里，这灵环真的挺普通的。

埃推测，这个老师的能力大概处于中级骑士的水准吧。

向前行进了几百米，越到森林深处就越黑暗，辉之义灵环的光芒似乎被周围的环境所吸收，显得暗淡了。

于是他转头向身后的学生们说："你们也点个灵环吧，争取把那魔物给引出来。"不能只有自己的能力水平被曝光，应该互相伤害才对。

学生们都迟疑了，伏啸仰头望天，转移话题说："今天天气不错啊。"

"是啊，今天的太阳多圆啊。"另一个男生也望天。

"喂！"辉之义不满地喊一声，"你们不是一个团队的吗？就不能坦诚一点儿吗？伏啸，你带头！"

被点名的伏啸只能无奈地释放出自己的灵环。因为他的灵环不小，经常会在打架的时候展现出来威慑对方，所以这也不是什么秘密。

伏啸的灵环也有半径两米大，是和辉之义的灵环不相上下的大小，蓝色的光芒非常明亮。也就是说，他和辉之义一旦动手打起来，他这个学生不见得会输。

见团长带头了，另外几位成员也亮起了灵环，其中那个女孩子的灵环最大，比伏啸的还要大，半径几乎达到三米，金色的光芒绚烂。

只有明歧和埃还没有点亮。

当大家望向他们两人时，明歧把头转向别处，轻声说："你们就当我没有灵环吧。"

众人还真的就无视了明歧的存在，都殷切地看着埃。毕竟据说埃同学是非常厉害的人物，能够目睹他的灵环一定非常难得。

"埃同学，等你呢。"辉之义催促。

"啊。"埃只能点头，然后双手结印。

以他为中心荡漾开一圈微弱的光芒。

明歧之前早就知道点儿什么，但这次仍然很想立刻叫出来——彩色的！真的是彩色的！

虽然灵环并不是很明亮，也看不清每种颜色的分界线，但肉眼看上去确实不是单色，而是在白色的基底上至少存在有红、绿、蓝三种颜色！

"彩色的！"大家惊呼。

灵环扩大到半径三米左右便不再扩大。

辉之义呢喃："我还真没见过彩色的灵环……"

"嗯，颜色不太一样。"埃微笑。

"天生的吗？"

"嗯，天生的。"

不过除了颜色带有多样性以外，也并没有其他非常突出的地方。亮度不是很亮，具体大小也没有大到惊人，虽然是所有人中最大的那个，但也没有大到离谱。看上去能力应该在中级骑士与高级骑士之间吧。

惊叹完了埃同学的彩色灵环，这群"闪亮的光源"继续往树林深处进发。

在寂寞中度过接近十分钟，走在队伍最后面的埃忽然轻声说："有生物在靠近。"

所有人停下脚步，很紧张地向四周张望。五六秒后，明歧率先判断出方向，将右手猛地一指："这边！"

其余人都立即朝明歧所指的方向看过去，一脸的严肃与认真。

只有埃很放松地轻声对明歧笑道："你的感知力真的非常强。"

"求生本能而已。"明歧很冷静地回应，"而且完全比不上你吧……"

那个方向已经传来窸窣的声音，确实有生物在快速靠近。但从响动来看，那个生物的体形似乎不是很大。

一个黑影突然从树丛上方蹿出，敏捷地落在他们身前，然后站起来。

是一个十七八岁的女生。她穿着白色衬衣与黑色长裤，衬衫的胸口左侧印有"Gemini"字样。

女生严肃地看着这群被灵环点缀得亮晶晶的人，大喊："你们是什么人？"

辉之义抽出腰间挂着的一面小旗子举起来，旗子展开，上面显示出"Canis Minor"的标志。

"说话！"女生再次心急地大喊，"是旅游团吗？"

辉之义正要开口说什么，轻风团的金发女孩子率先嚷了回去："你眼睛有问题吗？我们顶着这么多灵环是来旅游的吗？看不出来我们是援军吗？"

伏啸宠溺地拍拍女孩子的头，让她少吼两句。

"哦。"那女生这才意识到对方是来支援的友军，但还是没想出来对方是属于哪个院校的，于是很认真地问，"你们是哪个学院的？"

辉之义无奈地回应："小犬学院的。"

话说到底又是哪位前辈让所有骑士学院统一用英文名？对常人来说根本就记不住那么抽象的官方名字吧……

"我是Gemini的学生格萨。"对方做了自我介绍。

作为回应，辉之义也认真地询问了一下对方学院的名字，也不知道他是不是真的不知道："请问Gemini是哪个学院？"

已经淑女起来的格萨瞬间又暴躁地一跺脚："双子学院啊！"

"哦。"

其余人捂头。大家一开始就和和气气地报俗称不好吗？非要说官方名字来显得母校高端大气一点儿吗？

时间这么一拖延，格萨的身后传来了巨大的骚动声，似乎是有什么庞然大物正在逼近。

"它过来了！快跑！"格萨大喊。之前她已经和怪物交过手，因为不敌而只能逃离，逃离的途中她看见这里有光源，于是过来想看个究竟。

"不用跑！"辉之义回应，对身后的学生们说，"准备！"

伏啸很绅士地对格萨招招手，示意她躲到队伍中间来。此时的格萨已经灵力耗竭无法再发动技能，只能一声不吭地走到了他们身边。

那庞然大物持续靠近，原本神色轻松的埃却突然睁大眼，仿佛感受到了什么地方不对劲。

格萨见到埃，惊奇地轻声说："埃同学，你竟然在这里啊……真巧呢。"

埃却完全没有在意这位他之前在双子学院认识的旧同学，而是很认真地仰起头，望着那怪物冲来的方向，仔细感受着空气中所携带的气息。

这气息……不太对！似乎不是那头灰狼！

在那怪物跃出树丛之时，埃的双眼迅速锁定那怪物的身形——确实！不是灰狼！

第六章 就算打错了对象,也要继续打

跃起至半空的巨兽犹如一只巨大的灰白色蜥蜴,他们仰头望去,可以看见那蜥蜴腹部银白色的坚硬鳞片。

这蜥蜴有三四米长,比他们预料的都要大,这让他们一时间都不知如何是好。辉之义大喊一声"散开",所有人撤离原地,让那四五百斤重的巨大蜥蜴砸在地面上。

"嘶——"伏在地上的蜥蜴发出嘶叫,伸出分叉的舌头鉴别空气中的气味,似乎瞬间就确定了所有人的位置。

它的全身都是银白色鳞片,头部开始沿着脊柱向下长有茂盛的灰色长毛,长毛胡乱地披散着,一直分布到了尾巴尖。它头顶上方的毛格外颀长,覆盖了它大半个面部,从中透出一双红色的大眼,这让它的面孔看起来有些人形化,神似女性的脸。

埃眯起眼。啊,有点儿难看,不是自己喜欢的类型。

格萨大喊:"它对术法攻击基本免疫!不要和它用灵力死耗!"

"先试试。"辉之义的右手腾出火焰,在念出一声"火咒"后,火焰突然膨大。

他瞬间向前冲刺,准备探出手去用火焰攻击。

看似庞大而迟钝的蜥蜴突然敏捷地一个转身,粗长的尾巴一下子扫在辉之义的腰上,把他和比较靠近的另一位同学一起甩了出去。

速度好快!

没等其余同学反应过来,那蜥蜴已经张大嘴,嘴里汇聚出一个白色的能量球。能量球越来越大,伏啸突然向前冲出,跃起到蜥蜴的头部上方,抽出双刀猛地向下戳,硬生生用自己体重将那张大的嘴给压了下去。

鳞片很坚硬,他用了非常大的力气才用双刀把蜥蜴的上下颚贯穿,将它的头钉在了地上。

"厉害。"格萨感叹。她从没接触过小犬学院的学生,没想到平民骑士院校的学生竟然也能这么强。

蜥蜴发出"噗"的一声,硬生生将能量团咽回肚子里。因为头部被固定住,它只能拼命扑腾着四只爪子并狂甩尾巴。

伏啸确定在这个角度,蜥蜴的尾部无法进行有效攻击,于是下令:"攻击头部!"

头部是每个生物最脆弱的部分,一旦头部被破坏,再健硕的身体也会死亡。

两个男生冲上去,用佩刀刺穿蜥蜴的头部。然而蜥蜴并没有立即死亡,

下半身和尾部仍然在挣扎着。

埃始终看着。

如果轻风团的人能解决,那就不需要他动手;如果不能解决,那他就必须找到让对方致命的办法。

与此同时,另一个问题却始终在干扰他的思考。

那就是——灰狼呢?灰狼在哪里?为什么出来的是一只蜥蜴?

蜥蜴不断挣扎,试图后退,头部也因此被兵器划破。它终于挣脱刀剑的束缚,整个头部已经扭曲,看不出原先的模样。但它的攻击力却没有被削弱,猛地扫起尾巴继续攻击所有人。突然,它的尾尖被一双手握住。

竟然是那个体形最娇小的金发女孩子。

"娅娅!"伏啸惊喜地喊她,"拖得动吗?"

"可以!"西木娅深吸一口气,猛地转过身,将这四五百斤重的怪物从右侧抡到了左侧。

一声巨响,蜥蜴背朝天地砸入地面。西木娅又把它从左侧抡到右侧。

每抡一次,围观同学的双脚就几乎脱离地面一次。

轻风团最厉害的武器……果然还是西木娅。

埃忽然觉得这孩子应该再多吃一点儿才能长身体。

连续抡了四次后,明歧突然开口说:"别抡了,把它四脚朝天放倒试试。"

西木娅把它抡成四脚朝天的状态,松开手,很疲乏地开始缓气。

肚皮朝天的蜥蜴扑腾着四只脚和尾巴。它的尾巴已经因为骨折而变成了一节一节的。它虽然活力还在,但已经无法翻身。

"这样就可以了吗?"完全没机会动手的辉之义看着蜥蜴。

然而……似乎不可以。

蜥蜴扭曲的头部逐渐从中央裂开,骨骼碎裂发出"咔啦"的声响,像是有一把无形的刀将它从头部剖开。

"咦?"西木娅耸起肩膀,感觉整个人都有点儿不舒服,后退了两步就躲到了伏啸身后。

辉之义打了个响指,蜥蜴突然被一团大火包裹。数十秒后火焰没有散退,而是从火焰中探出了两颗完整的头颅。

辉之义撤回无效的火焰,只见那仰面朝天的大蜥蜴下半身似乎已经死去,而它的上半身却分裂出了两颗头颅和两双前爪,两颗头颅都已经翻转过来,前爪搭在地上正在努力向相反的方向爬，努力脱离旧的身体。

两只蜥蜴之间的裂口越大，它们就分离得越彻底，那撕裂的巨大伤口很快就被新的皮肉包裹，组成全新的躯体。

一脸惊恐的格萨转向看得出神的男生们，崩溃地大喊："喂！很精彩是吗？给点儿反应啊！"

"在想办法呢。"伏啸皱着眉头，又补充一句，"真的挺精彩的，以前真没见过。"

那两只头颅忽然张大嘴，嘴中各自射出一大束白光——这射线不像之前的能量炮一样能给众人喘息的时间，而是飞速扫射。

"跑！"辉之义大喊。

所有人迅速躲避能量光束，两只头颅灵巧地转头追随。能量光线扫在远处的树林间，粗壮的树木被拦腰劈断，断裂处出现如同被灼烧般的红色闪光。

埃皱起眉头。不能再这样下去，大家必须保存好体力。

他忽然向那双头蜥蜴冲过去，在光束逼近时，他凌空一个翻身避开了扫射。

"埃同学！"辉之义惊恐地大喊，他太冒险了！

埃落在蜥蜴的尾部，右手迅速揪起它的尾巴。

目前两只蜥蜴的分裂几乎已经完成，只剩下这最后一截尾巴还没有撕开。

"走你！"埃用力侧过身，将这两只连尾的蜥蜴向斜上方四十五度角扔出。

"啊——"所有人停下躲避的脚步，呆愣地看着那几百斤重的蜥蜴被埃轻易地用单手就扔出去几十米远。

蜥蜴的身影消失在夜空，只有嘴部还在喷射的能量光线划出流星般绚烂的弧度。最终，不知多远的树林深处传来一声微弱的重物落地声。

埃呼出一口气，掸了掸双手后，对上其余人已经在怀疑人生的目光。

"请把灵环熄掉，就留下辉老师的一个用来照明吧。"埃开口说。

其余人继续用异样的眼神看着埃。

"举手之劳。"埃转头望向别处。

随后，只有辉之义点着灵环，带领他们向树林深处继续走。

他们也已经有了大概的头绪，这个魔物拥有"分裂"的能力，粗暴地攻击它反而会促进它的分裂。而要解决分裂出来的魔物，需要先去解决那个分裂的源泉——最开始的母体。

虽然不知道解决母体有没有用，但按正常思维来讲，解决母体是最值得

尝试的办法。

格萨走在埃的身边，腼腆地轻声问："埃同学还记得我吗？"

埃很坦率地回应："抱歉，不记得了。"他离开双子学院并没有多久，所以并不是他忘了什么，而是他一开始就没记住过。

"啊……"格萨可惜地叹气，假装无所谓地挥挥手，"没关系，既然你都转学到小犬学院了，那也不用记住我是谁了。"

见这位同学如此宽容，埃就真的不介意地转移了话题："请问，从双子学院跑出来的魔物，就是这一只吗？"

"应该就是这一只吧？"格萨皱眉，不太明白埃为什么要这么问。

"是吗？"埃反问。

"具体的样子，它在逃离的时候我们都没有看清楚呢，毕竟是半夜……"格萨解释，"不过，难道你觉得不是这只吗？"

这只蜥蜴如此强大，一般人都会认为就是这只吧？

"可能是我多虑了。"埃只能这样敷衍一声，将视线转向别处。

格萨想要与埃继续聊点儿什么，但看见埃似乎在思考，也不好意思打扰他。

前行十余分钟后，在队伍后侧的格萨忽然对前方的人喊："喂——埃同学刚才在路上丢了东西，让你们先走，他会赶回来的！"

"啊？"前面的人都回过身，果然没有看见埃。

辉之义焦急地大喊："喂——埃同学！在附近吗？"

格萨安慰道："你们也不用紧张，埃同学在双子学院的时候就一直神出鬼没的……"

"在这种环境下单独行动很危险啊！"辉之义生气地喊道。

伏啸却平静地说："以他刚才表现出的能力来看，他可能比我们这群人加在一起都要厉害。"

西木娅点头："嗯，不用太担心的。"

与此同时，埃在树林中快速行走。

虽然他很想奔跑起来，但他作为人类，视力在晚上真的不行，只能选择可靠一点儿的前进方式。

这时，手机铃声忽然响起，声音简直震耳欲聋，吓得他颤抖了一下。

这是便宜的老年机改装的吗？

他掀开手机翻盖，看见打来电话的是明歧。他把音量调小，接通："你好。"

第六章
就算打错了对象,也要继续打

"埃同学,你要去哪里?请你立刻回来,一个人行动太危险了。"明歧说。

"不用担心,我马上回来。"埃很坚定。

辉之义从明歧手中夺过电话,生气地大喊:"埃同学!你——"

然而埃完全没听到辉之义的声音,因为他已经关机了。关机页面显示出一排字:让我们心连心,共建美好小犬学院。

"对不起了,待会儿来道歉吧。"埃对着这条标语呢喃道。

有些事情,是他必须要独自去弄清楚的。

他继续向前走,全身散发出白色的荧光,荧光汇聚成微弱的白色火焰在空气中消散。

他在向外界释放灵力,借此将魔物吸引过来。

周围的风向很快就变化了。他也随着风向的改变转过身去,等待那庞然大物出场。然而出现的是一只比之前所见的略小的蜥蜴。

"嘶——"蜥蜴发出嘶叫,在吐出舌头嗅到埃的气味后,浑浊的半透明黏液从它看似紧闭的嘴缝中渗出来。

"你能与我交流吗?"埃问道。

"嘶——"那蜥蜴不想回应,猛地朝埃扑过来,张开嘴准备袭击他的腰部。

但纵然它的速度再快,也无法超越埃的反应力。下一秒,蜥蜴被埃一个飞身踢出去,飞出去两三米后,后背撞在一块巨大的岩石上。岩石塌陷,它犹如镶嵌在岩石中的化石。

蜥蜴刚想从岩石中挣扎出来,埃就已经抽出腰间的短刀捅在它胸口,将它死死地钉在岩石上。

"能说出人类语言吗?"埃再问。

"可……以……"蜥蜴终于从喉咙底发出类似于人类的声音。

它的骨骼构造很原始,无法向前探出头部。在这种情况下,它只能将头仰着,双眼埋进岩石的撞击坑中去,无法看到眼前的人类究竟是什么神态。

埃的右手握在短刀刀柄上,手肘侧过去抵住蜥蜴的腹部,右脚踏在蜥蜴垂在地上的尾部,防止它用尾部反击。

"那就好。我问你,你今天见到过一只灰狼吗?"

"哈——"蜥蜴没想到埃会问这个问题,很轻蔑地再从喉咙底发出嘶叫,"嗤——"

"请你迁就我,说人话。"

蜥蜴扑了扑两只前爪，喉咙里发出沙哑的笑声。

"你见过是吗？"埃再问。

"当然……那么没用的东西……当然是……吃掉了……"

埃沉默两秒。

灰狼被吃掉了吗？

埃更加用力地用手肘抵住蜥蜴的腹部，灵力汇入短刀，用力量迫使这只蜥蜴屈服，他轻声问道："那么请你告诉我，你是谁？"

"哈——"蜥蜴再次发出诡异的笑声。

被埃的短刀所捅入的伤口处逐渐亮起白光，能量迅速汇聚，瞬间让埃感觉到了危险。

他立即抽回短刀，向后退出两米远。此时，这只蜥蜴的腹部已经被能量撑成一个圆球，剧烈的白光从伤口中照射而出。

下一秒，埃的眼前一片煞白。

糟了。他没有时间逃离，只能闭上双眼双手结印，试图全力撑开一道保护屏障。但屏障还没有展开，他就被爆破的能量团冲了出去。好在他依然冷静地保持着结印的动作并始终稳住灵力，使得屏障在半道中撑开，形成一个透明的圆球包裹住他的全身。

埃睁开眼。那能量还在扩散，四周亮如白昼。

他身外的屏障不断撞击在后侧障碍物上，将沿路的树木和岩石碾得粉碎。那些完好的树木在白光的照射下也被碾碎成齑粉。

虽然没有听到爆炸声，但他确实正在目睹一场灾难性的大规模能量轰炸，能量所经之处，寸草不生，一切荒芜。

一只肥硕的黑鸟努力扑打翅膀，正要逃离白光的吞噬。埃催动自己的灵力将屏障扩大，试图将那只鸟囊括入自己的保护圈之内。

然而那只鸟却瞬间死亡，化为碎片。

被埃扩大到极限的保护屏障也碎裂了。

埃的后背撞击在一棵树上，树干断裂，他被能量冲击波掀了出去。他紧闭双眼，抬起双手护住头部。好在最强的轰炸已经过去，这种余波他能用肉体抵抗住。他的后背再次撞击在岩石上。这一次身后的岩石总算没有碎裂，而他也终于停了下来。

埃放下双手睁开眼，眼前已经是一片荒芜。放眼望去只剩下焦黑的土地，

第六章
就算打错了对象,也要继续打

土地上没有了任何生命。他背靠岩石坐着,良久才缓缓地呼出一口气。

能量超乎他的想象了。

如果其余的蜥蜴也释放出所有的能量,白玉之森被夷为平地也不过是分秒之间的事。

他的衬衫已经被撕裂出几道口子,埃平静地整理了一下胸前衣服的褶皱,在确定自己胸口的黑色印记不会被别人看见之后起身。

后背受了点儿伤,他感觉不太舒服。这对他接下来的发挥很有影响。

他站着缓了两口气,转身离开。看来不能将这魔物逼入必死无疑的境地。

与此同时,明歧依然跟随着队伍前进。他们一路都比较安静,没再闹出大动静,所以并没有怪物跑出来骚扰他们。

在他们看到右前方的森林亮起一束冲天而起的白光并发生巨大的爆炸后,他们开始前往那个方向查看情况。

明歧决定再与埃联系一次,但埃依然保持关机。

"竟然是这么任性的人呢。"明歧无奈地呢喃。

走在他身边的格萨轻声问明歧:"你觉得埃同学人怎么样?"

"挺好的吧。"明歧笑道,"很聪明,而且很厉害。"

虽然有时候会觉得他有点儿奇怪。

"啊呀,我是想知道他的为人怎么样?"格萨开心地晃了晃身子,似乎很高兴能提起这个话题。

"挺正派的,对朋友很友好。"明歧再笑道。

"再确切一点儿呢?"格萨挑眉。

"啊……"明歧有些为难地仰头望天,"确切的其实很难说,他的人格我有点儿很难概括出来……感觉他和普通人不太一样。"

"噢。"格萨点头。

第七章
你们对真实的埃同学一无所知

"那么你了解埃同学吗?"明歧问她。

"不了解。我之前明明和他打过好几次招呼,还告诉他我的名字,但他每次看见我还是会无视我,这次竟然直接对我说他根本就没记住。他也太不走心了,明明我是女生啦。"格萨无奈地抱怨。一般男生哪会对来搭讪的女生无动于衷?

明歧看得出格萨是有点儿喜欢埃同学的,但他不好意思问这个问题,于是问了另一个问题:"那么,你对埃同学的印象怎么样呢?或者说,你们双子学院的人,觉得埃同学是什么样的人呢?"

"挺特立独行的,很能吸引人眼球,做事却又很低调。感觉他应该很厉害,但他平时不怎么展露能力,所以我们也不知道他到底有多厉害。我们女生都挺喜欢他的,因为他给人的感觉很温柔,很有礼貌,但在男生的眼里……可能他只是个不会表现自己的普通人而已吧。"

"哦。"明歧也点头。

看似好像对埃同学更了解了一点儿,但实际上还是没有实质性的进一步了解。

走了一会儿后,格萨忽然想到了什么,轻声对明歧说道:"今天修米利也过来了呢,如果埃同学和他碰面的话,场面应该会变得很精彩吧。"

"是埃同学的那个仇敌吗?"明歧立刻就想到了这一点儿。

"你竟然知道?是埃同学告诉你的吗?"

"其实他也没透露什么,是我猜的啦。"明歧笑道,"我还是很好奇具体的细节。"

"具体细节我们这些人也都不是很清楚啦。"格萨将右手食指贴在唇下,皱起了眉头,"只知道是因为联赛的事情,他们两人闹了矛盾,埃同学就把

第七章 你们对真实的埃同学一无所知

修米利给打了一顿。目击者说埃同学认真起来打人真是太凶了。这件事应该是修米利惹起来的吧，毕竟埃同学明明是那么友善的人……不过修米利的家族背景太强了，他被埃打了之后，埃同学就直接被双子学院开除了，也就是没有参加联赛的资格了。"

"哦。"明歧恍然大悟般点头。

竟然是因为联赛的事情。他对联赛有所耳闻，但那终究是离他过于遥远的事情，所以他从来没有兴趣去仔细了解。

此时，另一支队伍出现在他们的视线里。互相注意到对方的存在后，他们都停了下来。格萨认出了那支队伍，惊喜地喊了一声后就跑了过去，和那边的另一个女生抱在一起。

那支队伍有三个人，加上格萨是四个人。

"这是小犬学院的队伍。"格萨对自己的队友介绍，然后向小犬学院的队伍挥手大喊："这是我们双子学院的第三小队。谢谢你们的照应啦！"

"不谢。"辉之义笑着挥手回应。

这第三小队的头领是个二十余岁的青年，他带着其余人走过来，友好地与辉之义握手："你好。"

"你好。"

青年解释说："我看见这个方向有白光，并且发生了大规模爆炸，所以过来看看。"

辉之义点头："我们也是。"

"那就一起走吧。"青年露出微笑。

辉之义与轻风团的人忽然觉得双子学院的部分人其实也挺和善的，是大家平时在想象中把贵族院校的学生全体妖魔化了吗？

他们一起前往那爆炸产生地。

"你们与那蜥蜴交过手了吗？"伏啸问。

青年回应："当然了，从中午开始我们就一直在奔波，见到的蜥蜴也不下五只了，但是很惭愧，我们一只都没能杀死，反而还导致它们分裂得更多，所以至今都很苦恼。已经有很多同伴因为受伤而不得不离开了，我也不清楚我们双子学院如今在白玉之森还留下多少人。"

"噢，我们也觉得这怪物不太容易解决，也没想出办法。"伏啸点头。

轻风团与第三小队一路都和和气气的，完全没有产生矛盾。

离那爆炸处还有百米远时,他们感觉到地表开始震动。

"有什么东西在地下!"伏啸大喊,提醒所有人注意。

"这个我们都知道!"另一个人回应。

明歧迈开双脚保持平衡,冷静地感受了两三秒后做出判断,将手指向一个方向:"在——"

但他只来得及说出第一个字,他们脚下的地表突然隆起,从某个方向冲来的怪物在地表之下猛地一个翻身,扬起接近五米长的粗壮尾巴,众人都被掀到半空中。

砰!明歧被那尾巴砸中胸口掀了出去,那尾巴接连又把辉之义和另外两位同学给拍到地上。

"嘶——"一张巨大的嘴从地下伸出,一口咬住某个双子学院学生的右脚,略微一扭头就把他的脚折断,随即仰起头张大嘴,准备让那惨叫的人类落入它的口中。

一切都发生在一瞬间,所有人都惊愕到战栗。对方速度太快了!

"喂!"那第三小队的头领大喊一声,冲过去跃至半空,想要飞身踹向那怪物的上颚。

上颚确实踹到了,但他的同伴已经落入怪物口中,而他没有踹动那怪物分毫!他的速度太慢了!

怪物将张大的嘴闭合,把那个青年也吞入口中。

格萨发出尖叫。

双子学院的第三小队就这样失去了两个人。

那怪物同样是一条蜥蜴。它的头部有三四米宽,比他们之前见到的任何蜥蜴都要大。它只有头部与尾部出现在地面之上,而头部与尾部的距离有十余米,也就是说,它的躯体有十余米长!

飓风掀起,周围树木剧烈晃动。天上的阴云在狂风吹拂下快速流动,惨白的月光从云层背后透过来。月光照在蜥蜴的鳞片上,泛出暗红色的色泽。

可能这就是所有蜥蜴的母体!

"快跑!"辉之义大喊。

完全不可能抵抗这个家伙!

"不能!"格萨哭喊。队长被吃掉了,不能就这样逃跑!在他没有被消化之前,一定还有生路!

第七章

你们对真实的埃同学一无所知

"我来试试。"伏啸冲过去,抽出一把刀,释放所有灵力,刀身腾地现出蓝色火焰。他不能接受在友军被吃掉的情况下,就这样离开。

"喂!"西木娅也立即跟上去,防止他出意外。

"别过去!"见那两人上去之后,辉之义也不得不冲上去,但以他的速度已经追不上伏啸了。

剩余的人抱着绝望的心情全部一冲而上,试图用"团结就是力量"的行为准则来做一次挣扎。

"呵!"伏啸冲到蜥蜴面前,长刀的火焰扩展,形成一道三米余长的刀芒。他竭尽全力,将刀芒横劈在蜥蜴仰起的脖子上。

然而拼上全部力量的一击没有任何效果!刀芒破碎,那蜥蜴低下头,红色双眼锁定他。

伏啸的脑中已经出现了"逃"这个字,然而他的身体机能还没有反应过来,只见那蜥蜴已经扬起巨大的右爪向他甩过来。

咻!他被巨爪按压在地,其中一根尖锐的指甲戳入他的胸口。

他在发出一声惨叫后顿时全身麻木,几乎没有了知觉。

蜥蜴再扬起右爪,准备再拍下去将伏啸碾碎,但西木娅已经冲到伏啸前方,抬起自己的双手,强行用自己的力气扛住了蜥蜴的这一次拍打!

她那迈开的双脚顿时陷入土地半米深。努力地抬起双眼,她看到其余的人已经在竭力试图击退这只蜥蜴,但几乎所有的术法攻击都是无效的!

蜥蜴似乎决定要和她拼力气,完全无视其余人的攻击,只是使劲再将右爪向下压。

"啊啊啊啊啊啊——"她闭上眼发出咆哮,随即身体开始巨大化,上身的衣服被膨胀的肉体撕烂,她的上半身皮肤覆盖上金色的鳞片。

与此同时,她的金色短发变得极为蓬松,脸颊上也生长出金色的鳞纹,头顶上出现三支尖锐的金色兽角——变成了接近两米高的兽人!

虽然与蜥蜴相比,她的身形依然娇小,但在半兽化后她的力量倍增,强壮的双手猛地向上一抬,将蜥蜴的右爪掀了出去!

正当众人以为有所转机之际,那蜥蜴却又突然甩回来一掌,将兽化的西木娅拍出去十余米远,直接让她消失在树林深处!

执着的蜥蜴准备继续拍死地上的伏啸,此时从另一个方向射来一道白色的光线。

  细小的光线撞击在蜥蜴的胸口后瞬间消失。然而蜥蜴却如同受到了巨大的刺激一般，狂暴地后退了两步，这让它全部的庞大身躯都暴露在了地面之上。

  它看似还是一只蜥蜴，但躯体比蜥蜴更长，灰色的长毛覆盖了半个躯体，如同传说中的蛟龙。它张开嘴发出嘶叫，一张脸愈发神似年老的女人，红色的双眼睁成正圆。

  从那个方向跑过来的是埃。

  他才离开最初的爆炸点没多久，在听到这边的响动后赶了回来。没想到这么短的时间内，事情就已经发展到了非常严重的地步！

  他瞬间冲到蜥蜴面前，纵身跃起后，一个飞身踢在它的鼻翼处。

  那蜥蜴却像是突然受到成吨的撞击一般，整个上半身都被踢得翻了过去。

  格萨大喊："埃同学！它吃掉了两个人！"

  "了解！"埃立刻回应，落地后再次向前冲刺，对其余人喊道，"退开！"

  那蜥蜴也已经迅速将上身翻转回来，身形猛地抬起三四米高，抬起两只前爪要扑向埃。

  埃的双眼变成红色，那蜥蜴的动作突然静止了两秒。

  等它的躯体克服这莫名其妙出现的停顿时，占得先机的埃已经将右掌猛地击在那蜥蜴的胸口，随即将左手也打了上去。

  蜥蜴的腹部深深陷下去，后背处的脊椎向外突出变形。它突然发出"咔"的一声嘶叫，痛苦地张开嘴，从嘴中吐出大量的半透明黏液，其中就有两个湿透的人形。

  埃蹲在地上大口喘息着。因为心急，这一击他用了最大力气，将他一半的灵力瞬间损耗了。虽然失去一半力量并不是什么大不了的事，但总归损耗太迅速，他的身体一下子无法适应过来。

  那蜥蜴再次翻江倒海般地呕吐起来，呕吐物里竟然有大量的毛发，肯定属于另一个庞大的生物——它似乎将另一个可怕的生物完整地吞了进去。

  埃可以确定，这毛发属于那只根本没机会出场的灰狼。

  灰狼全部被吐出来之后，蜥蜴那粗壮的躯体已经干瘪下去，显出有些消瘦的模样。

  "你竟然……"那蜥蜴说着人类的语言，缓缓地向埃爬过来，低下头贴近地面，不断吐出芯子探测空气中的气息，"你是什么人？"

  "我不想回答。"埃立即起身，迅速挥出右手，手掌掌心拍在蜥蜴的鼻翼处，

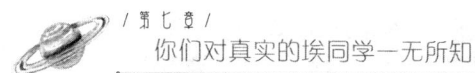

第七章 你们对真实的埃同学一无所知

掌心迸发出巨大的气浪，将那上吨重的蜥蜴击飞出去！

蜥蜴没料到刚刚还处于虚弱状态的人类还有能力再发动一击！

它的躯体向后翻滚出十余米，一路碾碎各种障碍物后，身体扭曲地纠缠在了一起，似乎有不少关节脱臼了。

明歧试探了伏啸的微弱气息，惊恐地对埃大喊："埃同学！"

虽然不知道你有没有办法，但是……没有但是！你一定有办法！你一定可以！

埃迅速转身跑向明歧，蹲下身，将自己的双手贴在伏啸胸口。

伏啸已经全身冰凉，双眼微弱地睁着，茫然地看着埃，喉咙里发出轻声的呼唤："埃……"

"不会有事的。"埃露出微笑。

他的双手出现白光，与此同时，伏啸胸前的伤口迅速愈合。

明歧惊喜地深吸一口气，埃同学真的可以！

然而埃真的没有治疗的天赋，虽然伏啸的伤势正在好转，但埃耗损了巨大的灵力——看得出他的灵力正在走向衰竭。他已经开始张开嘴，不断地急促呼吸，凌乱的黑色长发因为沾了汗液而一缕缕地贴在他苍白的皮肤上。

伏啸在感觉到自己的身体有了知觉后，连忙说："可以了，你不要再……"

"还不行。"埃轻声说，然后转头望向明歧，"我还需要点儿时间，请你努力一下，一定要拦住它。"

"好。"明歧点头，立即转身冲向那蜥蜴。

而那蜥蜴也已经调整好状态，嘶叫着重新爬过来。

"雷咒！"

明歧双手出现白色的电光。他突然停下，将双手向前伸，雷电突然扩展成一片白色的屏障。

可能他已经是场内灵力最多的人了，只有他能扛住，不管怎样，都要扛住！

蜥蜴撞击在雷电屏障上，明歧的双脚向后滑出一米。然而他终究支撑了下来，当那蜥蜴再一次撞击时，他与他的屏障再次后退了半米。

攻击力弱的人，一般防御力不会太差，否则他不可能生存下来。埃应该也是知道这一点儿，所以才会信任他。

然而在承受了四次撞击后，明歧的力量已经被消耗殆尽。

已经不行了，灵力被消耗完了……

他闭上眼，全身颤抖起来，痛苦地大口喘息。

"辛苦了。"埃的声音从他身后轻轻响起。

其实埃没有前进，而是明歧已经几乎后退到埃的身边。

埃起身望向那蜥蜴，双眼再次变成红色。就在蜥蜴即将打破屏障的瞬间，猝不及防地对上了埃的眼睛，动作突然定格了。

在惊恐中的明歧还没有意识到是怎么回事，那蜥蜴在停顿两秒后又打破了埃的束缚，继续挥爪扑来。

埃已经将自己的右手拍在了明歧的后背上。明歧顿时感觉到自己像是承受了千斤重的撞击，比那蜥蜴之前撞击屏障的力度还要强烈。然而他并没有被一掌拍出去，而是感觉那千斤重的力量打入了他体内！

瞬间，他体内已经衰竭的灵力剧烈地膨胀开来，这是——前所未有的力量体验！

埃平静地开口，念道："雷咒。"

下一秒，以明歧为力量的爆发点，他的面前再度撑开一道雷电的屏障，而这一次的屏障比之前的强大数十倍！

蜥蜴的右爪拍在屏障上，屏障纹丝不动，而蜥蜴的全身却被雷电包裹。它惊恐地咆哮着后退，身上的电流在经过五六秒之后尚且没有完全消失。

埃的右手依然贴在明歧的后背上，明歧感觉到磅礴的灵力在自己身体内奔腾冲撞——他的全身在不可抑制地剧烈颤抖着。

是埃同学……把他的剩余灵力注入自己身上了吗？

那他现在……是不是可以做到他平时完全做不到的事了？

他果断地双手结印。借此机会，一定要尝试自己原本做梦都不能实现的咒术！

"雷咒！落雷！"他猛地向上抬起右手。顿时以他为中心爆开飓风，天空之上的阴云形成厚重的旋涡，云层中雷声与闪电交错。

他再猛地将右手挥下，用意念瞄准那蜥蜴的方向，大喊："召唤！"

一道惨白的雷电从上空坠落，伴随"轰"的一声炸响，落地的雷电发出巨大的爆破声。顿时前方烟尘弥漫，火光滔天，蜥蜴的身形完全被火焰吞噬。

明歧感觉到自己体内的灵力冲撞减少了一半。虽然他不想这么浪费灵力，但他的身体还是承受不住剩余的灵力，只能尽快将灵力全部消耗出去。

他的体力已经不支，但是——自己还能再来一次！一定还能再来一次！

第七章
你们对真实的埃同学一无所知

他大口喘息，喉咙里发出像是哮喘般的嘶哑声音，然后将自己的双手都举过头顶——

"落雷的平方！召唤！"

埃平静地看着明歧的背影，并没有开口吐槽"一的平方还是一"。

两道巨大的落地雷再次炸向地面，整片白玉之森都陷入巨大的震动之中。

明歧终于消耗完了所有的灵力与体力，直接向前跪下去，双手撑住地面，全身颤抖到几乎不能自由呼吸。

灼热的气息一层接一层地从前方扑来，携带着滚烫的烟尘，粗暴地从他身上吹过。

"还是很出色的呢。"埃收回右手，眯起眼睛屏蔽烟尘，露出微笑。

确实是在夸奖明歧，而明歧已经没有力气做出什么回应了。

熊熊烈火很快熄灭，远处的蜥蜴身形僵硬地盘绕在那里一动不动。它身上的灰毛都被焚烧殆尽，坚实的鳞片也已经碎裂，还能从裂缝中看到微小的白色电流从一片鳞片传导向另一片。

埃也没有了下一步动作。他也需要休息，争取在这段时间内尽快恢复体力。

双方像是陷入了僵局。

此时，伏啸已经平安地坐在了地上，茫然地睁眼看完了全程。

那两个被吐出来的双子学院的学生似乎也已经苏醒。

西北方的森林有了动静，和音率先出现，对着这边大喊："都没事吗？"

埃笑道："你能来的话，真是太好了。"

但他的说话声音很轻，像是呢喃自语一般，和音听不到他的声音。

蜥蜴感觉到有其他人出现，突然重新睁大眼，舒展开已经破败的庞大躯体，等不及继续恢复体力，想要攻击新出现的人群。

和音双手结印，一道半径大约七米的巨大红色灵环展现！

连埃也有些惊奇地睁大眼。

他知道和音应该很强，但也没想到会强大到这个境界。按照这灵环的特征，和音的能力一定已经超越了高级骑士，达到圣骑士的标准！

而她直接展示灵环来应战，一定是要完成只有圣骑士才能够做到的那最终的一步——

"具现化！赤蛇！"

灵环散发出上下垂直的暗红色光芒，形成一道巨大的光柱——光柱中逐

渐出现一个半透明的女人身形，巨大的身形缓缓地自下而上升腾，很快就达到十余米的高度。

半透明的女人披散着暗红色的长发，长发飞扬，令她显得庄重威严。她的面部毫无表情，双眼睁着，眼神空洞。她没有任何服饰，但全身都被鳞片包裹，犹如穿了一件坚硬的铠甲。

女人继续向上升腾，出现的下半身是健壮的蛇身。

和音悬浮在这女人胸口处。从外面看过去，依然可以清晰地看到和音的身形。

"这就是传说中的……灵环具现化吗？"明歧呢喃。

埃回应："是的，我也是第一次亲眼见到。"

蜥蜴等不到具现化的完成，直接从口中喷射出一束白色光线。

和音抬起右手，与此同时赤蛇也抬起右臂，张开手掌抵挡射来的能量光束。

然而赤蛇的右手在光束的射击下逐渐被损毁，到了一定程度后，光束猛地向前轰击，赤蛇的整条右臂连带右肩一同被碾成虚无。

此时，赤蛇的具现化也已经完成，她那十余米长的蛇尾突然扬起来。和音转身，被操纵的赤蛇也猛地转身，抡起巨大的尾部猛地拍在蜥蜴身上。

一声山崩地裂的巨响，地面向下轰塌，蜥蜴直接被砸入地下。

赤蛇挪开尾部，抬起左手，手中出现一团红色的光球——是和音的灵力团。

和音将左手向下挥，赤蛇也猛地扑向前，将左手的能量团拍向那只被镶嵌在地下的蜥蜴。

红光爆裂，与此同时，力量已经耗竭的赤蛇变成红光消失。

和音落在地上，单膝跪地停了很久。灵环具现化是非常损耗灵力的终极手段，她虽然有实现具现化的能力，但无法支撑太久。

而且……太多年没有使用这个手段，如今突然具现化，简直相当于把一个常年不运动的人拖出去长跑。

被灵力团轰炸后，那块区域已经塌陷成一个巨大的坑，而那蜥蜴几乎被埋在巨坑之下，只露出一截尾巴在地面之上。

"死掉了吗？"明歧问。

埃眯起眼隔绝扑面而来的粉尘，轻声说："不会这么简单呢。"

"这还简单吗？"明歧望向埃。

埃继续平静地看着那个方向。

第七章
你们对真实的埃同学一无所知

和音身后出现了一个陌生的男人。那个男人突然掷出一块黑色的石头，那石头在巨坑上空绽放出金色的绚烂光芒。

是封印石。

埃眯起眼。看来双子学院想要重新封印那只魔物——虽然已经不是他们原先丢失的那一只。

如果那魔物的力量真的已经衰竭，那它倒真的有可能被这种档次的封印石封印住，但埃认为那蜥蜴分身的能量就非常庞大，母体还不至于这么脆弱。

果真，那蜥蜴的尾部突然扬起，然后向地下钻去，瞬间它的整个躯体都钻入了地下。

如果只是钻入地下，封印石照样能够运作。然而封印石在地面上投射出一个金色的图阵时，图阵却没有任何反应。

不可能跑得这么快！男人呆愣住了。

和音倒是很宽心地起身，拍拍那男人的肩，笑道："别想得这么容易，你们双子学院太弱了，最后的功劳还是我们的。"

"我不想打女人。"那男人忍着怨气。

和音继续愉悦地拍他的肩："是啊，所以我才能这么嚣张呢。"

随即和音向埃这边走过来。收割团那群人也都跟过来，路塞尔回过头用手一指那男人："等我有力气之后，待会儿第一个打你。"

埃眯着眼睛对和音笑道："你们这边似乎也很精彩。"

不仅和音看起来挺狼狈的，收割团的这群人看起来也都是要虚脱的样子。

"是啊，太精彩了！"和音无奈地双手环胸，把头转向别处，轻声抱怨，"毕竟和双子学院第一小队见面之后，两边就开始互殴，我都不用关心怎么打死蜥蜴了。"

想先把自己的队友和友军打死。

相比之下，轻风团成员性格相对温和，一直都和第三小队和谐共处着。

眼下，小犬学院的队伍站在巨坑的南方，双子学院的队伍集中在巨坑的西北方。而那最初大轰炸的地点，还在他们的东北方向。

"你们和那蜥蜴对抗了多久？"和音走到伏啸身前，觉得他应该伤得挺严重，于是蹲下身，将右手贴在他胸口上感知一下情况，却发现伤口竟然已经愈合了不少。

"并没有多久，但瞬间全军覆没，多亏埃同学才扳回局势。"伏啸露出笑脸，

解释说，"我已经没事了。"

"嗯，你继续休息吧。"和音起身，望向埃的背影。

又是因为埃同学吗？如果周围没有其他人，她真的很想和埃认真谈一谈。

"埃同学。"她呼唤。

"嗯？"埃转过身，望向她。

"你怎么看呢？"

埃将双眼眯成一条缝，笑着回应："看什么呢？"

"请你不要眯眼笑了，我看着你像凶手。"

"啊，好的，我尽量。"埃睁开眼收敛笑意。实际上他也控制不住自己的本能，总是自然而然地就在不适当的场合下眯起眼睛笑。

"将你知道的告诉我吧，你应该知道得最多。"

"好的。"埃又把双眼眯起来，眯到一半忽然意识到自己又开始眯眼睛了，连忙又把眼睛睁大。

和音只能先无奈地说："你要眯眼就眯吧，别笑得这么瘆人就行。"

埃沉默了两秒，在确定自己的表情很严肃后，开口说："按照我的理解，这蜥蜴似乎不是双子学院的，而是早就出现在这世界上的。"

和音没料到埃会说出这样的一点儿，皱眉："给我证据。"

"我认为它栖息在地下，地下应该有大量它所挖掘的通道。"埃取下腰间的长刀，将长刀与刀鞘一同撞击在自己左侧的地面上。

顿时"轰"的一声巨响，和音前方腾起大片烟尘。

"喂！"和音不开心地用手挥散眼前的尘土。

然后她低头，看见埃已经站在一个大坑中央，坑足足有两米深，前后通畅，似乎真的是一个地下隧道的一角。

"……"她沉默。

莫名其妙滑进坑中的明歧"喂"了一声。

站在坑中的埃仰头说道："这样的地下隧道不是一晚上能够挖掘出来的，而且我认为整个白玉之森可能已经完全成了它的领地。"

"……你先上来。"

"是。"埃从边缘处轻松地攀爬上来。

而另一边的明歧在爬到一半时忽然又滑了下去。

"那你认为这个家伙的实力在什么水平呢？"和音继续问。

第七章
你们对真实的埃同学一无所知

"大约比双子学院的魔使强大十余倍。"

和音再皱眉,将视线挪向别处,自言自语般地呢喃:"这样吗……"

埃突然认真地问:"你相信我的判断吗?"

正在思考中的和音轻描淡写地回应:"挺相信的。"

"……嗯。"埃眯起眼,发出一个语气词。

和音扫视一眼周围,确认周围的其他人都没有在意他们之间的对话后,继续轻声对埃说:"照你这思路……我觉得这可能不是双子学院的魔使,而是巨蟹学院的魔使。"

她知道巨蟹学院的魔使在十三年前逃逸,据说那一次完全找不到魔使的痕迹,而且在这之后的漫长时间里,并没有人发现这只魔使出现的痕迹。它似乎非常隐蔽地藏匿起来。后来,因为它完全没有存在感,以至于所有人都将它遗忘了。

"哦,对,"和音再问,"你怎么知道这蜥蜴比双子学院的魔使强大呢?"

埃抬起右手,指向那一团蜥蜴吐出来的乱糟糟的东西,面无表情地说:"双子学院的魔使好像被吃掉了。"

"那是排泄物吗?"和音眯眼。

"并不是。吐出来的应该还比较完整。"埃也眯起眼。

和音沉默了。她不想继续问埃问题,因为这样会显得她有些无知,对埃同学来说也不太尊重。但她感觉得到,埃知道的要比她多得多,如果她不问,埃同学似乎不会主动告诉她——她还是必须得问下去,她必须了解情况。

"原谅我问题比较多。"她无奈地开口,"把你知道的其余事情也告诉我。"

埃抿起嘴,望向东北方,那里是最开始的轰炸地点。

和音补充说:"虽然我们之间还没有建立起可以完全信任的友谊,但我以圣骑士的名义起誓,我会尊重你的隐私并且保护你的一切正当权益。"

"不需要这么严肃。"埃重新露出温和的微笑,但并没有看她,"既然你愿意相信我的判断,那我也很愿意表达我的看法。"

和音望着他的侧脸。

再一次地,她感觉面前这个十几岁的少年,并不像是普通的人类。她觉得自己不像是在对学生说话,而是在与她同辈的伙伴,抑或是比她更为年长的长辈在交流。

但她确实是在与一个年轻人说话,这感觉太微妙了。

埃抬起右手指向那爆炸的起点，解释说："在那里，因为我一时疏忽而引发蜥蜴分身的能量爆破，这个巨大的动静将你们都吸引过来看个究竟。那始终潜伏在地下的蜥蜴母体似乎也感觉到了异样而前往这个方向，中途发现了轻风团等人，突然食欲大发作想要捕食——情况大致如此。我认为这确实是巨蟹学院的魔使，它一直在地下潜伏十余年保存能量，直到双子学院的魔使也逃逸，它吃掉了双子学院的魔使，力量恢复后准备重新现世征服世界。"

和音继续思索。其实埃同学的推断与她自己所想的出入不大，但是万一自己的思路从一开始就被埃同学给带偏了呢？

她很理性，知道眼下还不适合她想那么多，于是先对埃说了一声"我待会儿再考虑"后，扫视了一下基本已经颓废的轻风团与收割团，最终下定决心，对埃说："埃同学你还有精力熬夜吗？"

埃微笑："熬夜我不在行。"

于是和音转过身去，对众人大声说："我们先回去休息！"

"啊？"其余人一脸不解。

有种知难而退的感觉，和音主任难道是这么宽容的人吗？

路塞尔举手："我们还可以再撑一下的！毕竟我们都是男人啊！"

和音不为多动，右手叉腰，命令道："回去！我请你们住旅馆！休息好了明天再来！"

学生们对住旅馆非常期待，连忙都站起来，兴致勃勃地准备回去。

路塞尔很开心地念叨："那明天是不是不用上课了？"

西木娅远远地说出一句："明天周六。"

路塞尔瞬间崩溃地转身去找和音："我们今天打完好不好？熬夜我在行的！没问题！"

"滚。"

他们已经走出十余米远，某个坑的底部忽然传来明歧的喊声："喂——"

走在队伍最后的埃默默转身回去，蹲在大坑的边缘，向下伸出手。

明歧感动地攀住埃的手，让他把自己拉出来。

果然还是埃同学最在乎自己了……想到这点，他就忘了这个坑是谁凿出来的了。

一路走着，明歧的全身还在发抖。

"冷吗？"埃终于问出一句。

第七章 你们对真实的埃同学一无所知

"不冷,可能身体有点儿虚……"明歧哀怨自己身体不争气。

"嗯,那回去休息一下。"埃露出温和的微笑。

与此同时,双子学院的人都眼睁睁地看着小犬学院的人知难而退。

"真是没志气。"一个人嘲讽道。

一个女生有点儿委屈:"其实我也想休息了……"

"我们再坚持一下。"为首的男人鼓励说,"他们走了更好,我们一定可以的。被他们抢去功劳的话,我们就真的太没有面子了。"

小犬学院的队伍行走着,忽然听到有人"欤欤欤"地叫。

很多人都向四周张望,寻找是不是有人在求救。

那个"欤欤"叫的声音突然沉寂了两秒,变成了一声大喊:"埃同学!"

"嗯?"专心向前走的埃这才突然有了反应,侧过头去寻找声音的来源。

在小犬学院,很多人都会本能地用"埃同学"三个字来称呼埃,因为只叫"埃"一个字,真的挺像一个纯粹的语气词,自己叫起来很别扭,埃本人似乎也对这个语气词不太敏感。

远处的一个小山丘上站着一个看似很开朗的少年,他笑容灿烂地对埃挥手,大喊:"埃!没想到能在这里见面!"

"嗯。"埃也微笑,"你好。"

虽然他还是不记得这个笑容满面的旧同学到底是谁,不过他倒是记得笑容满面的同学旁边的另一位同学。

那个人则是毫无笑意,神色凌厉,用居高临下的气势俯视着他们所有人。良久,这位同学也终于露出点儿轻蔑的笑意来,对埃说道:"埃,你们要回去了吗?"

"嗯,先回去休息一下,明天再来。"埃没有流露出任何厌恶的情绪,继续温和地回应。

第八章
战胜恶魔的人才是真正的恶魔

"不用来了,这里不用你们小犬学院操心。"那人继续轻蔑地说道。

"喂,怎么说话呢?"已经许久没有存在感的辉之义回应。

明歧也有点儿抱怨地对埃说道:"你的这位老同学让人感觉不太舒服啊。"

连那笑容满面的同学也觉得这样说话不太友好,瞥了一眼满面轻蔑的同学,小声说道:"友好一点儿啦。"

埃依然没有情绪,说:"白玉之森是我们小犬学院管辖的地域,如果你们实在无法解决的话,请放心地离开吧,我们会处理好的。"

满面轻蔑的同学又笑了一声,似乎是针对埃一个人:"看样子你的归属感已经很强了啊,小犬学院是不是特别棒呢?似乎你在那玩得特别愉快啊!"

路塞尔的太阳穴爆起青筋,咆哮道:"喂!挑衅是不是?想打架的话你就向前走一步!我马上飞过去揍你!"

满面轻蔑的同学无动于衷:"我不想和满脑子只有暴力的粗鲁之人动手。"

"我要揍你这个——"路塞尔猛冲过去,被一脸漠然的和音揪住后衣领。

"别浪费青春了。"和音开口,瞥了一眼埃,似乎要他赶紧处理这件事。

"我们走就好。"埃说。

"走。"和音挥挥手,示意众人继续离开。

"埃!"那个人又喊了一声。

埃转过头去,这次眼睛眯起来,露出阴森的笑意:"别让我再产生打人的念头,修米利。"

听到"修米利"这个名字,明歧突然很在意地转过头去,仔细看那个人。

那个人十八九岁的样子,面目俊朗、身形挺拔,也和埃一样留着长头发,青色的长发很妥帖地扎起来束在脑后,显得整个人都很精神,加上那表情之后,就显得精神到很欠揍。

第八章
战胜恶魔的人才是真正的恶魔

"明歧。"埃忽然轻声唤他。

"嗯。"他回应一声，回过头发现队伍已经走远了，赶紧小跑两步赶上去，走到埃的身边。

在旅馆安置下来时已经过了晚上十一点儿。房间分配为两人一间，埃没等其余人向他示好，就果断地拉着明歧进了一个房间并关上门。

这是个很简陋的旅馆，床还需要自己去铺。埃很有干劲地把被子从柜子里抱出来，立即动身铺地铺。

明歧轻声问道："埃同学有没有觉得我……与其他人不一样呢？"

除了特别弱以外。

他隐约觉得，相比于和其余人相处，埃似乎更倾向于与他接触。

应该不是自己很有魅力吧？

"嗯？"埃一时没理解明歧想要表达的具体意思。

明歧略微垂下头，不知道怎么样更清晰地表达出自己的真实意思——觉得有些不好意思说出口，只是想当面问人家"说说我的优点是什么"，而他又认为自己没什么优点。

埃认真地看着他，似乎揣摩出了其中的意思，亲和地微笑起来，轻声说道："大概是因为我觉得，与明歧同学相处，我很轻松吧。"

"啊，是这样啊。"明歧笑道，忽然就释然了。

虽然是个很简单的理由，但是一个听起来很亲切的理由。

"与别人相处会让你觉得不太轻松吗？"明歧再问，然而问出口后觉得自己又过问得太多了，却又不知怎么收回这个话题。

埃很耐心地回应："我不太擅长交际，所以与人相处会有一点儿压力。"

明歧没想到埃同学竟然自认为自己是不擅长交际的人。

"一方面抗拒着与人交流，一方面又期盼着能与他人产生心灵上的沟通。"埃漫不经心地呢喃，笑容渐渐消失，像是自言自语一样，"很长一段时间我都很苦恼。"

明歧很谨慎地问："那现在呢？"

"现在应该不会在乎那么多了。"埃跪在地铺上，重新望向明歧，"抱歉，我应该是个内向的人，所以很多时候我都没有自我表达的欲望。"

明歧很理解地点头，双手握拳又松开："我能理解，其实我也是有些内向。"

不过埃同学的内心戏应该没有自己这么多吧。

"我能感觉到。"埃也很理解地微笑,"如果你有什么想要表达的话,请大胆地告诉我吧。有人愿意向我敞开内心的话,我会非常高兴,并且一定会努力来回应的。"

明歧急促地吸入一口气,几秒后终于呼出,十分开心地点头:"嗯。"

之后明歧去洗了个澡。从卫生间出来后,埃已经把两张地铺都铺完了,并且已经在其中一张地铺上睡下了。

明歧没打扰他,径直走到门口,准备把壁灯关了。此时却响起敲门声,他开门,发现是和音。

"晚上好啊。"明歧轻声笑道。

"你们这里倒是最安静的。"和音也微笑,望了一眼昏暗的室内,问,"埃同学这是已经睡了吗?"

"嗯,他应该是太累了,已经撑不住了。"明歧点头。

"那好,你也早点休息。"和音关上门离开。

和音一个个地检查这些房间,把还在玩枕头大战的男生们吼了一顿,确定所有人都已经安静下来之后,她走向偏僻的阳台,打开手机翻找号码。

"院长,很抱歉现在打扰你,我需要请你帮忙调查一件事。"她开口。

"请说。"

"根据我们在白玉之森的初步调查,那只魔使似乎不是双子学院的,而是巨蟹学院的,而且双子学院的魔使似乎已经被巨蟹学院的杀死了。"

院长沉默了,似乎有点儿难以消化这个信息。

"所以想要拜托你与六国理事会取得联系,看看能不能翻找出有关双子学院和巨蟹学院的魔使的相关资料。"

"可以。但查证资料需要很长一段时间,理事会那群人的工作效率很低。"

"试试吧,查不到也没什么。"和音说。她只是想确认埃的判断是否正确而已。就算查到了相关资料,也不见得会对他们有所帮助。

"好的。你们那里有困难的话,不要勉强,撤回来吧。骑士管理局已经派人前往白玉之森,准备亲自处理这件事了。"

"嗯,不勉强,我们已经休息了,准备明天再去看看情况。"

挂断电话之后,她向阳台外望去,可以看见白玉之森的一小片区域。

此时白玉之森依然被包裹在一片厚重的阴云之下,似乎将要下雨,然而空气依然非常燥热。

第八章
战胜恶魔的人才是真正的恶魔

埃同学究竟是什么人呢？她又想起了这个问题。

凌晨四点，埃醒了过来。

因为心里挂念着一件事，给他形成了一定的压力，所以他自然而然就醒得特别早。

他坐起来，看钟表确认了一下时间，就起身向卫生间走去。他洗完澡出来，用毛巾把头发擦干一点儿，然后悄无声息地走到明歧身边蹲下。

裹在被子里的明歧还在沉睡，隔一会儿就全身抽搐一下，像是在做噩梦。

是因为劳累过度而抽筋了吗？埃眯起眼，伸手过去轻轻搭住明歧的脖子，感觉他目前的身体还挺健康，便决定暂时不管他的抽筋了。

埃起身，从桌子爬上窗台，将窗户打开，纵身跃出。

他需要把这件事解决。本来他只是想让灰狼闹出点儿小动静而已，没料到会发展到这种地步。而这件事确实是因他而起，他必须亲自去了结，不能让其他无关的人因此而受到伤害。

埃冲向白玉河，念了一声"水咒"后，就直接踏在水面上，随后奔跑起来。

横穿白玉河只花费他两分钟。在经过几个小时的睡眠以后，他的体力已经恢复了大半，灵力也恢复了大约三分之一。只要没有其余人的干扰，以他目前的能力来单独对抗魔使，应该不是什么大问题。

他重新进入白玉之森，开始寻找那蜥蜴的踪迹。漫无目的的寻找似乎没有用处，他在挑选了一个空旷的位置后停下，蹲下身将双手拍在地面上。

灵力通过掌心向地面传导，并沿着地面向四周扩散。

只要那蜥蜴感觉到他的灵力，应该就会很积极地出现想要杀死自己吧？

没过多久，许多的小蜥蜴分身从西面八方爬过来，而母体大概是因为先前受了伤，还不愿意现身。

"那就先解决你们。"他起身，右手搭在左侧腰间，握在长刀的刀柄上，困住刀鞘的银白色铁链散开。

他抽出刀，立即劈在一只扑来的蜥蜴腹部，随即将刀抡出弧度，用刀面挡下另一只蜥蜴从嘴里射出的能量光束。

被刀劈中的蜥蜴竟然直接死亡，腹部之中的能量团似乎没有了用武之地，成为白色的荧光向上发散，像是萤火般飞向这把名为"真"的长刀。

埃眯起眼，他只知道这把刀的来历很大，但并不知道它还能吸收魔使的

能量。被长刀挡下的能量光束也直接被刀吸收。

他趁机冲上前,将刀水平扫入蜥蜴张开的嘴中,同时侧身避开另一只蜥蜴的能量光束,将手中的长刀用力向前推出半米。这只蜥蜴几乎被刀水平切割成上下两部分,体内的能量消失,随即全身瘫痪。

剩余的蜥蜴不再攻击。它们似乎得到了号令般开始缓缓倒退,退到一定距离后全部转身逃离。

埃提起手中的刀,严肃地看着。自己似乎离征服世界又近了一步。

他将刀向上举起,再挥下,然后左右方向又挥了两下,感觉这刀在吸收能量后并没有发生什么变化。大概就只是能吸收能量而已吧?

他生来就拥有大多数人遥不可及的卓越灵力,然后又得到了这把刀。

他总觉得他的命运,似乎早就有着和常人不一样的安排。

这把刀忽然被他向斜上方扔出。刀在半空中旋转四五圈,猛地劈在远处一棵树上,刀刃嵌入半棵树内,像是这把刀将这棵树刺穿。

然而他还没有把右手放下,只是略微动弹了一下指尖,那刀突然就飞回了他的手中。一眨眼的时间都不到,他的右手又握着这把刀。

"真没办法。"他轻声呢喃。自己已经好几年没有玩这种"丢出去""飞回来"的游戏了,因为玩了几次之后就觉得不怎么好玩了。他将刀收回刀鞘,向前走出十余步后,感觉到脚底下微弱的颤动,他停下脚步。

"我感觉到你了。"他轻声开口,"要出来吗?"

身后突然发出巨响,地面向上层层隆起,最终从那隆起山丘的边缘探出那蜥蜴母体的鼻翼。它将头向外探了探,很谨慎地露出红色的眼睛。

"你是谁?"蜥蜴问出这个问题。它虽然认为埃不是它的对手,但它不愿意再浪费自己的力量,不想再直接和埃对抗。

埃转过身,朝着蜥蜴走过去。

蜥蜴突然咧开嘴,从嘴缝里露出白光,威胁道:"不准……"

埃停下脚步,回答说:"好。"

"你是谁?"蜥蜴再度问出这个问题。

埃蹲下身子,尽量与蜥蜴平视,轻声说:"在我动手打你之前,我们先互相介绍一下吧。"

"嘶——"蜥蜴发出嘶叫。虽然它不认为埃能打死它,但它还是想知道埃的身份。它相信面前这个人将会成为它征服这个世界的第一个障碍。

第八章
战胜恶魔的人才是真正的恶魔

"我叫埃,是人类。"埃自我介绍说,"如果我有什么与别人不一样的话,那大概就是——我生来是个天才吧。"

蜥蜴没有回应,可能是觉得埃这个自我介绍没有什么价值。它略微将头往回缩了缩,似乎准备重新返回地下。

"请等一下。"埃起身。

"我之后再杀掉你。"蜥蜴的头部完全缩回泥土之中,随即这个隆起的小山丘塌陷回去。它不想与这人类纠缠,它需要保存体力,先去吃掉其余的人类来补充它匮乏的能量,这样才能更方便地回来碾死这个最强的。

"不满意的话,我可以多做点儿介绍。"埃向前走,站在塌陷的地表之上。

他略微一跺脚,这块土地再次塌陷下去——他落入两米深的隧道之中。

埃点亮自己的灵环,借着微弱的光亮向前走。

隧道很宽敞,甚至空气也很充足,岩壁上生长有一些厌光的青苔,可以看出这通道已经有很多年了。埃忽然觉得,只要这蜥蜴的效率足够高,只要能坚持不懈,想要把这整块大陆的地表挖遍也不是不可能的事。

到时候人类的建筑一下子坍塌入地下,所有建筑损毁,生产力严重下降,大量人员伤亡,从此人类文明走向衰弱与毁灭……

等一下。他捂头。自己为什么要帮蜥蜴制订征服世界的计划?

埃沿着通道向前走了半小时。

如此精湛的挖掘造诣与艰苦的劳动付出,如果蜥蜴最终不能实现征服世界的梦想的话,连他都会觉得有些可惜。

前方逐渐亮了起来,似乎连接到了一个宽阔的空间。

埃只顾着向前走,脚下忽然一滑,他瞬间滑出去两米远。

停下来的埃向四周张望。这里竟然有上百平方米大,上下四五米高,地面与四壁铺着光滑的白色岩石,中央摆放着一张倒下的大石桌。

他缓缓向前走,视线投向墙面。

每隔一米的墙面上就凿有一个洞,洞内放置着一块深蓝色的萤石。有的萤石已经没有了光亮,有的还能散发出微弱的光芒,用来照亮这个地下空间。

到处都蒙上了灰尘,这里似乎是一个年代有点儿久远的地下指挥室。

追溯上一次的大规模战争,还是五百年前的人族与魔族大战。这个地下室可能就是当时挖掘出来的。

角落里放置着大量的生物骨骼,大多是如同獠牙一般比较有突出特征的

骸骨。骸骨非常大，并且保存得很完整，似乎是当年留下来的战利品，最终离开的时候没法带走太多，只能把相对没有意义的一些普通骸骨丢弃在这里。

大概是魔物的骸骨吧。

埃很快扫视完这个空间，初步感觉这里已经被前辈们收拾干净，并没有什么很有意义的东西留下。他这才抬头，看着上方伏着的那只巨大的蜥蜴母体。

蜥蜴张开的四肢攀附在顶端，一动不动，像是一尊雕塑。

"嘶——"见下方的人注意到了，它突然面目狰狞地咧开嘴，从上方扑下。

本来准备突然袭击，将下面的人一口咬碎，无奈已经被发现，它只能直接正面攻击。

埃立即向左侧躲避，蜥蜴兽爪的寒光在他面前一扫而过，他立即抽出长刀。

长刀挡下锋利的指甲，他被撞击到墙面上，蜥蜴一半的指甲越过他的身侧，扎入身后的石壁中。

蜥蜴张开嘴，朝埃喷射出能量光束。墙面被轰击出巨坑，待白光消散，它却发现爪下的埃依然毫发无损，而他身后贴住的一小块墙面也安然无恙。

埃手中的刀吸收了前方的能量。

"要多介绍一点儿的话，我与众不同之处，就是这把刀选择了我。"埃开口，眼眸又变成了红色。猝不及防地，蜥蜴又呆愣了两秒钟。

每一次都如此大意地去直视对方的眼睛！它的怒意升腾。

在蜥蜴全身瘫痪的间隙，埃轻易地抽身，一转身就劈下了它的右爪。

嘶！蜥蜴的左爪猛地拍向埃，然而只击打到墙面，造成墙面再次崩塌。

它顾不上去寻找埃在何处，只是从嘴中喷射出光束，想要让埃尽快消失——就算在这里耗竭全部的能量，也要让他从这个世界上消失！

四周墙面全部爆破，它突然仰起头，看见埃的身形攀附在上方顶部。

巨大的尾巴掀起来砸向上方，整个地下空间轰然坍塌。

地面之上的森林忽然发出一声破空巨响，泥石碎片向上飞溅起十余米高。

埃跌落在地面的一片废墟之上。虽然没有被击中，但他在一片混乱中看不清方向，只能暂时转为防御状态。眯起眼睛阻碍视线，而睁大眼睛又会被烟尘糊住，他有些艰难地观测四周，突然看见蜥蜴红色的血眼逼近。

埃跳离原地，惊险地避开第一次撕咬，随即转身避开第二次，却猝不及防地被一截尾巴砸中腹部。他被撞出去十余米远，砸断一棵树后才勉强扛住，然后在地上向后翻滚了两圈。

战胜恶魔的人才是真正的恶魔

"唔。"他捂住脖子。真疼。

除了全身酸痛以外，左脚似乎没有知觉了。埃勉强地站起来，虽然左脚麻木了，但还是能让自己不倒下。

蜥蜴又瞬间冲到了他的面前。他顿时双手结印，撑开一道厚重的屏障挡下对方的撞击。他的体力已经瞬间归零，但灵力还剩下一部分。眼下，他必须趁自己还有余力，一鼓作气解决这只蜥蜴。如果无法让这只蜥蜴快点儿死掉，那么只能他自己来面对死亡。

埃的双手保持结印的姿势。

"风咒。风行道。"

飓风骤起，在他面前形成两道两米高的风刃，呼啸地朝着蜥蜴碾压过去，将它向后推了五米。

埃随即改变手印，再念道："水咒。冰轮衍。"

土壤中的水分向上升腾，瞬间凝固成锋利的冰锥，自下而上穿插，再向中央汇聚，将蜥蜴困在冰封的牢笼之中，使之一半的躯体都与冰块相连接。

埃再次改变手印，左手保持印记，右手举过头顶："雷咒。雷霆。"

天穹之上引来一道紫色的巨雷，猛然劈向蜥蜴的后背，将它全身笼罩在紫色光亮之中。冰锥炸裂，水沫飞扬。

埃重新张开右手，散落在别处的长刀飞回他的手中。他冲向那蜥蜴，跃起至它的头部，猛地将长刀刺下。

蜥蜴发出一声短暂的嘶叫。紫色闪电这时才缓缓消失，埃的全身蔓延着紫色的微弱电流。他急促喘息着缓缓跪下，双手无力地松开长刀，好在结束了。

虽然他有着那么丰富的经验，但这确实是他第一次陷入如此危险的境地。

蜥蜴悄无声息地伏在了地上，全身焦黑并散发出一股奇异的气味，双眼已经闭上。它的剩余力量形成白色的荧光点向外发散，汇入埃面前的长刀之中。

天空中的阴云逐渐散去，天地间似乎亮了一分，已经到了该天亮的时候。

所有的能量消失，长刀沐浴在微弱的晨曦之中。

这把刀坚实挺拔，刀面与刀柄均没有任何纹路，显得端庄安详。

埃将刀拔起，用手揩掉上面的灰尘，将刀朝上举过头顶，似乎还是没有什么变化。他把刀重新拿到眼前，轻声说道："我有点儿喜欢你了。"

可是刀是不会回应他的。

他将刀插入左侧刀鞘中，换个姿势坐在蜥蜴的头顶上，从裤袋里摸出手机。

好在手机在混战中没有丢失，不然他还得花时间去找。

他将手机开机，却发现在这里连接不到信号。

如今他也不知道自己身在何方，甚至有可能已经离开了白玉之森，到达了另一片完全找不到方向的深山之中。他只能耐心地等待救援。动静这么大，足够将其余人引过来。他的左脚终于产生了疼痛感，他用手抚摸过去，感觉左脚小腿已经肿胀起来，像是骨折了。

"……痛。"埃闭上眼睛呢喃，然而没有人可以给他安慰，他只能无奈地将手拍在额头上。

为了转移注意力，他开始在手机上翻找可以玩的东西——竟然发现有河内塔。于是他摒弃杂念，开始专心致志地玩游戏。

等待了十余分钟，终于有一群人赶到现场。但并不是小犬学院的，而是双子学院的队伍。

双子学院那边的七个人惊愕地看见一个人坐在已经烤熟的蜥蜴头顶玩着手机。他们在远处停下，似乎担心这蜥蜴还没有死透。而如果蜥蜴已经死亡，那坐在蜥蜴头顶的人一定比蜥蜴更加可怕。

埃终于合上手机的翻盖，抬眼望向远处那群人。

其中一个人认出了埃，不可思议地说道："竟然……"

埃眯起眼睛露出微笑，抬起右手向他们招了招表示问候。而双子学院的成员们此时内心非常复杂。杀死蜥蜴的功劳到底算谁的倒不是重点了，最重要的是——魔物被杀死了。

而他们接到的命令是活捉魔物，封印好带回去。

领导一再强调，不要死的，要活的。

作为首领的男人走向前，严肃地问道："它是你杀死的吗？"

"是的。"埃非常不谦虚地承认，笑容变得微妙，似乎在观察对方的反应。

这微笑让男人觉得很不舒服，他再次问道："你真的有杀死它的能力吗？"

"当然有。"埃再次非常不客气地承认。

"是你独自杀死了它吗？"

埃用近乎自大的语气肯定道："是的。你们所有人——都是废物。"

这一句话，瞬间就让所有人愤怒了。

"那就让我看看，你到底有没有资格说出这种话！"男人突然抽出腰间的长剑，划出一道白色的光芒。

第八章
战胜恶魔的人才是真正的恶魔

埃漠然地抬起右手支开一道屏障,刀芒撞击在屏障上消失。

他缓缓起身,随即一道旋风在脚下蜥蜴的四周散开。他高高地站在蜥蜴的头顶,居高临下地看着双子学院的人,眯起眼露出鬼魅般的笑意。

明明是和他平时的笑一样,但一旦气氛有所改变,他的笑容便给人一种恶魔般阴森的感觉。埃黑色的长发凌乱地飘扬,本来应该在右耳后的长发已经滑落,让他的右半张面孔轮廓模糊起来。

"来吧,你们一起来。"他笑道,"你们要是一起上都无法战胜我的话,我连这家伙的尸体都不会给你们。"说话的同时,他的双眼变成了赤红色。

双子学院的成员全部惊恐得全身僵硬。

恶魔……这个人更加像恶魔了!他们真的有能力战胜这个恐怖的恶魔吗?如果不能战胜……他们的颜面该往哪里放?

"来啊!"埃再睁大红色的双眼,笑容更加狰狞,大声嘲笑道,"竟然害怕了吗?我只有一个人啊!"

男人终于崩溃,其余人全都神色复杂地看向这个男人,等待他下令进攻。

"上!"男人大喊。

所有人冲向埃。与此同时,另一侧方向的树林里传来和音的大喊:"埃!"

听到声音的埃双眼的红色褪去,终于放松下来。他闭上眼,疲惫地呼出一口气。总算是拖到了。他早就感觉到小犬学院的队伍正在靠近,毕竟和音的灵力煞气太重,他很远就能感觉到。而和音的煞气这么重,大概是因为发现埃又失踪了以后,很想把埃往死里打一顿。

和音看清楚情况后,还没发泄的煞气转移了对象,朝着正准备攻击埃的双子学院队伍大喊:"你们干什么?"

见到小犬学院队伍,双子学院的人全部愣住,毕竟当着小犬学院的面,不方便去打小犬学院的人。埃却很自然地抬起右手,指向底下一群人,云淡风轻地说道:"他们要抢我的功劳。"

"喂!你这人——"男人愤怒地对埃大吼。

和音一步步走过来,黑着脸对埃开口:"你给我解释清楚。"

埃抿起嘴,眼睛瞥向别处,有点儿委屈地轻声说:"明明是我一个人杀掉的……"

和音突然听到自己心脏仿佛发出"咪"的一声响,似乎有什么东西融化了。

好……好可爱!埃同学略带委屈的表情好可爱!啊不,是他整个人都变

得好可爱!

就在和音沦陷的这个瞬间,路塞尔突然冲上去,一拳就把那个男人打趴下。

"我说过我一定会打你的!"

明歧呢喃:"谁还记得你说过啊……"

和音反应过来,咆哮一声:"路塞尔!"

双子学院的人看见首领被攻击,全部冲上去打路塞尔,收割团的人见路塞尔被攻击,全部冲上去打双子学院的人。

"……喂。"和音绝望地捂头。

能不能把收割团这个团给废了?除了挑起事端,就没别的什么用了吧?

西木娅激动地双手握拳,一脸期待地看着伏啸:"我也要去打!"

伏啸望向和音:"打不打?"

和音望向远处的埃,看见埃已经一脸平静地坐下,漠然地看着下方打架的人,吐出一个字:"打。"

"好!"伏啸一挥手,命令轻风团的人参与混战,局势瞬间逆转成小犬学院必胜。

此时已经有双子学院的其他队伍到达现场,见此惨状,二话不说也加入了混战。

"就这样收场吧。"和音叉腰。

既然那蜥蜴已经死了,那就结束得热闹一点儿好了。

非战斗人员明歧绕过那群人爬上蜥蜴的头顶,蹲在埃的身边问他:"你还好吗?"

"还可以。"埃温和地笑道。

"它真的是你杀死的吗?"

"嗯……基本算是吧。"此时埃已经完全没有了之前嚣张的神色,而是眯着眼睛,一脸的疲惫。

"好厉害……"明歧还想继续感慨下去,却被埃打断:"可以帮我吗?我想我走路有点儿困难。"

明歧转身背对埃:"我背你。"

埃扑在明歧背上,任凭他把自己背起来。埃能感觉到明歧的身体还在颤抖,于是开口问道:"我重吗?"

"啊!不,你体重挺正常的。"明歧回应。

第八章 战胜恶魔的人才是真正的恶魔

既不是很轻,也不是特别重,就是一个略微健壮一点儿的成年人的重量——毕竟埃发育得早,已经达到成年人的体形标准了。

明歧从蜥蜴的头顶跳下来,落地时差点儿跪在地上,好在后来稳住了。

"我还是很重的。"埃笑道。他体形比较高大,最起码有一百三十多斤重。

"没事啦,我撑得住。"明歧背着埃朝和音所在的地方走过去。

此时围观混战的,不仅有和音、辉之义,以及尚未康复的伏啸,还有另外三个陌生的男人,他们穿着正式的高端轻质铠甲,可以说是全副武装。

他们是骑士管理局派过来的高级骑士,到达这里后却发现事情已经解决,而双子学院与小犬学院正打成一团。

动手阻止两个院校互斗不是他们的任务,所以他们很平静地站在一边,与和音、辉之义交流着工作心得。

埃从明歧的背上下来,右手搭在明歧的肩膀上,踮着左脚勉强地站立。

"脚受伤了吗?"和音问。

"是的。"埃微笑。

"活该。"

"……"

此时,又有三个双子学院的人到达现场。他们倒是很冷静,没有立即冲上去加入混战。埃望过去,其中一个人就是修米利。

修米利也望着埃,气氛瞬间紧张起来。

明歧连忙对埃招手,把埃的注意力吸引过来,笑道:"埃同学,那边快打完了呢。"小犬学院差不多以压倒性优势战胜了双子学院,打完收工的小犬学院成员们非常愉快地回来。

"行吧,到时候我去收拾烂摊子。"和音无奈地耸肩,对众人说,"我们回去了。"

"噢——"同学们欢呼,既轮不到他们打蜥蜴,还能把双子学院的人打一顿,他们觉得这次的旅程非常完美。

和音对那三个骑士管理局的人说道:"我这边已经交代完了,你们再去找双子学院那边核实吧,那尸体你们随便处理。到时候有任何问题,来联系我。"

"好的。"三位高级骑士恭送和音,因为她圣骑士的身份,所以他们格外尊敬这位女士。

埃略微踮着左脚,向前跳了两步,感觉还是不太好。力量耗竭了,自愈

能力跟不上。

"我来背你吧。"明歧说。

辉之义一把推开明歧,无奈地开口:"你还是算了吧,我来。"

于是埃伏在了辉之义的后背上。

一路上,埃都沉默地闭着眼睛,下巴搁在辉之义的左肩上,非常乏力的样子。其余人虽然满肚子的疑问,但都不忍心去打扰埃休息。

突然,埃皱起眉头,轻声呢喃一句:"痛。"

"痛死你好了!"辉之义大喊。

"唔。"埃抿起嘴。

"委屈也没用!你们这种单独行动的人最烦了!"辉之义大声抱怨。

"抱歉。"埃轻声吐出两个字。

"不过还是解决了呢。"和音平静地开口,望向埃,终于问出众人期待已久的那个问题,"真的是你一个人解决的吗,埃同学?"

"现在这个问题已经没有意义了。"埃眯起眼露出微笑。

听到这种话,和音感觉到有股凉气从她的背脊下方向上蔓延。她不再追问下去,将头侧向另一边,轻声说:"我之后再和你单独交流。"

"好的。"埃答应。

他们坐大巴车回小犬学院。埃坐在靠窗的座位上,头侧过去靠着窗户玻璃,无精打采地将眼睛睁开一条缝,左手拿着手机,目光斜视着手机屏幕,左手拇指时不时按手机按键。

明歧以为埃在编辑短信之类的,没有搭理他。然而半小时后,埃还保持着同一个姿势在手机上按按键。

"你在玩游戏吗?"明歧小声问。

"嗯。"

"竟然能玩这么久,手机里默认的几个游戏基本没有人愿意玩的……"

"嗯。我还能再坚持一下。"

明歧略微将头侧过去一点儿,偷偷看埃到底玩的是哪个游戏。

"河内塔啊!"明歧惊讶。

"嗯。"埃又半死不活地应了一声,继续操作屏幕上的圆环。

明歧真诚地问埃:"经常玩这个游戏的话,能不能提高智力?"

他这么聪明是不是经常在做脑部开发训练?

第八章
战胜恶魔的人才是真正的恶魔

"不知道。我觉得不能吧。"

"……"

五分钟后，手机因电量耗尽而自动关机，屏幕上又显示出"让我们心连心，共建美好小犬学院"的字样。

"忘记存档了。"埃呢喃。

明歧悠悠地开口："你迟早会放弃的，不如现在就放弃好了。"

"好主意。"埃翻下手机的翻盖。

在没有河内塔可以打发时间后，埃直接靠着窗户睡了。到达小犬学院的正门时，埃已经睡了近二十分钟。

"没事的话，就直接回家去吧！"辉之义说。

埃睁开眼。

"埃同学要来我家玩吗？我是一个人住，你随时可以来。"明歧笑道。

"嗯，好的。"埃回应。

和音大声说："身体不舒服的去一趟医务室，我会把医务室的人叫过来加个班。"

"埃同学去检查一下脚吧。"明歧说。

"啊……嗯。"他点头。

到医务室做了检查，埃的左小腿确实是骨折了。在治愈术的治疗下，他很快就恢复到能走路的程度，接着只要好好休息两三天就能痊愈了。

埃踉跄地离开医务室，看见和音站在门口旁边。

"你在找我吗？"他问。

"是的，有问题要问你，你跟我过来。"和音转身。

埃走得有点儿力不从心，轻声问道："是魔使的事吗？"

和音停下，背对埃："是的。"

"双子学院的魔使是我释放的。"他承认。

和音沉默了两秒，然后说："就算不承认也没有关系。"

既然你能杀死魔使，那释放魔使也一定不成问题。

"是我释放的。"埃再次说道，"但没料到会引出巨蟹学院的魔使，抱歉。"

和音终于转身，心平气和地轻声说道："是为了报复双子学院吗？"

第九章
这种级别的能力不是谁都有的

"是的。"他果断地回应。

和音无奈地深吸一口气,缓缓呼出,轻声说:"行吧,这事我们会给你瞒着的。以后你别闹了,要搞事情的话,先向我打个报告,别让我们受到惊吓。"

"好。"埃点头。

"还有一个问题。"和音皱眉,很认真地询问,"你能不能向我透露一下,你到底是什么人?为什么会拥有这种能力?"

埃望着和音的双眼,平静地开口:"不能。"

"不能吗?"和音有点儿失落。

"抱歉,暂时不能。"埃再次露出微弱的笑意,"等我能够完全信任你的时候,我会告诉你的。希望我们的友谊能够继续进展下去。"

"好吧。"和音无奈地呼出一口气,轻声抱怨,"你这小鬼的语气怎么回事啊……"

"我不是很能够好好说话,请谅解。"埃笑着说。

"那你方便透露一下你的年纪吗?"和音问。

"十六吧,再过半年就十七了。"

"确定?"

"确定。"

"你告诉我,你十六年的人生到底经历了什么?"和音满脸哀怨。

怎么会成熟成这个样子?

"除了我可能被命运之神选中之外,我觉得我的人生还算寻常。"埃笑道。

"算了,你回去休息吧,有情况的话,会有人打电话通知你,请保持手机开机。"和音挥手,"我觉得你这次闹的动静有点儿大,上面的人可能会来找你。"

第九章 这种级别的能力不是谁都有的

埃不介意地点头:"好的,有情况的话随时联系我,我会配合的。"

虽然他最擅长的是把事情弄得越来越复杂。

埃去食堂吃了午饭,并没有吃多少食物,但是喝了很多水。他觉得自己这次真的是过于拼命了,到现在还觉得身体很疲乏,周末需要好好休息才行。

周末的食堂很冷清,只有为数不多的不想回家的老师和学生来吃饭。

埃吃完饭,看见二十几条狗围着一个废水槽,争抢里面的剩饭剩菜。

"伙食似乎不太够。"他轻声呢喃。

喂狗的阿姨解释道:"是啊,以前只有两三条狗而已,是从外面跑进来的流浪狗,后来越生越多,再这样下去真的很麻烦了……而且领导觉得有安全隐患,说是要尽快想办法处理。"

埃将眼眸瞥向别处,轻声说道:"我想想办法。"

"你能怎么办?"

"只要我有钱的话,应该就比较好解决了。"埃似乎已经想到了什么,非常认真地点头。这个周末就去赚钱吧。

埃准备先去睡午觉,躺在宿舍的床上,给手机充上电后,他突然接到和音打来的电话。

"埃同学,你昨天长跑时是不是打了某位同学,还把墙给砸了。"和音用的是陈述句,完全没有询问的意思。

埃认真地回忆了一下,却发现完全没有这个印象,迟疑地回应:"是吗?"

"……"

见和音没有反应,埃诚恳地说:"抱歉,我不记得了。"

"是不是昨天发生的事情太多,你忘了?"和音还是试图去相信埃同学并不是一个狡黠的人——虽然他确实是个城府很深的人。

"可能吧。"埃继续迷茫,"但我真的没有印象。"

"得了吧,就是你干的,监控上都有。待会儿总务处会把赔款单发给你,具体的数额你到时候看通知。我打电话给你就是警告你,别以为小犬学院不是贵族院校就可以放肆,该罚的还是要罚,会处分的还是会处分。你给我小心一点儿,下次你再闹,我就亲自来'疼爱'你。"

"好的。"埃莫名其妙地听到对方一大通话。

虽然不明白到底是怎么回事,但总归去赚钱就好了。

短暂地睡了一个午觉后,醒来的那个瞬间,埃忽然想到了一件事。

他觉得他需要去找一下明歧。

周末的小犬学院是可以自由进出的，埃前往明歧的住处，站在他的出租屋前，敲门，却没有回应。

打电话给明歧，明歧说："啊，我在西郊呢，埃同学要过来吗？挺近的。"

"好的。"埃沿着明歧所指的路线，坐公交车再步行到达一栋废弃的工厂建筑前。感觉这种废弃的地方总会附带"很容易出事"的氛围。

上方传来"咔啦"一声，他仰头，看见十楼的顶端那一层有一大块墙面坍塌，碎片粗暴地砸了下来。

厂房周围没有居民区，一片荒芜，因此就算有高空坠物，也构不成安全隐患。

明歧从那个大窟窿里探出头，对埃挥手："埃同学——"

埃眯眼。他在拆厂房吗？

"请等我一下！"他走入厂房，沿着楼梯向上走。走到五楼时，他看见明歧从上面下来了。

因为停电，这个废弃厂房一片阴暗，两人见面的瞬间都有被吓一跳的感觉。

他们一起走到五楼的大车间里，靠在废弃的木桌上开始聊天。

"你来找我玩吗？"明歧笑道。

"嗯，来看望你。"埃微笑。

"啊呀，不用'看望'我的，我又不是老人家。"明歧解释道，"我申请了一项任务，就是拆掉这个厂房，酬劳是两千卡，我觉得还挺简单的，就来拆拆看。"

"噢。"埃点头。

虽然让骑士学院的人来做拆房子这种事太大材小用了，但不得不说想到这个主意的人还是很聪明的。叫一个骑士过来拆，两千卡就足够有吸引力；要是请个拆迁队过来拆，一万卡都不够付工钱。

明歧又说："虽然做这种事是有点儿没面子啦，不过还是挺适合我的。"

"嗯。"埃再次点头，然后转移话题，"小犬学院的任务是怎么分配的？"

在双子学院，除了领导直接分配任务，学生要想自己接受任务的话，需要亲自去信息部申请。

"我们这里只要用手机到系统里查询就好了。"明歧打开自己的手机，翻出教务系统板块，"登录进去，用户名是学号，初始设置的密码应该是六

第九章 这种级别的能力不是谁都有的

个六。"

埃也用自己的手机跟着操作，成功登入教务系统。

在申请任务的区域里有 S、A、B、C、D 五个选项。

明歧解说道："A 对应高级骑士的能力，B 对应中级，C 对应初级，D 的话就是最简单的事情了，我现在执行的就是 D 级任务。"

"S 呢？圣骑士的水平吗？"埃对这个比较好奇。

"嗯，你别动它就行……"

埃已经将按钮向上按，选项一直向上跳到了"S"。他毫不犹豫地准备用拇指去按"确认"按钮。

明歧瞥了一眼埃的手机屏幕，瞬间崩溃地咆哮："说了别动 S 啊！"

"我需要一点儿钱。"埃很认真地说。S 级的任务，酬劳应该是最高的。

明歧继续阻止他："我……我知道你很厉害，但 S 级真的很危险，你不要抱着试一试的心态乱来……"

"唔。"埃再按了一下"向下"按钮，选项跳到了"A"，然后瞥了一眼明歧。

明歧看着埃，眼中似乎充满怨念。

于是埃再按"向下"按钮，选项跳到"B"。他按下"确认"，页面跳转，出现十三条 B 级任务。

明歧提醒道："选择任务的时候你要慎重一点儿，如果不能完成的话，你的信用度会下降，而且系统还会扣除你账户上的一部分金额作为惩罚。"

"嗯。"埃漫不经心地应了一声，已经非常不慎重地选了一项任务，然后跳转话题，"你觉得你现在的状态怎么样？"

明歧有点儿奇怪埃竟然会关心这个，不过他今天的状态确实和平时不太一样："我觉得我现在精神特别好，力量似乎也比以前强了一点儿……"

"身体还会颤抖吗？"埃一掌拍在明歧肩上，感觉到他又突然颤抖了一下。

"时不时还是会抖，不过比之前好多了。"埃抬起双手，看着自己的掌心，"我觉得可能是抽筋了……"

说到这里，明歧突然明白了什么，惊喜地看向埃："对了，就是你把灵力输送给我之后，所以说，你打通了我的全身经络？"

"并没有。"埃微笑。那是小说里才会有的情节。

"啊……"明歧茫然地看向双手，突然用右手向窗户玻璃上推去——手并没有接触到玻璃，但是玻璃瞬间炸裂，碎片向外飞溅。他呢喃："不过确实

变强了啊……"

"我并没有将我的灵力给你，我当时已经灵力耗竭了。"埃轻声说，"所以我只是试图将你的力量全部激发出来。"

"这个还能激发的吗？"明歧茫然。

"略微刺激一下，总能多刺激出来一点儿的。"埃点头。

"啊。"明歧再低头看自己手掌。所以那时候澎湃的灵力……竟然全部是属于自己的吗？自己的潜能竟然有那么大？

埃温和地回应："你的潜能很大。"

"所以我现在真的更强了吗？"明歧期待地看着埃，期待着他的肯定。

"是的，就像是多年便秘突然通畅。"

"……换个比喻行吗？"

埃又说："我的建议是，你最近多使用灵力，大胆地使用，直到完全耗竭，等它恢复后继续消耗。不然它刚兴奋起来，很快就沉寂了。"

"嗯。"明歧这么应着，忽然想到，这么多年来自己的灵力没有任何进步，是因为自己很少使用吗？如果以前自己能经常努力的话，虽然灵环可能最终还是会比其余人差劲一点儿，但它应该不至于始终是现在这么袖珍的状态。

自己早就已经接受自己很弱小的事实，但还是一直逃避、一直拒绝着，甚至连竭力使用灵力的机会也放弃——因为不想要见到自己弱小的模样。

而这却是他时时刻刻保持着的模样。

在他沮丧的一瞬间，他抬着的右手突然被埃的右手握住。

埃的灵力已经恢复到了很强的水平，明歧感觉自己全身都遭到了埃的灵力的猛烈撞击。

"嗡"的一声，他的灵环像是受到了惊吓般，被埃的灵力给"刺激"了出来。

明歧又全身一颤。而这时他的灵环半径竟然有一米，发出绚烂的白色光芒，将整个车间映照得透亮。

"这是……真的吗？"明歧不知道该感慨点什么，随口说出这么一句。

埃坦白："假的。"

他略微松开手，当他的手与明歧的手分离一小截时，白色灵环突然缩小到半径不足半米，光线也暗淡了。

明歧沉默了两秒后自我安慰道："没关系，我已经满足了。"

至少这个像呼啦圈一样的灵环，比之前像手镯一样的那个好多了。

第九章 这种级别的能力不是谁都有的

埃继续说:"目前你的灵环是这样。但你只要积极练习,你未来的灵环可以达到之前的那个标准。"

"嗯,我会努力的。"明歧点头。

虽然半径一米只是下等水平,但这也非常值得他去努力追求了。

他的心里升腾起一种很微妙的感觉——他的人生似乎重新有了期待。

"期待"这种感情,他已经很多年都不曾有过了。

虽然一直保持着弱小的模样,但他认为自己只是个平凡而健康的人,而此时——他觉得,自己似乎从此焕然一新起来了,像是成了会发光的人。

"谢谢。"他轻声对埃说。

"不用谢。"埃将双眼眯成一条缝,依然是如平常一样礼貌又亲和的神色。

明歧用双手握住埃的右手,把他的右手郑重地抬起来。

"嗯?"埃睁开眼,有点儿奇怪明歧为什么要这么夸张地表达感激。

明歧继续握着埃的手,深情地、含情脉脉地望着他。与此同时,他的灵环又向外扩展了半米多,绚烂的光芒四射。

"怎么了?"埃问。

"没事,我只是想再看一次我的超大灵环。"

"……"

在明歧做梦般地欣赏自己灵环的同时,埃已经察觉到什么。但他觉得靠近的人对自己构不成威胁,于是并没有非常在意。

五秒之后,明歧突然感觉到斜对面的转角口有人影出现,轻微地惊呼了一声。

从那个阴暗的角落里走出来三个瘦小的年轻人,其中一个人用尖锐的声音喊:"喂——砸厂房的是你们吧?"

"啊,是我。"明歧没明白是怎么回事,先礼貌地回应。

对方很嚣张地大喊:"我告诉你们,这里是我们'黑鹰'的地盘!你们现在就滚出去!否则别怪我们不客气!"

明歧愣住:"咦,是黑手帮吗?你们的据点在这里吗?不过我接到的任务是要把这里拆掉啊……"

那个人向前走,双手抱拳,露出凶恶的神色:"再不走的话,我会亲手把你们拆掉!"

明歧倚仗着埃在场,想试试如今自己的能力到了什么地步,于是完全没

有退缩地迎上去："那我们来试试谁能拆掉谁吧。"

他的自信来自坚信埃同学一定会保护好自己的。

而此时的埃只是抬头望着天花板，抬起右手，食指指向上方。

一束细小的白色光线从他的指尖射出，笔直地射入上方天花板。

什么都没有发生，然而下一秒，他们头顶的天花板突然向外炸裂，室外充足的阳光照耀进来。

明歧和那三个年轻人都呆愣地望天，他们已经站在了天穹之下。

这里是五楼，这栋楼一共有十层。

而他们此时已经共享一片蓝天，似乎下一秒就可以手牵手，携手建设和谐光明帝国。

埃收回右手，看着那三个年轻人，问："你们的组织是'黑鹰'吧？"

三个年轻人面色惨白，愣了好久以后，其中一个人才回应："是……是的。"

"这厂房是一定会拆的，请让我与你们黑鹰的头领来谈谈搬迁的事情吧。"

三个年轻人继续愣着。

埃沐浴在一片金色的炫光之中，黑色的长发闪耀出明亮的色泽，在他们眼中如同逆世而生的神。

见他们没有反应，埃再将右手食指指向地面，指尖出现一个白色的小亮点："不答应的话，我会让下面五层楼也瞬间消失。"

"跟……跟我过来！"一个人惊恐地大喊。

"谢谢了。"埃收回指尖的光芒，跟着他们离开，转头对明歧挥手，"我去处理一点儿事情，你继续把下面的五层给拆了吧。"

"我觉得你可以再多花一秒钟把下面五层也给炸了。"明歧的脸抽搐了一下。

"啊，做不到了，我刚攒起来的灵力已经消耗完了。"埃微笑。

"那……祝你好运。"明歧眯起眼。

他倒是不怎么担心埃的安全，埃同学仅凭体力应该也可以掀掉黑鹰的老巢吧。

三个年轻人面面相觑。虽然他们也知道了这个神一样的少年已经一次性用完了灵力，但他们还是不敢攻击他——万一他还有所保留呢？只要他对着他们发动一次刚才的技能，他们三人就会瞬间从这个世界上消失了吧？

埃跟随他们到达一楼，看见前方有十余个人。

第九章
这种级别的能力不是谁都有的

"上面怎么被一下子炸掉了?"这群人很慌乱,质问那三个刚下来的人。

那三个年轻人还在惊恐之中,其中一人表情复杂地指了指身后的埃,然后他们三人立即远离他。

"我干的。"埃说。

所有人进入戒备状态,不少人已经抡起手中的棍棒向埃逼近。

"你来干什么?"其中一个人咧开嘴大声问,"谁让你来拆的?"

"啊,拆厂房倒不是我的任务。"埃解释,右手抽出短刀,左手抽出匕首,"我是来教育你们的。"

"你敢!"离埃最近的一个年轻人立即冲上去,举起铁棍往他的头上砸。

埃一抬右手,短刀的刀尖率先划在那人的脸上,顿时拉开了一道小口子。

"啊啊啊啊啊——"那人惊恐地扔掉铁棍,捂脸发出惨叫。

这些人都是二十岁左右的年轻人,看起来不仅没什么文化,也没有什么战斗力。

"一起上!"另一个人大喊。

所有人冲向埃,半分钟后,最后一个人被埃一脚绊倒。这种程度还轮不到让他来使用兵器。

这群涉世未深的年轻人显然还没经历过大场面,见埃的气势如此之强,他们全部后退,与埃保持距离。

"带我去见你们的头领吧。"埃说。

五分钟后,埃到达了这栋厂房的地下室。

黑鹰把据点设置在这个地下室,还接通了电源,点亮着灯光。对面有一个类似于王座的座位空着,头领似乎不在。

等了十分钟,进来的是另外七个年轻人。他们的力量比前面一些人强一些,埃用了五分钟才让他们趴下。

当真正的头领出现的时候,埃已经躺在那王座上,慵懒地侧着身,右手撑住头,左手在手机上玩推箱子。他眯着眼,全身散发出百无聊赖的气息。

"抱歉,我在开会,久等了。"进来的那个人解释道。

埃合上手机翻盖,抬眼看他,问道:"你是黑鹰的头领吗?"

"是的,找我有事吗?"

这个男人大概还不到三十岁,剃着很安静的短发,发色有点儿像白色,戴着一副眼镜,穿着一身合身的西服,手里还拎着一个黑色的公文包。他的

整体风格与别人似乎不太一样。

埃在王座上端坐好,从口袋里抽出一张卡片,郑重地对男人开口:"我是中级骑士埃,隶属Canis Minor,正在执行任务,将黑鹰解散,请给予配合。"

当时埃在浏览十余条B级任务时,见到这条任务也在西郊,于是不假思索地就接受下来,省去再赶往其他区域的麻烦。

他倒没想到会简便到这种地步,明歧在上面拆厂房,他只要在地下室拆黑鹰就好。

任务大意是:将黑鹰团伙驱逐出西郊,报酬一万卡。如能令其解散,追加五千卡。

男人走过去靠近他,不慌不忙地打量埃的骑士证,好奇地眯起眼:"照片上的这个人是小时候的你吗?七八岁的样子?挺可爱的……你是小时候去考的骑士证吗?"

"请不要转移话题。"埃说,"请立即解散黑鹰。"

"啊,等一下。"对方也从公文包里翻出一张卡片,展示给埃看,"我叫沃森,高级骑士,比你高了一级,所以放弃吧,你是无法打倒我的……唔。"

埃一拳打在沃森的脸上,沃森的眼镜碎裂了。

沃森好歹也有着高级骑士的能力,挨了一拳后还能够纹丝不动。但他自身已经感觉到了埃的拳头之下所隐藏的巨大能量,他的白色短发像是受到暴风吹刮般,全部向后撤去。

"解散。"埃开口。

"好……好的。"沃森后退一步,让自己的头离开埃的拳头,摘下眼镜捂住脸。

埃也不清楚怎么样算是解散一个组织,于是拍摄了照片取证,上传到教务系统,再让沃森写一份解散证明并签名按手印。

幸好沃森确实是个上班族,对写证明非常在行,甚至不需要上网去查找格式,直接从公文包里翻出纸和笔就开始写。他一边写,一边对埃说道:"其实我也不想把黑鹰这个组织搞得像个黑手党一样……"

"首先在取名上,你就失败了。"埃平静地说。

"他们这群人觉得'黑鹰'这种名字比较酷啊……都是没什么文化的人呢,总是给社会带来麻烦。有时候我也在想,干脆解散算了,让他们自己找活路去吧,但还是可怜他们,要是没有依靠没有约束的话,他们会对社会造成更

第九章
这种级别的能力不是谁都有的

大的不良影响，到时候被拘留或者入狱，他们的人生就更加糟糕了。"

沃森抬眼看埃，发现面前的埃依然无动于衷。于是他在写下自己的签名前直起身，与埃直视，很认真地问："你不觉得他们这样的人很可怜吗？"

"并不觉得。"埃面无表情，但似乎想到了什么，眼睛眯起来。

"你这人怎么这么没有同理心？"沃森责备他。本来还指望自己能感化这个少年，让他放弃执行这项任务。

埃将眼眸瞥向另一处，意识到自己表现得太冷漠了，于是说："抱歉，我应该感到同情。"

"所以你愿意放过我们吗？"沃森露出微笑。

埃思索两秒后说："那不用解散了，你们离开西郊就行，找别的地方去落点，我的任务也算是完成了。"

沃森双手合十，拜托道："可是这群可怜的孩子们没有别的地方可以安居了……"

埃面无表情地开口："这厂房要拆了，你们必须离开。"

沃森再带着责备的语气说道："你到底为什么这么没有同情心……"

埃再思索两秒，又出现了有些纠结的神色。正当沃森自信地以为对方又动摇了的时候，埃突然抽出短刀，短刀刀尖抵在了沃森的脖子上。

沃森愣住了。他并不怕埃会真的杀死他，而是害怕埃此时恐怖的眼神。

"我知道我的反应和常人有点儿不一样，但请你不要以此误导我。"埃严肃地睁大双眼，缓缓地强行露出微笑，"给我离开西郊。"

这恶魔般的笑脸让沃森握笔的手都颤抖起来。他开口，声音也已经发颤："好……好的。"

接下来，埃一脸平静地看着这群人收拾行李动身离开。虽然他的脸色已经变得平和，但沃森已经见到了他凶恶的样子，再也不会觉得这他亲切了。

待所有人离开，埃才关闭灯光，最后一个离开地下室。走到地面上时，他看见沃森在等他。

"还有事吗？"埃问。

"我对你比较感兴趣，可以做朋友吗？"沃森笑道。

"不用了，我并不需要很多朋友。"埃回绝。

"那再见吧。"见埃的态度如此坚决，沃森只能离开。

"等一下。"埃忽然又开口。

"嗯?"沃森停住,回转身。

埃望向那栋厂房,房子的五楼已经拆了大半,但一楼至四楼纹丝未动。就算明歧的效率低,应该也不至于低到这种地步才对。

"明歧——"他大喊。

没有回应,有可能对方听不见。于是他直接给明歧打电话,电话很快接通,但传来的并不是明歧的声音:"埃,你好啊。"

"怎么了?"沃森问。

埃轻描淡写地对沃森说:"没你的事了,你走吧。"

刚才只是突然怀疑黑鹰的人可能绑架了明歧,现在他感觉这和黑鹰没什么关系。

电话那头继续说:"埃?你在听我说话吗?"

"请说。"

"我是修米利。你的同学在我手里,来四楼找我吧。"

"好。"埃冷静地挂断电话,再瞥了一眼还没走的沃森,"请你离开这里,我还有私事要处理。"

沃森再看了埃两眼,点头:"那再见。"

在目送沃森离开后,埃走向厂房的四楼。

能够追踪到这里来,他觉得修米利的恒心也值得夸奖。大概在他离开白玉之森后,对方就开始关注他的动态了。

四楼的大车间已经有两个人在等他,其中一个人就是修米利。

被捆住手脚的明歧很抱歉地对埃说道:"不好意思,给你添麻烦了。"

"请不要这么说,是我给你添麻烦了。"埃微笑。

修米利终于开口:"埃,那魔物是你释放的吗?"

"并不是。"埃拒绝承认,转身面对修米利,"如果想追究我的责任,也轮不到你来找我。"

"是啊。可是他们竟然没有来追究你的责任,这真是令我太不愉快了。"修米利睁大眼睛,露出狰狞的神色。

"他们不会追究这种事的。"埃微笑。

因为魔使的存在,从来没有对外透露过。那群知道内幕的人不愿意让外界知道魔使究竟是什么。甚至连他们自己都不知道魔使究竟被封印在双子学院的哪个角落,所以他们也不会相信埃能知道那个地方。

第九章

这种级别的能力不是谁都有的

就算他们相信了是埃释放的魔使,他们也无法对埃进行官方的制裁——在外界人眼中,魔使是不存在的,他们不能将魔使的存在公之于众。这次逃逸的魔使,他们只能对外公布说,这是五百年前人魔大战中被镇压在双子学院地下的魔物,而他们并不知道这个世上还有来自另一个世界的魔物活着。

"你怎么知道他们不会追究这种事?"修米利愤怒地大喊。埃的这种若无其事的神色每次都让他非常恼火,"以及,你怎么会知道有魔物被封印在双子学院里?"

"你关心这件事是没有用的。"埃微笑,"我说了,我与这件事没有任何关系。"

"你还真是习惯一本正经地胡说八道!"

"想与我产生冲突的话,就请动手吧。"埃抽出短刀握在右手,收敛了笑容,平静地说,"我不想与你继续交流。"

"你以为我想和你交流吗?"修米利也抽出背后的佩剑,剑锋对准埃,"上次你出手如此恶毒,根本不是正派作风,现在我想再挑战你一次!"

这才是修米利来寻找埃的根本原因。他不愿意服输。

"我接受。"埃开口,然后望向在远处观战的另一个陌生同学,"请问你是否加入挑战?我允许你们一起。"

"啊不,我不参与。"那个人解释说,"我只是来看看情况的,与你无怨无仇。"

"好的,请你注意安全,以及请麻烦你保护好我的同伴。"埃迈开双脚做出进攻的准备。

两人都在等待对方率先行动。

一般在一场对决中,率先进攻的一方将在事后承担这件事的主要责任,所以他们还是会习惯性地先观察情况,等待对方先做出反应。

三秒不动。到了第四秒,他们两人都从对方的姿势中察觉到了信号,一瞬间同时向前冲出。

然后那个陌生同学和明歧就一起见证了什么是史诗级的压制。

埃凭借速度的优势发起迅猛的连续攻击,而修米利一旦转入防御状态后便再也没有了反转局势的机会,只能持续被动防御,完全丧失攻击的可能性,连连向后败退。

明歧很清楚,如果埃的灵力充足,并且愿意用灵力来作战的话,修米利

可能随时消失在他们的视线之内。

在体能的较量上,埃绝对有压倒性的优势。

修米利终于崩溃地大喊一声,将全身灵力释放,由灵力汇聚而成的灵压将埃向后逼退好几步,双方拉开一定的距离。

被迫转入灵力的较量,可见修米利在体能上已经认输了。

明歧却担忧起来,因为埃早上才杀死了蜥蜴,之后还愉快地炸掉了上面五层楼,如今的灵力到底在什么程度,他不得而知。

埃也释放出自己的灵力,但是只有非常少的量。

明歧担心他并不是只调动这么多,而是只有这么多。

双方对峙。修米利手中的长剑泛起白光,像是燃烧的白色火焰。白光一条条地向外发散,像是丝带般包裹住他的全身,逐渐在他外侧形成一个模糊的兽形影像,远远望去,似乎有一只白色大虎笼罩在他的身上。

"还是很厉害的。"埃面无表情的脸上终于重新露出笑意。

这种"小具现"状态是"灵环具现化"的前身,虽然威力与破坏力远远达不到真正具现化的水平,但也因为灵力消耗相对较少而拥有较长的持久性。

只要实现了小具现,距离灵环具现化就不会太遥远——在所有具备灵力的人之中,能达到灵环具现化的人终究只是少数,所以圣骑士的身份才会显得非常珍贵。

现在小具现状态的修米利已经充分调动全身的灵力,将长剑对准埃,神色坚定地望着他,开口说:"再来一次。"

埃瞬间提起长刀向前冲刺。

修米利没料到埃竟然不做任何准备就发动攻击,连忙抬起左手应对。

埃的短刀已经横向劈到修米利面前半米处,那具现出来的白虎张开嘴,一口咬住短刀的刀身。

本质上,是修米利的灵力钳制住了埃的刀。

修米利的长剑趁机刺向埃的胸口,埃只能松开短刀,侧身避开对方的剑锋,左手抽出腰间的匕首,猛地割向修米利的头发。

修米利调整方向将长剑横扫而过,埃再次闪避,被修米利一脚踹中腹部。

埃被踹出三米远后摔在地上,很快起身蹲立,右手手掌拍在地上,抬眼看修米利的反应。

修米利已经面容痛苦地捂住左腰。埃的攻击太过迅猛,他侧身时闪到腰

第九章 这种级别的能力不是谁都有的

这是事实。

他的许多头发已经一根根落在地上。当他意识到低头去看究竟被削掉多少头发时，他脑后的头绳突然崩断，青色的长发全部披散下来。

因为他平时都有扎头发的习惯，所以突然将头发散下来后，他的头发瞬间变得蓬乱不堪。

在形象上输了，骑士是非常注重形象的。

"卑鄙！"修米利大喊一声，径直冲向埃。

埃立即跳离原地避开他的攻击，将匕首衔在嘴里，双手结印。

他并没有说出"风咒"的咒语，但以他为中心迅速爆开巨大的旋风，瞬间扰乱修米利的视线。

具现的白虎撕开旋风，修米利大喊一声"雷咒"，白色闪电从他的长剑中挥出，横扫过去轰塌四楼的一半墙面，上方的天花板随即坠落。

围观的同学非常有人道主义精神地拎起明歧，带他逃离天花板的砸击。

埃从废墟中站起来，用风咒的余力扫开烟尘，轻声咳嗽两声。

"这就是你的真实水平吗？"修米利不满地大喊，同时也对自己的必胜充满信心。毕竟他是双子学院中实现小具现的最年轻的人，而且他已经能够稳定地维持住最强的灵力水平。

埃的匕首也丢失了，可以使用的武器只剩下左腰上挂着的长刀。

这把刀一直佩戴在埃的身上，但从没有人见过他使用。

"用上你的刀！"修米利大喊，"难道它只是个装饰品吗？"

埃将左手搭在刀柄上，露出轻松的微笑，开口说道："你还没有资格让我使用它。"

修米利没料到埃竟然有底气说出这样的话，一时竟被气到不知如何接口。

面前这人竟然到现在还要保持高贵又虚假的作风吗？

而远处的明歧被怨念笼罩着，不断念叨着"要是埃同学灵力充足，你就死定了"。

埃双手结印，念出一声"水咒"后，双手分开，从掌心逐渐凝聚出一把蓝白色的冰质长刀。长刀被他握在右手，在空气中散发出白色雾气，一滴水从长刀的刀尖处滴落。

修米利见到埃接连使用了风咒与水咒，眯眼笑道："你竟然也是双属性。"

而明歧还知道埃在之前使用过雷咒——所以说，埃至少具备三种属性！

第十章
没人觉得彩色灵环看着傻傻的吗

算了，就算他具备全部的属性，明歧觉得自己也不应该这么惊讶。

一般人只会具备一个属性，有潜力的人在经过学习之后可以掌握双属性，甚至也有三属性的天才存在。这么一想，明歧更加坚定地认为，埃这么神奇的人物就应该拥有一整套完整的属性。

埃向前冲刺，抢出的冰刀砍上修米利的长剑。冰刀的水汽持续发散，竟然快速地使四周形成一片大雾。

"水咒。雾化。"

两人在大雾中冲撞，令外侧的二人几乎分不清两个身影到底属于谁。

修米利释放雷咒，雷电再次爆破。四楼剩余墙面被炸成碎片，地板坍塌，两人落入三楼。

修米利已经蹲在地上喘息，小具现状态也为了保存剩余灵力而撤销。他的头发已经完全变成凌乱的中短发，而消失的头发正被埃握在手里。

观战的那位同学全身战栗，就在他跳到三楼的瞬间，到底发生了什么？

埃将左手举过头顶，掌心摊开，一大束青色长发随风飞扬。每一根头发飞扬到上空，与蓝色的天幕融合在一起，逐渐找不到它们离开的踪迹。

"你又逼急我了。"埃轻声开口，缓缓向修米利走过去。

随着他放下左手，修米利逐渐被脚下的冰面拱起。冰块像是一只手掌，从后扼住他的脖子，让他几乎窒息地开始挣扎起来。

"受的伤会很快痊愈，头发却不会长得那么快。"埃微笑，"在你的头发恢复原状之前，不要再出现在我的面前，好吗？"

修米利无法开口说话。

"我并不想伤害任何人。"

埃弹一下手指，所有的冰瞬间融化，修米利一下子跌落在湿透的地面上。

第十章
没人觉得彩色灵环看着傻傻的吗

"请你现在就离开。"埃说。

那个观战的同学朝修米利走过去,对他说:"走吧。"

修米利一声不吭地起身离开。那位同学对埃挥手,友好地感慨了一句:"我觉得你真的是个天才。"

"我知道,谢谢。"埃很不客气地接受了对方的赞美。

等他们离开后,埃才缓缓地蹲在地上。

已经被解开绳子的明歧连忙跑上来,问道:"你还好吗?"

"我感觉不是很好。"埃双手捂住头,轻声说道。

"我看出来了。"

如果埃之前是"灵力不足"的状态,那现在就是典型的"灵力透支"。

不过明歧真的非常佩服他能够在这种情况下持续爆发,强行碾压对手。

"来我家休息一下吧。"明歧拍他的肩。

"好的,麻烦你了。"

等明歧拆完剩余的三层楼,自己也出现了典型的"灵力耗竭"症状。但他的症状还比较轻,勉强可以不当一回事。他望向躺在荒草地上的埃。在这段时间里,埃一直闭着眼睛一动不动,乍一看有点儿死了的感觉。

明歧在系统里确认自己任务完成后,走过去蹲在埃身边,轻声问:"埃同学,你睡着了吗?"

这样问只是想试试能不能轻易把他唤醒,毕竟明歧打心底相信埃已经疲乏到昏睡过去了。然而埃竟然立刻回应:"没睡。"

"啊,我以为你睡着了呢。"明歧笑道。

埃依然闭着眼,轻声说:"在不是很安全的地方,我尽量不睡着。"

"我们回去吧。"

"嗯。"埃睁开眼,缓缓起身。

到达明歧家中后,埃去洗了个澡,换了一身黑色的短袍走出来。

明歧回想起来,自己第一次在校门口见到埃的时候,埃穿的就是这样子的一套衣服。黑色短袍并没有很花哨的装饰,但是非常结实精致,一下子就能感觉到埃身上天生的贵族气质,让他有着成年人的稳重气韵。

"你把衣服藏哪里了?有次元空间吗?"明歧随口问道。他心里认为埃一定有储藏空间。

"嗯,有的。"埃抬起左手张开五指。

明歧眯起眼睛仔细看,才发现埃左手的中指上戴着一个细小的银环——是个很细的银色戒指,远一点儿看的话基本看不出来。

"啊,我也好想有一个,但是太贵了,目前还不能下定决心去买。"明歧笑道。对于普通人来说,可以储存物品的次元空间是一种奢侈品,而就算花巨大的价钱买一个空间,其实也储存不了多少东西,能用背包凑合的话就凑合吧。

"是父亲给我的。"埃看着指尖的银环,半敛眼眸,眼中流露出少见的温情。他微笑着低下头,将唇贴在银环上,亲吻了它。

明歧脑海中一瞬间浮现出了"父子情深"的亲情画面。

"与母亲的那一枚是一对,所以这个空间有两个连接口。母亲经常会帮我整理里面的物品,也会时不时往里存放一些新衣服。"埃继续温柔地介绍。

明歧的脑海中又浮现出"母子情深"的亲情画面,与前一幅画面组合成一张全家福。

埃注意到明歧没有反应,忽然意识到什么,连忙抬头对明歧说:"抱歉,我没考虑到你的家庭情况。"

一时没想到明歧是没有父母的,谈及自己的美好生活似乎不太妥当,可能有炫耀的感觉。

"没关系。"明歧笑道,"很高兴能听到有关于你家庭的事情。"

"嗯。"埃略微放松下来地点头。

接下来,埃就躺在沙发上睡到了天黑,明歧则从超市买了面包回来当晚饭。

手机铃声响起,明歧去看自己的手机,发现并没有人给自己打电话,于是转而望向埃。埃从深度睡眠中挣扎着醒过来,捂住昏昏沉沉的头从沙发上坐起来,舒展了一下发酸的肌肉与关节后,伸手去摸手机。

"又是和音呢。"埃呢喃。

教导主任找自己的频率是不是有点儿高?他看了一下时间,晚上八点。

"竟然是和音主任找你吗?"明歧感慨。

作为一个正常的人,和音一次也没有特地找过明歧。只要一个学生足够安分守己不闹事,和音是绝对不会无缘无故主动找上门的。

总之被和音传叫一定不是什么好事。

埃接听,充满睡意地眯着眼睛开口:"你好。"

"埃同学,你现在在哪里?骑士管理局的人有事找你,我送你过去。"

第十章
没人觉得彩色灵环看着傻傻的吗

"现在吗？"

"是的，现在。把你的位置告诉我。"

"我在明歧同学家。"

"把电话交给明歧吧。"

"好的。"

明歧接听电话，交流两句后报出自己家的地址。挂断电话后，明歧对埃说道："她叫你在这里等她，她大概会在二十分钟后到达这里。"

"好的。"埃收起手机，扬起双手将自己全身骨骼和肌肉拉伸一次。腰酸背痛有点儿严重。

见埃又是一副完全不在意的样子，明歧好奇地问："是不是还是因为魔物的事情？"

"是的，这件事应该结束了，可能需要我去收场。"埃点头，"毕竟魔物是我杀死的，管理局的人可能对我很好奇，需要见见我本人。"

"应该不用去和管理局的人打架吧？"明歧觉得最近埃的生活很不平静。

应该说自从来到小犬学院之后，埃的打架历程就没有停下来过。

"放心，不会再打了。"埃微笑，"我也没有能力再去打了。"

他很清楚管理局的人为什么找他，他早就料到管理局十有八九会来找他。

明歧顺手把面包递给他："晚饭就吃这个吧。"

埃有些惊奇地接过面包，很认真地看着明歧，开口说道："你真好。"

明歧汗毛一竖："不要这样说话啦！"

"抱歉，情不自禁。"埃看着面包，似乎沉浸在非常深刻的感动之中。

"有些话你在心里默念就可以，不用说出来的，不然我承受不住。"明歧笑道。

埃沉思了一会儿，点头。

二十多分钟后，楼下传来一声鸣笛声。他们走出室外，从走廊上望出去，看见一辆小轿车停泊在前面的空地上。

这里是比较典型的贫民区，很少有私人轿车出没，他们料到是和音来了，连忙下楼去。

轿车的车窗开着，而坐在驾驶位上的是一个白色长发的中年男人。

"院长啊……"明歧惊愕。竟然是院长亲自开车过来接的啊！

院长只是看了一眼明歧，却认不出明歧，所以选择沉默，没有开口说话。

坐在副驾驶座位上的和音倒是先开口说："你竟然住在这种地方啊。"

听和音这说话的语气，能感觉到她对这个环境不太满意。

"将就着住就可以了，没关系的。"明歧笑道。

"这里环境还不如宿舍呢。"和音建议说，"你可以考虑一下搬回去和埃同学一起住……我记得埃同学也已经一个人住了吧？"

"是的。"埃微笑，望向明歧，"来我宿舍住吧，我很欢迎你。"

"嗯？"明歧倒是不知道埃是一个人住的。不过想想也对，原来那两个室友应该受不了埃的这种风格。埃应该能很轻松地把室友吓走吧？不管是有意还是无意的。

"以后再聊吧，我们赶时间。"和音对明歧说，"待会儿回来，时间还早的话，我就把埃同学送回这里。"

"好的。"明歧挥手。

埃已经上车。院长关闭车窗，驾车离开。

"我觉得你与明歧同学的关系挺好的。"和音对后座的埃说。

"是的。"埃回应，"似乎能够将友谊深入进行下去，感觉很奇妙。"

"祝你们友谊长存。"

"感谢你的祝福。"

"啊，说正事吧。释放魔物这件事看起来是不会有人明面上来追究了，但管理局那里不能相信是你杀死了魔物，一定要见见你本人，所以我们不得不把你送过去。"

"没关系，你们不用在意，我能应付。"

"我担心的是，他们一定会对你进行灵力测试，验证你是否有杀死魔物的能力，到时候你的灵力会暴露无遗，就算你想隐藏，也无法再隐藏住。"

埃沉默。

"所以，你先想想你该怎么办吧。把你的真实灵环暴露出来，一定会很吓人吧，天才大人？"

"嗯，这倒是有点儿让人担心。"埃轻声开口，侧头望向车窗外。

不过他的语调和神色依然很平静，完全没有任何担心的感觉。

院长开口说："你不愿意透露你的身份吗，埃同学？"

"是的，我不能。"

"我尊重你，不强求你透露。"院长也已经知道那魔使确实是埃释放的。

第十章
没人觉得彩色灵环看着傻傻的吗

和音侧过身,望向坐在后侧的埃,语调轻松地笑道:"知道魔使存在的人,都是非常高层的人呢。我和院长是获得了圣骑士的资格后,才从圣灵殿那里了解到有关魔使的事情的。"

埃似乎依然不准备透露太多,只是微笑着,很礼貌地点头回应:"嗯。"

见埃依然没有要敞开心扉的意思,和音也就很自然地放弃了这个话题,转而说道:"你的注册资料上写着是中级骑士,不过那是你七岁的时候考的。现在的话,你或许已经达到圣骑士的水平了吧?"

如果他们现在的对话被其余人听到,一定会引发非常巨大的轰动。但好在和音与院长都是经历过大风大浪的人,还是可以心平气和地进行这种对话。

"还达不到,一直无法实现灵环具现化,连小具现都实现不了。"埃说。

"这样啊。"和音点头,说,"这个确实要看天赋和机遇。就算你天赋很好,机遇不够的话,也很难说。可能不管怎么努力都没有结果,但到了某个特定的时间段,你什么都没有干,却突然可以实现了。"

"运气比例很大。"院长补充说,承认了这个观点。

"嗯。"埃点头,对这个话题有点儿兴趣,"我不急。"

和音继续说:"不过就算实现不了具现化,埃同学应该也能对付一个圣骑士了吧?"

"不知道,"埃再次露出微笑,"没有机会与一个圣骑士交手。"

"找个时间,我来挑战你试试?"和音挑眉。

"不了,我不接受无谓的挑战。"埃笑道。

"你倒还真是和其他年轻人的心态不太一样。"

"是的。"埃坦白地承认。

他们到达了传送厅。

他们是无法依靠开车来达到遥远的骑士管理局总部的,只能先到达传送厅,然后使用定点转移的方法到达那里。

使用转移技术需要支付一笔费用,但这次是管理局总部请他们过去,所以他们不需要支付什么费用,也不用走什么流程。

使用转移图阵后,他们立即到达了管理局总部大厅。这里已经有一个负责接待的人在等候他们。

和音与那个人互相进行了简短的问候,那个人就带领他们走向里侧的另一个大厅。

大厅很宽阔，放眼望去似乎什么都没有。天花板顶端的灯光全部大开着，一片骤亮，让他们觉得这里似乎还是白天。

和音很随意地对埃说："荣幸吧？这里的灯都是为你开的，管理局晚上不上班的。"

"十分荣幸。"埃回应。确实很费电的样子。

给他们带路的那个男人说："能见到你是我们的荣幸呢，到时候进行灵力鉴定的话，可不要让我们失望啊。"

"好的。"埃认真地回应。

和音不太清楚埃接下来要怎么做，难道真的要展现全部灵力吗？埃应该不愿意完全暴露自己的力量吧？

穿过这个大厅，他们到达了另一个很耗电的明亮房间。那里有七个人在等待着他们。

"这一位就是吗？"最年长的男人和蔼地迎上来，对埃伸出右手，看上去非常热情与友好。

"是的。"和音拍了拍埃的肩，轻轻推了他一下，示意他往前走一步。

于是埃走向前，与那个年长的男人握手。

握手的一瞬间，埃能感觉到对方强大的灵力对他产生的"撞击"——用这种方式，他当时可以轻易地把明歧的灵环给"刺激"出来。但对他而言，这个男人的灵力影响微不足道，他的身体完全没有产生任何反应。

"你好。"埃平静地握完手，将手松开。

"我是管理局局长。你的名字是 I．希斯飒·格瑞飒·阿尔弥兰？"对方很慎重地念出他的全名。毕竟之前特地花时间把它背下来，现在一定不能念错。

"是的，叫我埃就可以。"

"埃，欢迎来到骑士管理局总部。我们想要验证你确实有杀死魔物的出色能力，你愿意接受灵力测试吗？"局长解释，"如果你不愿意，那我们很难承认确实是你杀死了魔物。"

"我愿意。"

"感谢你的配合。"

站在远处的一个女人将一个精致的盒子端到埃面前，把盒子打开，里面的绸缎上放置的是一枚半透明的白色灵石。

"这是测试灵石，将你的手放在上面，我们就能看到你的灵环了。"局长说。

第十章 没人觉得彩色灵环看着傻傻的吗

对于测试用的灵石,骑士们都不会陌生。每个骑士都会在三岁左右的时候接触到它,那个时候将手放在灵石上,灵石就会对具备灵力的个体产生反应。之后,骑士每次在考级的时候也会再次接触它,它会激发骑士体内的全部灵力,强制让其灵环对外展现,评估者由此对该个体的灵力进行评估。

在灵石催动下产生的灵环基本要比平时自己催动产生的灵环大很多,因为灵石能让一个人潜在的灵力也激发出来,这些潜能是一个骑士在正常情况下自己意识不到,也操纵不了的那一部分。

装灵石的盒子被放在桌子上,埃并没有什么顾忌,很大胆地就将右手放在灵石上,握住灵石。

灵石发出了微弱的光芒。这光芒并不是一种单一的白色,而是在白色中夹杂着其他颜色,大家能够用肉眼明显地看到红、黄、蓝三种亮色,其余的光线交织,混合成更多的色彩。

微弱的彩色光芒跳跃在在场众人的眼中,似乎在他们眼里映照出一个新的世界。

在场的人都想惊呼"竟然是彩色的",但他们都是见过大世面的人,觉得惊呼出来显得自己不太稳重,于是全都没有开口说话。

一时间,场面变得非常寂静。

彩色的灵力,第一次见。

虽然确实有某些天才人物的灵力有两种颜色混合,但绝对没人见过谁的灵力像是疯掉了一样显得五彩缤纷。

与此同时,埃的灵环展现。

很多人在展现灵环时,会对外界产生一定的灵力冲击,在人的头脑中营造出"嗡"的一声响的效果。但埃的灵环出现得悄无声息,而且向外扩散的速度相对较慢,在场众人的眼睛都能够看到灵环在扩大时的运动轨迹。

有经验的人能够看出这灵环的出现方式有点儿奇怪。

在扩大到半径三米的时候,灵环不再向外运动。它的边缘很细小,亮度也很低,因为大厅内光线太过充足,本来就不太明亮的灵环显得更加模糊。

白色的灵环基底上确实也展现出了不同的混合颜色,随着时间的推移,那不同的颜色像是具有生命力一般逐渐变化,像是温润的光彩在平滑的长河中慢慢地流淌。

寂静、安宁。

这色彩缓缓变化的灵环竟然给其余人产生一种近乎催眠的温柔感觉,让他们沉浸在这微弱的色彩变化之中,全身都没有了下一步的动作,大脑也失去了继续思考的动力,心脏平静地跳动,全身血液舒缓地流遍四肢百骸。

"埃同学,可以了。"院长突然开口。

埃收回右手,灵石的光芒消失,灵环也消失。

听见有人开口,其余人这才突然清醒过来,意识到他们自己竟然全程都没有说过一句话。

"埃,这样的灵力是天生的吗?"院长问。

埃转身面对院长,点头回应:"是的。"

"是不是昨天和今天灵力消耗过多,才让灵环的亮度这么低?"

埃回答:"是的。"

和音忽然对那最年长的局长说:"要改天吗?今天这位同学的状态不好,你可能见证不到他最强的灵力。"

局长回应:"不影响。虽然在灵力不足的情况下亮度会低一些,但灵环的大小还是摆在这里的。"

另一个年轻人开口:"大概三米,是中上水平吧?除了颜色确实很丰富以外,大小也没有非常让人惊讶。"

局长没有在意这个年轻人的话,只是径直望向埃,微笑着开口,眼中透露出一丝自信的狡黠来:"抱歉,虽然你确实已经很出色了,但我不相信你只有现在这样水平的灵环。"

一个人在强大到一定地步后,是能够隐藏起自己的灵力,制造出"灵环很小"的假象的。只不过要做到这一步,真的需要非常强大才可以。

和音无奈地呼出一口气,瞥了一眼院长,隐约在抱怨那个局长不太好糊弄。

"嗯。"院长也轻轻发出一个语气词,将眼眸瞥向别处,表明自己也无法控制这局势的走向。

"跟我过来吧,埃。"局长亲和地招呼他,准备带领他去另一个地方,"我们再测试一次。等结束以后,我送你一点儿礼物。见到你可真令我惊讶,彩色的灵环是我第一次亲眼见。"

"我也不希望它的颜色这么多。"埃回应。

"不,你不用觉得自己太过特殊,要去相信自己是非常幸运的,我为你这样不同而感到高兴。"

第十章
没人觉得彩色灵环看着傻傻的吗

"谢谢。"埃象征性地笑着点头。

"我查过你的资料,你第一次考级的时候是七岁,而且一下子就考取了中级骑士,是吧?"局长问。

已经知情的和音与院长一脸平静,而其余跟随而来的人在听到这句话时纷纷露出了惊愕的神色。

"是的。"埃说。

"我当年就听情况说了这件事,也听说有个孩子的灵环是彩色的,没想到我现在能亲眼见到你。"局长露出满足的笑意,"当年我让他们多注意一下你的动向,他们后来没有任何反馈给我,于是我也就忘却这件事了。"

"当时我听说他们想让我进入 Cancer 重点班去培养,但我父亲拒绝了。"埃说,"具体的情况我也不清楚,现在回想起来的话,我觉得父亲是不想让我变得太特殊吧,他希望我能与普通人一样有一颗保持平和的心。"

"你真是有一个好父亲。"局长笑道。

和音补充道:"不过你平和过头了,正常人是不会平和到你这个地步的。"

局长打开了一扇房门,门内一片漆黑,可见这里原本不准备让埃进来,所以没有任何的准备。

仔细看,能在一片漆黑中看到中央那一束微弱的白光。

灯打开,房间内透亮。房间有上百平方米,放置在房间中央的是一块巨大的灵石——确实是埃见到的过最大的灵石。

"原来是这里啊。"和音轻声感慨。

灵石镶嵌在上方的天花板与下方的地板之间,镶嵌的基座使用的是非常精美的金属装饰物,使它像一根柱子一样矗立在这个房间的正中央。

除了这块灵石,这个房间就没有了其余任何东西。

埃在没有任何允许的情况下,大胆地走上前两步,认真地用眼睛感受灵石的剔透与澄澈。

灵石表面映照出埃全身的影子,埃抬起右手,去感受这灵石冰凉的质感。

局长没料到埃会这么主动地去靠近这块灵石,感觉这个年轻人真是有点儿可爱,他笑着解释说:"这是光明帝国内最大的灵石了,检测出来的灵力水平是最准确的。一般人并不需要使用它来检测,而且我们也很担心它会损坏,所以不怎么允许无关紧要的人来接触它。"

埃完全没在意男人说什么,只是专心地用右手摸着灵石,一边摸一边绕

着它慢慢走，似乎想要把它全部摸一遍。

绕了大半圈后，他停下来，把左手也贴在上面，然后将头凑上去，仔细用眼睛去看灵石内部的细小纹路。

灵石的纹路分布很有规律，内部充满横向与纵向交错的白色裂纹，不管从哪个方向看，裂纹都组成了无数个大小相似的长方形，在他眼前层层叠叠地铺展开。

为了防止灵石的自然损耗，灵石处于被禁制的状态，暂时没有对埃的触摸产生任何反应。它安静地伫立在中央，任由埃打量。

局长在介绍完后就没有再说话，也很感兴趣地打量埃那充满认真与好奇的神色。

倒是后面那几个跟随来的人有了小声的议论："他是不是太好奇了？"

"感觉太出神了……"

和音觉得埃再这样放空下去，会显得他的表现很奇怪，于是轻声提醒他："埃同学。"

"嗯。"埃瞬间回过神，似乎并没有意识到他刚刚对着灵石放空了两分钟之久，侧过头对众人露出微笑，"用它来测试吗？"

"是的。"局长点头，"我想请另一位朋友先来试一下吧，直接让你进行测试的话，显得我们太唐突了。"

随即局长望向身侧的一行人，笑道："有谁愿意先来吗？给这位同学做个示范。"

在经过短暂的眼神交流后，所有人都望向了和音。

和音眯起眼："为什么是我？"

"你是女士啊。"后面的年轻人笑道。

院长轻声说："你的灵环最大。"

和音于是毫不推辞地走上去，抬起右手张了张五指，无所谓地说道："行吧，让你们感受一下圣骑士的灵环。"

她将右手贴在灵石上，催动自己的灵力后，灵石受到感应而焕发出红光，像是一团红色的火焰在灵石内燃烧。随即，一道红色的灵环迅速展现，如同狂风般向外扫出，瞬间扩展到半径九米大。

红色的灵环边缘有半米，红光明亮浑厚，整个圆环几乎撑满了这个房间，若是再大一点儿，就会渗透出房间之外。

第十章
没人觉得彩色灵环看着傻傻的吗

埃打量这灵环的大小。上次和音在白玉之森展现过灵环，他并不能准确地确定其大小，目测可能有七米左右，这次的灵环绝对比上次的还要大出不少，可见这灵石确实能将人的潜力逼出来。

"厉害！"年轻人赞叹。

另一个人感慨："这真的要靠天赋了吧？我是一辈子都达不到这种程度。"

和音望向埃，开玩笑一般地说："埃同学，像我这么大就差不多了哦，要是比我的更大的话，这个老家伙不会放过你的。"

局长笑道："越大的话，我越高兴才是。"

和音收回右手，灵石内的红光消失，灵环也消失。

"你上吧。"和音掸掸手，用微妙的神情看着埃。

一方面，她也不想让埃暴露全部实力；但另一方面，她确实也很想知道埃的力量究竟到了什么程度。

埃再绕着灵石走了两步，找了一个中意的位置站好。他将右手贴在灵石上，将自己的灵力灌入灵石中。

灵石瞬间产生了非常剧烈的反应，发出绚烂夺目的彩色光芒！

局长睁大眼，露出惊喜的神色。

这一次，一定能够见到这个年轻人真正的实力了！

埃的灵环开始缓缓展现，扩大到三米后，却突然又停止了。

接下来的十余秒，灵环没有了新的变化，依然是半径三米，边缘细小，光线微弱，与灵石内发出的绚烂光芒完全不成正比。

后侧的年轻人呢喃："难道这就是传说中的……变异吗？"

另一个人也很迷茫："说实话，如今骑士们的整体灵环水平确实在逐渐下滑，可能越来越小就是未来的发展趋势吧？毕竟人类可能一直在进化或者一直在退化……"

"真的只有这样吗？"和音呢喃。她觉得就算埃的灵环确实只有三米，但在经过这块大灵石的鉴定后，灵环好歹也要从三米扩大到四米吧？眼前的灵环似乎和之前那个差不多大？

"可以了吗？"埃平静地开口，歪过头望向局长。一缕长头发从他的右侧耳廓后滑下来，挂在他的脸上，他微笑道，"抱歉呢，似乎没有变化。"

埃刚要把手收回来，而此时那年长的局长却完全没有了之前轻松又和蔼的神色，而是很认真地看着灵石，严肃地对埃下命令："请再坚持一会儿！"

他这么一说，埃只能继续让手贴在灵石上。

而埃脸上的轻松神色逐渐消失，竟然开始眯起眼睛，有些凝重地望着灵石，似乎在思索什么问题，也可能正在试图努力去做什么。

院长始终认真地看着灵石与埃。

和音知道院长的感知力比她更强，就轻声问："你看出点儿什么来了吗？"

院长没有说话，倒是局长解释说："灵石越来越亮了。"

"哦。"和音应了一声。大概年纪大的人观察力会更好一点儿吧。

同时，她内心也无奈地感叹了一声，埃同学你完了，这个局长不把你的底子掏空是不会放过你了。

埃已经面无表情，贴住灵石的右手手指略微拱起来，减小了和灵石的接触面积，似乎想以此来减少灵石对自己的影响。

突然，灵石光芒大绽，比之前更明显地亮了三分，斑斓的光芒令所有人眼中的瞳孔紧缩。

灵环依然是三米。

埃将嘴巴张开一条缝，开始用嘴来辅助自己的呼吸。他的右手手掌也在尽量远离灵石，只有除了拇指外的四指之间还触碰在灵石上。

院长终于开口说："他快要坚持不住了。"

在这种情况下，在场的所有人都已经能看出来，埃在压抑自己体内沸腾的灵力！埃不想被别人发现自己的真实灵环！

局长大喊："不要隐藏了！将你的灵环扩大！请让我们看一看！"

埃的灵环发出明亮的光芒，终于有了要继续扩大的趋势。

"啊。"埃终于发出一个简短的声音，像是一声叹息。

"将你的灵环完全展现出来！"局长再次大喊。这次，他的神情不再严肃，而是充满期待与激动。

院长也轻声开口说："埃同学，不要再努力压制了，对身体不好。"

"好的，我放弃了。"埃呼出一口气，全身放松下来，重新将自己的手完全贴在灵石上，"我高估我自己了，以为能够抵挡住。"

他抵挡不住灵石的力量刺激，所有潜在的能量在他体内冲撞，逼迫他将灵环扩大。下一秒，完全意想不到的情况发生了。

他的灵环没有扩大，而是在这个灵环之上——产生了第二个灵环！

"啊——"在场的人惊呼出声。

第十章
没人觉得彩色灵环看着傻傻的吗

第二个灵环！前所未见！

在灵石长时间的刺激下，埃的身体已经产生了不良反应。他面色苍白，疲软地低下头，挂在右耳后的长发全部垂下来，遮掩住他右半张面孔。

局长很想让埃停下，但他在看到两个灵环正在互相接近后，相信之后一定还会发生什么——不能在现在停下！

"我其实不想让别人知道我有第二个灵环。"埃轻声开口，将自己的额头轻轻撞在灵石上，似乎想给自己愈发沉重的躯体找一个依靠。他继续平静地说："被别人知晓的话，我会被视为怪物。所以，请不要将这件事告诉这里以外的任何人，可以吗？"

"好的！"局长大声答应。

他如此激动，是因为这两个越来越接近的灵环已经快要触碰在一起了！

会不会融合在一起？融合在一起后，两个三米宽的灵环会产生什么反应？

"我有点儿紧张。"和音扯了一下院长的衣袖，面无表情地呢喃。

"我看不出你在紧张。"院长也面无表情。

两个灵环终于接触在一起！像是产生了剧烈的爆炸一样，顿时彩光猛然向外横扫，这一个灵环剧烈扩大，像是狂风般向外奔腾。

当灵环扫过其余人身体时，他们脑中都发出"嗡"的一声巨大声响！

局长被横扫的灵力撞击得后退两步，和音立即用右手抵住局长的后背，导致自己也后退了一步。

屹然不动的院长转过头去，无视了那几个完全被撞倒在地的人，发觉埃的灵环果然扫荡出了这个房间！

比半径十米更大！

局长在惊恐地确定灵环已经扩散出这个房间后，还没想到要让谁去寻找这灵环究竟扩展到了什么地方，突然听到清脆的一声裂响。

"咔啦"！灵石的碎裂声。

"停下！"局长立即放弃寻找灵环，连忙对埃大喊。

灵石很贵！非常贵！整个光明帝国只有这一块完整的！是从别的国家进口的！

局长的内心被无数惊叹号践踏而过，他全身发软，险些就要跪在地上。

"抱歉。"埃连忙后退一步，收回右手。

第十一章 有这种孩子的父母肯定很辛苦

席卷整个房间的灵压消失，灵石内的光彩也消失了。灵石上，被埃的右手按压过的地方，碎裂了比手掌大些的一小块，裂痕没有蔓延出去。

"还好。"局长终于放下心来呼出一口气。

还好只碎了一点儿，只要把这块碎裂的地方小心地凿掉，本来就是不规则形状的人灵石看上去依然是完整的，上面的人不会察觉到这么微小的变化。

埃将右脸前的长发撩到耳后，转过身，试图向前走一步后忽然停住，略微眯起眼，双眼没有了聚焦，整个人都定格在那里，似乎正在调整自己体内已经紊乱的灵力波动。

"过来。"和音对他伸出双手。

埃再向前走，步伐很快，似乎马上就要步履不稳地跑起来。最后他扑到和音的怀里，将全身重量压在她的身上。

和音抱住他，腾出左手拍拍他的头："辛苦了。"

埃不说话，将下巴搁在和音的左肩上，闭上眼睛，似乎进入了休息的状态。

院长接过埃，把他横抱起来。埃的头有气无力地向后仰着，嘴巴张开一条缝，全身瘫软地向下沉。

"真重。"院长呢喃。这家伙发育得还真好，现在应该已经发育完全了。

"先带他去休息吧。"局长笑道，他现在笑起来的时候，整张脸都是僵硬的，面部肌肉还没有从之前惊愕的状态中解脱出来，"我去调看监控，查一下他的灵环扩大到了哪个地方。"

一个女人拍拍手，轻声说："请跟我来，我们这里有客房可以使用。"

到了客房后，埃躺在了床上。

和音坐在床边，一直盯着埃的脸。院长坐在远处的桌子边喝着茶，看着窗外的风景。

第十一章 有这种孩子的父母肯定很辛苦

这里是管理局的十六楼,从窗户看出去,可以看到外面城市的所有建筑。夜间的城市点亮着无数灯光,让这个光明帝国的中心地带看起来非常繁华。

和音伸手去摸埃的脸,满足了后,开始捏他的脸,然后轻声感叹道:"太可爱了……"

院长瞥了和音一眼:"你很喜欢他。"

"我特别想要一个他这样的孩子。"和音说。

"赶紧去结婚。你现在的年纪可能还有救。"院长继续喝茶。

和音重新露出百无聊赖的表情,无所谓地说道:"算了吧,我都准备好孤独终老了。而且我就喜欢他这样的孩子,别的孩子我都不喜欢。"

"不要太挑剔。"院长再瞥一眼和音,见她还在捏埃的脸,让埃的脸颊都有点儿发红了,于是补充说,"你别弄他了,以他的精明程度,没准一直都醒着。"

话音一落,埃就毫无征兆地睁开了眼。

"喂!"和音有点儿生气地收回右手。

院长又瞥了一眼过来,轻声问:"你还喜欢这样的孩子吗?"

和音抬起右拳,闭上眼,拳头暴起青筋,从牙缝中挤出一排字:"喜欢得不得了呢。"

埃坐起来,微笑:"抱歉,因为不知道什么时候醒来算是时机比较好。"

"你醒了多久了?"和音睁开眼。

"一直没怎么睡着。"

"你信不信我打你。"

"我不信……哦!"

和音一拳揍在埃的脸上,埃仰面倒回床上,双手捂住脸。

"投诉我找院长。"和音松开拳头。

院长再次望向窗外,留下"不予受理"的侧脸。

"抱歉。"埃捂着脸坐起来。

和音突然觉得捂着脸的埃很可爱……打住,不能继续沦陷了。

"之前那个就是你的全部灵环吗?"她问。

埃将手放下,将双眼眯成一条缝,露出微笑:"是的。"

但他的表情完全像是在说:"才不是,那只是一部分而已,你们这群愚蠢的人其实全都被我骗了,玩弄你们对我来说简直易如反掌。"

和音轻轻一掌拍过去糊在埃的脸上:"拜托你,不要再眯眼笑了。"

不然她满脑子都是奇怪的画外音。

"好的。"埃把和音的手拿下来,然后把眼睛睁大。

和音侧过头,无奈地说:"我现在都不敢相信你说的每句话。"

埃又情不自禁地露出眯眼笑,不置可否。

院长打通电话,对另一头的人说:"醒了,你可以过来了。"

半分钟后响起敲门声,随即局长走进来问候:"感觉好些了吗?"

"没问题了。"埃回应。

"这是给你的。"局长走到埃面前,从身后拿出一个金色的丝质小袋子,里面装着凹凸不平的固体物质。他把袋子交给埃。

"谢谢。"埃拉开袋子上的绳子,看到里面装着的是三块灰色的小晶石。他叫出这种晶石的名字:"人工纳石。"

"真厉害啊,这都知道。"局长笑道。

纳石是非常稀有的资源,一般人无法接触到。它在经过了特殊的工艺加工后,可以自动吸收存在于天地之间的分散灵力,而拥有它的人可以汲取它所储存的能量。在二三十年的有效时间内,它可以源源不断地为使用者补充灵力——虽然每次无法补充特别多,但对于灵力匮乏的人来说,这种可以快速补充灵力的物品可以在关键时刻发挥重要作用。

埃拿出一块纳石,捏在拇指与食指中间,用灵力一激发,纳石便发出白光,随即有一小股温润的灵力沿着他的指尖流入他的身体。这种感觉很舒服,似乎让全身的细胞都惬意地舒张了一下,肉体的疲惫感一下子缓解了不少。

"灵环的去处我调查出来了,你有兴趣听吗?"局长问注意力全在纳石上的埃。

"不是很有兴趣。"埃实话实说,同时闭住左眼,右眼靠近它,去观察纳石晶体的结构和纹路。他对自己没有亲眼见过的事物都抱有极强的好奇心。

和音说:"别管他,你对我们说就行。"

局长点头,认真地说道:"根据监控显示,灵环已经跑出了管理局,数据上是半径五十米有余。"

面对这样充满魔幻感的现实,和音眯起眼:"闹着玩呢吧?"

局长继续说:"但出去之后并没有停下,而是继续往外扩大,蔓延过了这个城市,直到消失在监控无法监测到的地方。"

第十一章
有这种孩子的父母肯定很辛苦

和音捂头。这到底是什么特效？谁家的灵环会像超声波一样往外跑？

"所以我不是很能确定这是真正的灵环。"局长无奈地望向埃。

"嗯。"埃敷衍地应了一声，依然在打量纳石。

"如果这确实是灵环，那它应该是个变异的灵环。"局长继续看着埃。

"嗯。"

"你在听吗？"局长有点儿委屈。

"我听着的。"埃说。

和音解释："他的意思大概是——你是局长，你是专业的鉴定人员，你说什么就是什么吧，反正他也不懂。"

"是的。"埃终于放下纳石，微妙地看了和音一眼，似乎在惊讶和音竟然能揣摩出他的心理活动。

局长也无奈地捂头。三十多年的鉴定生涯，第一次见到这么奇怪的灵环。

"所以能相信是他杀死了魔物吗？"和音问局长。

"当然相信了，说他能拆了管理局我都相信。"局长再次无奈地笑起来。

"我不会拆的。"埃微笑。

"有件事，我决定了，埃。"局长郑重地握起埃的右手，轻声说，"我请你参加这次的联赛，请你代表我们光明帝国参加。"

和音忽然愣了一下，思维停滞了两秒。

"我没有这个资格。"埃说。

"我可以让你有。"局长双手都握住了埃的右手，认真地开口，"你必须参加，整个光明帝国，可能再也没有人比你更优秀。"

"谢谢。"埃眯起眼睛露出舒心的笑容，纯黑的眼眸中有红色的光芒。

"你目前的学籍在小犬学院，我可以让你重新回到双子学院，并且指定你为参赛的人选。"

埃没有做出什么反应，和音率先很不乐意地用手指敲了两下床头柜："这样的话，我和小犬学院院长首先炸了你这管理局。"

"我倒是没有兴趣炸。"院长依然望着窗外，似乎对此漠不关心。

只不过他不会阻止和音去炸。

"呀，"局长连忙笑着说道，"那就以外校的身份加入双子学院的队伍吧。有矛盾的话，加入巨蟹学院或者狮子学院也好，我打理一下也能行得通的。"

"太勉强了。"和音坐在椅子上，右手托腮，也侧过头去望窗外，表示

出她对这个提议还是不太满意的样子。

院长与和音都没再搭理局长,这让局长觉得有点儿尴尬。虽说这两人的地位没有他高,但人家都是圣骑士,这身份是用来敬仰的,不能随便得罪。

"让我带领小犬学院的队伍参赛吧。"埃微笑着说,"多一个院校参加,对你而言也不成问题的。"

"问题确实不大,"局长有点儿为难,想必他也考虑过这个方案,"但从没开过这样的先例,恐怕会产生很大的影响,理事会那里可能无法通过。"

"拜托你了。"埃双手合十,睁大眼睛露出恳求的表情,"我只有这样一个要求,否则我是不会答应的。历史是需要有人来创造的。"

局长想了想,考虑到面前这个年轻人的性格确实强硬,而和音与小犬学院院长同样强势,也不是什么好商量的人,只能先点头答应:"那我去与理事会通报一声,他们允许的话,小犬学院就可以参加。"

"谢谢,麻烦你了。"埃真诚地点头,"你真是个好人。"

局长全身的寒毛莫名一竖,像是被一道寒流击中。

他连忙笑道:"应该的,教育确实应该公平,每个院校都应该有机会参与。"

在接收到对方的好意后,埃兴奋地睁大着眼,双眼完全转化为明亮的赤红色,用非常认真的语气说:"非常高兴能得到你的帮助,如果小犬学院能拿到名额,我愿意代表小犬学院,代表光明帝国,将十二个主学院全部消灭。"

"埃同学,不是'消灭',"和音一眼瞥过来,"打倒就行了。"

"啊,抱歉。"埃意识到自己兴奋得有点儿失控了,连忙调整情绪,眼睛重新变回了纯黑色。

"你的眼睛真漂亮。"局长毫不介意地笑道,"你是狩人的后代吗?"

"是的,母亲是狩人。"埃点头。

"狩人很稀少啊。"局长拍了拍埃的肩,看了一下手表,"已经很晚了,你们就在这里住下吧。"

"我还是比较想回去。"埃微笑。

和音起身,对不解的局长说道:"今天打扰了,不方便再给你添麻烦了。"

院长也起身,准备出发。

"那我送你们去传送厅。"局长点头。

经过传送后,院长、和音和埃回到了车上。

埃依然坐在汽车后座，将纳石拿出来放在眼前研究。研究完后，他用力地将其中一颗纳石握在手心里，用灵力催动后，纳石发出非常绚烂的白光。

和音察觉到后面在发光，直接问："干什么呢？"

"没什么。"埃再将手松开，确认上面附带的追踪术已经被他破坏了。

那局长在其中一颗纳石中注入了高级追踪术，这个追踪术会在有效的半年时间里时时刻刻监视使用者的动向，将埃的一举一动都反馈给施术者。

虽然高级追踪术很难被人察觉，甚至很多人都不知道追踪术是什么，但埃的感知力与经验绝对不是一般人可以比拟的。

他将纳石重新收入袋子中，对着这个没有生命力的袋子露出微笑。

和音侧过头看到埃的笑脸，说道："这回开心了吧？你的目的达到了。"

她总算是明白埃为什么这么不消停了。她还记得埃之前说过，要把联赛的名额给争取回来，只不过当时她并没有放在心上。

如果局长没有这么仁慈，不珍惜人才，丝毫不提起联赛的事情的话，埃一定会锲而不舍又悄无声息地继续行动，直到他所预期的目标达到吧？

埃并没有在意和音的语气有多微妙，似乎还当作和音不知晓他的目的一样，很温和地眯起眼回应："嗯，我很开心。"

这次他的表情充满满足感，嘴巴抿起来，那种开心的感觉仿佛要从他的全身弥漫出来，和音的心又融化了。

为什么看上去这么可爱？

这样一个已经接近成年人的人，为什么总是会突然像小孩子一样可爱？

和音平复了一下情绪，问道："你为什么不选择回双子学院的参赛队伍？是因为与那边有矛盾，而小犬学院的生活比较有意思吗？"

"啊，这一点儿我倒是没想过。"埃收敛了开心的神色，平静地回应，"容我思索一下的话……我觉得我难以领导双子学院的队伍。"

"领导？"

"是的，双子学院的队伍我难以控制，其余的人选不能由我来选择，所以其余人可能不愿意服从我的意志，我无法把握住整个队伍的动向。"

和音沉默两秒，然后有点儿怀疑人生地评论说："你可能没意识到你这话说出来挺吓人的……我觉得你的控制欲有点儿强。"

这种"控制欲"，埃已经在这一系列的行动中隐隐约约地表现出来了，只是和音到现在才通过他的语言明显感觉到。

开车的院长说:"你确定你喜欢这样的孩子吗?"

性格这么强大的孩子恐怕会让家长也变得不太正常的。

"你管我?"和音哀怨地瞥了一眼院长。

"控制欲吗?"埃自己也没有意识到这种偏好可以被总结为"控制欲"。思索很久后,他点头,似乎承认了自己确实可能有这个特性,然后认真地说:"可能是的。我喜欢这种可以操纵一切的感觉。"

和音又沉默了两秒,回应:"你长这么大,没有误入歧途真是太好了。"

这种人格倾向很容易突然走偏,然后危害社会的。

"谢谢夸奖。"埃微笑。

和音不知怎么回复比较好,觉得自己被这个家伙的平静反应给气到了。

院长再开口:"你确定……"

"好了,闭嘴吧你。"和音对院长说,"平时开会都不见你说话,现在怎么话这么多?"

"……"莫名被责备的院长继续安静地开车。

"你也不要认为小犬学院就可以让你随便控制了。"和音对埃说,"容我比较多管闲事地提醒一句,控制欲太强可不是什么好事,你可以多试着让一切顺其自然。"

埃眯起眼,将眼睛闭上,轻声回应:"嗯,我知道的。"

"我想我说了也是白说。"和音并不奢望埃会听从这种无关紧要的建议。

集体沉默几分钟后,埃问道:"我可以睡一会儿吗?"

"睡吧。"和音翻开手机查看时间,已经接近半夜十二点。

半个小时后,汽车行驶到明歧家附近。

"要把他送到那边去吗?"院长说,"恐怕那位同学早就睡了。"

和音往后看,发现埃已经靠在座位上,仰着头闭着眼睛,嘴巴张开一条缝呼吸着。一看他这个样子,就可以确定他完全睡熟了。

和音说道:"去看看明歧有没有睡吧,正常的青少年十有八九是熬夜族。"

汽车行驶到那栋破败的楼房前的空地上,和音摇下车窗望上去,三楼那个对应的房间有个窗户,里面果然有若隐若现的光亮。明歧似乎在看电视。

"看来还没睡。"和音走下车,打开后座车门,往埃身上一推,"醒醒。"

埃直接朝着另一侧倒下去,瘫在座椅上继续深度睡眠。

"有你这么无法调整的生物钟吗?"和音拽住埃的脚把他拖出来一截,

第十一章
有这种孩子的父母肯定很辛苦

然后把他抱起来扛在肩上，埃软绵绵的没有反应。

和音扛着埃走上三楼，站在明歧的房门前，开始敲门。

才敲第一下，里面突然就响起一声惊恐的惨叫。

和音愣了一下，似乎想到了什么，露出尴尬的表情，隔着门说道："嗯……我是和音。不方便的话我就走了。"

"等一下！"明歧大喊，随即传来"啪嗒啪嗒"的脚步声，两秒后，他开门。

明歧身上裹着被子，整个人都埋在被子里，只有一张脸露在外面。

这模样与和音原来想的不太一样。

明歧打开门边的灯，室内大亮。

"嗯……"被扛在和音肩上并且头朝下的埃发出不舒服的声音。

"哦。"明歧又把灯关上。

"你裹成这样干什么？"和音不解地问。

明歧有点儿不好意思地侧过头，轻声说："看恐怖片。"

"……你这爱好和青春期的同龄男生太不一样了。"

"虽然是很恐怖啦，不过真的太精彩了。"明歧从被子里伸出手，把食指含在嘴里，有点儿委屈地补充，"所以就一直看到了现在……"

"行吧，随便你，但别经常熬夜。"和音扛着埃走进室内，把埃扔在沙发上，用左手揉着发酸的右肩，说，"我走了。"

"嗯，再见。"明歧挥挥手。

和音下楼，走到车旁，拉开车门的时候听到院长说："埃同学的刀落在后面了，你再送上去一下。"

"是吗？"和音往后座看，"没有啊。"

院长回过头，也发现后面什么都没留下，皱眉道："之前还看到的。"

和音坐上副驾驶的位置，关上门："你这年纪也差不多该开始老花眼了。"

"我视力还很正常的。"院长也没上心，驾车离开。

裹着被子的明歧蹲在沙发边，看着姿势扭曲地躺在沙发上的埃，轻声问："埃同学，你醒着吗？"

"没醒。"埃发出微弱的声音，略微侧个身，终于舒服了，他蜷缩了一下身体后继续睡。

"好吧。"明歧觉得自己没必要去打扰他，他一定是困到不行了。

明歧转身，忽然听到身后有什么重物掉落的脆响，"砰"一声，吓得他大叫着跳离地面。可当他回过头去，却发现是一把刀掉在了地上。

是埃同学的刀从沙发上掉下来了吗？明歧俯身想把刀捡起来，当指尖触碰到刀柄时，刀柄突然发出闪电般的刺眼白光。

"咦！"他猛地把手抽回，随后才感觉到从指尖传来的剧痛。

明歧往指尖呼了两口气，过了很久这灼热的疼痛感才缓缓消失。

他又看了看那把看似很普通的刀，唯一有点儿新鲜感的是刀鞘之外缠绕着一圈细小的银色铁链，像是这把刀的封印一样。

触摸刀鞘的话，应该没问题吧？

明歧小心地伸出食指凑上去，终于——戳在了刀鞘上。

没事。

他把刀拿了起来，放回埃的身边。

埃同学使用的刀果然也不同凡响的样子。

明歧给埃盖上被子，自己也爬到床上，准备去睡觉。

无奈他此时太清醒，满脑子都是之前恐怖片的剧情，只好坐起来继续看电视。把频道翻了一遍，他又回到了那部正在播放的恐怖片。

好紧张，真想把埃同学叫起来一起看。

明歧勾起双腿蜷缩成一团，眼角余光忽然瞄到身边有个模糊的黑影飘过。

"喂！"他惨叫一声，侧过头去看那个人影。

只见黑暗中突然出现两点红光，是一双发光的红色眼睛。

"喂喂喂喂喂——"明歧惊恐地后退，大喊，"埃同学！埃同学是你吗？"

红色眼睛消失，传来埃的声音："是我。"

明歧冷静了下来，仿佛找回了安全感，松口气后问："刚才是你的眼睛？"

"你把我的兽控眼吓出来了。"眼睛恢复成黑色的埃回应。

明歧这才看清楚埃的轮廓，说："眼睛可以变色的吗？啊，抱歉，因为我也吓了一跳……"

"我去卫生间。"埃走向阳台方向。

"啊！好的。"

等埃从卫生间出来，再次缩成一团的明歧又双手合十地祈求埃："陪我看恐怖片好吗？"

埃微笑："你自己看。"

第十一章
有这种孩子的父母肯定很辛苦

"拜托了……"他再次祈求。

"就看一会儿。"埃爬到床上，坐在明歧身边。

有了埃的陪伴，明歧感觉自己安全多了。他时不时地侧头看埃的反应，发现每次恐怖的片段一出来，埃的眼睛就会突然泛起微弱的红光。虽然埃始终面无表情，但他那指示灯一样的眼睛已经在显示他内心的起伏了。

也许埃同学的内心也有点儿害怕，只是他不会表达出来。

坚持了十分钟，埃眯起眼睛，往沙发那边爬，轻声说："我不看了。"

"哦……"明歧看着他重新去睡觉。

当明歧重新将视线放回电视上时，却突然觉得这恐怖片其实没什么意思，没兴致再看下去了。于是他关上电视，心平气和地裹着被子睡了过去。

周一去上学时，埃的精神已经非常好了。在前往学校的路上，他一直愉快地眯着眼睛，脸上始终挂着微笑，就差再哼上一首歌来表达心情。

"埃同学心情很好的样子呢。"明歧笑道，"上学是一件开心的事情吗？"

"是的。"埃回应。感觉接下来会有好事情要发生。

"不是很能理解你啦。"明歧呢喃。

"我问一下，我们学院内实力最强的人是谁呢？"埃忽然问起这个问题。

"大概是收割团的团长吧，差不多是公认的最厉害的人。"

"噢。"埃回忆了一下，好像自己和这个人有过什么交集，但又完全没有印象。他又问："那他性格怎么样？"

"比较糟糕……大家都很讨厌他，老师们也拿他没办法。"

"那么有没有比较厉害的，又性格好一点儿的人呢？"埃再问。

"轻风团里的人都挺厉害的，而且都很友善呢……"明歧思索着，突然想到一个人，很激动地右手握拳向下一挥，"对了！西木娅！她是超级厉害的人！是轻风团里最厉害的！"

"是吗？是哪一位？"埃觉得这名字有些耳熟，便好奇地问。

"我们上次去白玉之森时，她也一起去了的。就是那个个子小小的女孩子，头发是金色的，会变成兽人的……"

"噢，记起来了。"埃点头。印象还比较深刻，毕竟力气特别大也吃得特别多这种特征不是每个女生都具备的。

"要在学院内进行实力排名的话，她绝对可以排进前五。只不过因为她

是女孩子的关系，所以很容易被大家忽视。要说性格的话……"明歧思索两秒后继续呢喃，"性格的话……性格的话……"

"怎么样呢？"埃问。

"……好像其实也不怎么样。"明歧捂头。西木娅的粗暴也是众人皆知的。

"哦。"埃望向远处。

"不过相对来说，娅娅的性格已经比较好了！"明歧连忙补充，毕竟他也比较喜欢这个可爱的女孩子，"性格很外向，其实是非常好相处的。"

"嗯。"埃似乎思索完了什么，点头，"我去接触一下试试。我确实也觉得队伍里有一个女孩子在会比较好。"

明歧不太明白："什么队伍？你要干什么吗？"

"之后有消息了再告诉你。"埃微笑。

"真讨厌。"明歧眯眼。

埃忽然盯着明歧看，看完他的脸后，还将他全身上下都扫视了一遍。

"干吗？"明歧有点儿害怕地耸起肩膀。

"我忽然觉得，你就挺像女孩子的。"埃认真地说。

"喂！"

"我认真的。"

"这种事情不用你这么认真！"

到了吃午饭的时候，埃端着自己的餐盘离开二年级的区域，走到三年级的区域，若无其事地在一群陌生的学姐之中坐下。

斜对面的人就是西木娅，而西木娅的餐盘上堆积了三人份的食物。

狼吞虎咽的女孩子在注意到埃的出现后，一下子像是噎住了一样，把头转向另一侧去不断咳嗽。埃继续旁若无人地吃着自己的饭。

咳嗽完的西木娅却不敢再吃下去，表情很哀愁地看着自己那依然堆着大量食物的餐盘，脸都红了起来。

旁边的一个高个子女生意识到怎么回事，笑着对西木娅说："娅娅你怎么不吃了？刚刚不是还在喊饿的吗？"

西木娅委屈地右手握勺子，左手握成拳头，似乎下一秒就要发泄出来，但无奈埃在场，她只能强行忍着，一句话也不说，什么都吃不下去。

埃意识到自己这样突兀地坐过来给别人带来了麻烦，于是重新端起盘子，准备起身离开。

第十一章
有这种孩子的父母肯定很辛苦

西木娅在看到埃要离开的动作后,忽然露出焦急的表情,非常担心自己是不是被埃同学讨厌了。于是埃端着盘子坐在那里,感觉走也不是不走也不是。

埃看着盘子,西木娅看着埃。

终于,埃将餐盘放下,花一分钟时间将剩余的菜吃完,然后端起餐盘离开。

这段时间,西木娅把嘴里的那团饭咀嚼了接近一分钟。目送埃离开后,她才把饭团咽下去。

实际上,受影响的不仅仅是西木娅,坐在埃身侧和对面的两个女生也都很紧张地细嚼慢咽着——万一埃同学中意的人是自己呢?

埃离开后,其中一个女生才放松下来般呼出一口气,对另一个女生说:"那个转校生是不是看上谁了?阿卡,你这么漂亮,肯定是对你有意思了。"

"怎么可能啦,我根本不认识他。"阿卡马上红了脸,"悠悠你的可能性更大呢,每次下课走过二年级一班时,你都要去找那个转校生在哪里。"

叫悠悠的女生立即激动起来:"好嘛,就算我喜欢他,他也不认识我啊!反正不可能是我啦!"

西木娅继续沉默地狼吞虎咽,将餐盘上的食物扫荡一大半。

那个高个子女生又对西木娅笑道:"娅娅是不是也喜欢那位同学啊?"

"不喜欢。"西木娅很不开心地咀嚼着,她不想回答这种问题。

"不用否认的,看你刚刚那样子我就知道了,你绝对喜欢那位同学的。"女生拍拍西木娅的头,"不用害羞嘛,我们大家都很喜欢他啊。"

"你好烦。"西木娅一眼瞥过去,金色的瞳孔缩小露出凶光,眉头皱起来,示意对方不要再说下去。

那个女生完全没有在意西木娅已经在传递危险信号,继续说:"怎么又莫名其妙地生气了?喜欢埃同学就承认嘛,平时那么大大咧咧的,在感情上怎么真的像个小孩子一样……"

西木娅放下勺子,突然站了起来,双手揪住那个女生的衣领,大喊:"你好烦!闭嘴!不然我打你!"

但西木娅实在太矮,她只能向上伸着手,把对方的衣领往下拽。

其余几个女生忽然偷偷笑了起来。

被扯住衣领的女生只能弯下腰配合她,毫不害怕地说道:"好可怜哦,多吃点儿饭不知道还能不能长高。"

西木娅突然爬上凳子,身形一下子抬高小半米,终于顺利地把那女生拎

起来,咧开嘴露出阴森的笑意:"嗯?不怕我打你是吗?来啊,我把你打得连隔夜饭都吐出来。"

被拎住的女生终于露出了惊恐的表情。

西木娅也意识到有哪里不对,就听到另一个女生说:"那个人来啦。"

她手一松,被提住的女生一下子摔在地上。西木娅转过身,就看见埃站在不远处,双手各拿着一杯奶茶。

站在椅子上的西木娅正好和埃一样高,最矮的是那个跌在地上的女同学。

埃把奶茶放在桌上,俯身向地上的女生伸出右手。

周围的女生发出吸气声,好……好希望摔倒的是自己……

那摔倒的女生一脸娇羞地把手递给埃,让埃把自己搀扶起来。

旁边一桌的男生全都一脸郁闷地看着。

"我觉得这画面真辣眼睛。"一个男生评价。

"我仿佛在什么小学生看的女性小说中看过。"另一个男生评价。

"你竟然看女性小说。"第三个男生说。

"而且读者群体还是小学生。"第四个男生说。

莫名成为话题焦点的第二个男生惊恐地抬起双手:"不小心看到的!怪我吗?你们知不知道当时我的眼睛承受了多大的痛苦?"

"那你为什么还要看下去?"第一个男生评价。

第二个男生捂头,绝望地呢喃,"其实还挺好看的。"

"……"

埃无视了那个被扶起来的女生,没有说话,将奶茶递给了西木娅。

大脑已经停止运转的西木娅依然一动不动地站在凳子上,又愣了两秒,才双手颤抖地接下温热的奶茶。

周围寂静一片,这一瞬间,高高在上的她仿佛成了这个世界的中心。

"谢……谢谢。"她的喉咙里发出微弱的声音。

埃走上前一步,几乎与她面对面贴在一起。

西木娅全身颤抖起来,满脸通红。然后埃忽然用左手搂住了她。

寂静的氛围被女生们的尖叫声刺破,抱住了!抱!住!了!

下一秒,埃用左手把西木娅从凳子上抱了下来,略微俯身把她放在地上。

女生们停止了尖叫,好像只是把西木娅抱了下去而已。

西木娅仰头望着埃,双手捧着奶茶,仿佛捧住了整个世界。

第十一章 有这种孩子的父母肯定很辛苦

"可以做朋友吗？"埃认真地问。

"我愿意！"

周围女生们的内心全部崩溃，这个回答超出问题的范围了啊！

"谢谢。"埃眨了一下左眼。

被这个眨眼击中的女生们全部沉醉在埃的魅力中。

西木娅连忙说："不用谢。"

"我先走了。"埃微笑。

"嗯，再……再见。"

"再见。"埃端起另一杯奶茶，转身离开。

目送埃离开后，所有女生都看着握奶茶的西木娅。

西木娅已经平静下来，但她内心的喜悦仿佛要从奶茶的吸管里冒出来了。随后她连剩下的饭都不想吃了，直接捧着她的全世界跑了。

埃走出食堂，一边喝奶茶一边前往教学楼，突然看见一个男人朝他冲过来。

对方看着有点儿眼熟，但他想不起来是谁，觉得对方可能在赶路，就转身换个方向，准备避开他。

"埃同学！"那个男生也换了方向，径直冲到埃面前，大喊，"路塞尔那边有麻烦！我想拜托你帮忙！"

埃看着对方的面孔，努力回忆这个人到底是谁。

"你对我有意见也没关系！但你一定要帮忙！"这个男生有点儿生气了。

"不，抱歉，我……"埃有点儿为难。

这男生突然愤怒地一把揪住埃的衣领，很凶地咧嘴："你记仇是不是？不想帮忙的话就直说啊！"

"我记不起来你是谁了。"埃平静地说出这后面半句话。

男生突然安静了几秒，再次崩溃地咆哮："我叫枥元啊！"

埃再思索了一下，随即微笑："抱歉，仅凭名字我也……"

"原来住你寝室的那个啊！丢你大火球的那个啊！"枥元用力摇晃埃的衣领，凶残的面孔简直像要把埃给吞进去。

"好的，我想起来了。"埃的眼睛眯成一条缝。

"帮不帮忙？"枥元大吼。

"先让我去了解一下情况。"

"跟我过来！"枥元松开埃，转身就跑，示意埃跟上。

第十二章
在放飞自我的时候一定要保持冷静

埃的奔跑速度比柝元更快，因此比他先到达北侧的综合大楼。

综合大楼是以前的旧教学楼，在新教学楼建成后，这里的教室基本就不再用于教学活动，很多都变成了活动教室与仓库，使用率并不高。这栋楼也因为在小犬学院的最北侧，除了每天长跑会经过这里，其余时间并没有多少人在附近出没。

柝元过了好一会儿才气喘吁吁地赶上，埃问道："几楼？"

"五楼，大概在那个位置。"柝元指向五楼的一扇窗户。

得到答案的埃瞬间从柝元面前消失，下一秒就蹲在了大楼三楼的窗口上。

这是——瞬间转移！

不过瞬间转移在一段时间内只能使用一次，埃随即跃起，右手攀住右侧废弃的排水管，再以此借力登上四楼窗台，继而跳到废旧的空调机外壳上，双手攀上五楼窗台，一用力就将全身拖上去，成功蹲在了窗台上，用手拉开已经生锈的金属窗框。

柝元看得目瞪口呆。这一系列过程只花费了五六秒时间，埃同学似乎完全不需要时间去估测每个攀登物之间的距离，动作一气呵成娴熟流畅，仿佛他有着十多年的翻墙经验。

室内，只有路塞尔一个人蜷缩在角落里，闭着眼睛大口喘息。

埃跳入房间，看到周围已经堆叠在一起的课桌椅，以及地上斑斑点点的血迹时，差不多能确认这件事有点儿严重。

"来晚了，抱歉。"埃走向路塞尔，蹲在他面前，把右手贴在他的胸口上，准备给他做一点儿治疗。

路塞尔突然睁开眼，不甘心地拍掉埃的手，说道："我没叫你来，不用管我。"

第十二章
在放飞自我的时候一定要保持冷静

"这件事和我有关系吗?"埃轻声问。

路塞尔挣扎着爬起来,靠着墙壁勉强站立着,睁大眼大声说:"和你没关系!来找我干什么?"

"没关系吗?"埃将视线瞥向别处,思索了一下。

路塞尔冷静下来,意识到自己不能将怨气发泄在无辜的埃同学身上,于是咳嗽一声,装作漫不经心地说道:"和你有点儿关系。总之你要小心韦登那个人,他见了你绝对要和你动手。"

埃把视线移回来,认真问道:"韦登是谁?"

路塞尔的一句咆哮马上就要破口而出,却突然剧烈咳嗽起来。他偏过头去,抬起手,用手背捂住嘴。

好生气啊!怎么这么生气啊!面前这个人竟然还不知道韦登是谁!

埃很体贴地拍拍他的胸口,拍了两下后,埃的右手突然发出白光,猛地拍到他的胸口上。

"噗!"路塞尔一口血喷出来,立刻大喊,"你干什么啊?"

喊完,他才发觉自己竟然有力气了,身上的痛感竟然也缓和了一点儿。愣了愣,他才不好意思地开口:"谢谢了。"

"是怎么回事呢?告诉我,好吗?"埃耐心地追问。

"反正你小心那个人就行了,别的我说了也没用。"路塞尔还是充满怨气地望向窗外。

"那个人是谁?"

路塞尔猛地回过头,再次大喊:"韦登啊!"

"韦登是谁?"

"收割团团长啊!"

"哦,好的。"埃认真点头,这下应该能记住了。

气竭的路塞尔再次咳嗽起来。埃拍拍他的胸口,准备给他再治疗一下时,路塞尔猛地抬起胳膊打开埃的手:"用不着你来管我。"

"是韦登打你的吗?为什么要打你呢?"埃问。

"好烦啊!这就不用你来管了!管好你自己就行了!"路塞尔大喊。

韦登突然找他谈话,直接就问他"那个叫埃的人厉不厉害"。他随口回了一句"挺厉害的",却不料激怒了韦登。韦登掐住他的脖子把他推到墙角,神色恐怖地又问"有没有比我厉害",他当时想也没想地就说"比你厉害",

因此引发了矛盾。

如果他当时没有反抗，韦登在揍他两下之后倒很可能收手就走，但他当时的怒气也冲了上来，绝对不承认韦登比埃厉害，一个反手也朝韦登脸上揍了过去。

"啊？你以为你很了不起了吗？就算有人比你厉害又怎么了？你就只能找我来发泄吗？"他这样嘲笑韦登，然后两人爆发了有史以来最大的冲突。

"不想说也没有关系。"埃回应。

"喊！"回忆完事情始末的路塞尔无所谓地笑了一声，"打就打嘛，反正迟早要打的，我看他不爽很久了。"

埃看着路塞尔的脸色。

路塞尔竟然越想越开心："哈！我终于动手打他了！感觉他也没那么强嘛！还是可以被我打到的啊！再过两年我就能踹掉他自己当团长了！"

埃用力地按住路塞尔的肩膀，似乎在安抚对方："两年后你就毕业了。"

"要你管！"路塞尔再次咆哮。

走廊里突然响起脚步声，以及另一个人的惨叫声。

"埃！"门口突然传来一声大喊。

路塞尔轻声说道："你觉得打不过他的话，现在就跳窗户走吧。"

"打人倒不成问题。"埃回应。问题在于他要怎么处理这种事比较好？

"埃！"韦登终于出现在门口，手里揪着枥元的头发，枥元基本是被他拖过来的。

枥元在跑上楼的时候，正好遇到了下楼的韦登。韦登问起埃在哪里，枥元惧怕这个已经失去了理智的人，只能说出埃就在楼上。

"请放开你的同学。"埃眯起眼。

韦登见埃丝毫不恐惧，便很兴奋地咧开嘴，大声说道："听说你很厉害啊？今天我总算能教训教训你了。"

他松开手，把枥元扔到一边，然后气势强盛地走过来，灵力在他周身形成一股逆转的气浪。

他身高接近一米九高，看上去极为健壮，已经不像中学生，也没有骑士的优秀气质。他就像是充满暴力气息的马达，不停地驱动着机体外壳四处碾压。

埃平静地掏出手机，给和音打电话。

几秒后，和音接听："埃同学，什么事？"

第十二章 在放飞自我的时候一定要保持冷静

"有人要攻击我。"

此时,韦登已经冲上来,右手用灵力加持形成气浪,猛地一拳朝埃挥过去:"你还是要无视我吗?"

埃抬起左手,支开一道屏障,韦登的拳头砸在屏障上。

"哪个?"和音问。

"韦登。"

屏障破裂,埃眯起眼,确认对手确实拥有非常强悍的实力。

他迅速侧身避开对方的拳头,旁边的路塞尔也赶紧跑开。

"哦,他啊。是他先来挑战你的吗?"

"是的。"

埃连续两次向后跳跃,接连避开韦登的攻击。

"旁边有人能做证是他先动的手吗?"

埃瞥了一眼神色紧张的路塞尔,确认路塞尔会站在自己这一边,于是肯定地回应:"能。"

"砰"的一声,向后跳跃的埃撞上了后侧的桌子,腰部的剧痛让他倒吸了一口凉气。就在他停顿的瞬间,脚下忽然亮起金光。

低下头,埃看到脚下出现了一个图阵,是不动咒。

韦登得意地放开结印的双手,朝埃走了过来:"你觉得你很有能耐吗?竟然这么马虎地对待我。"

电话中的和音平静地说道:"那就打,别打死就成,回头我会叫总务处把损失挂在他的账户上。"

"好的。"埃用右于拇指翻下手机翻盖。

感觉和音和韦登同学也有很大的仇。

另一头的和音合上了手机。如果不是埃同学电话挂得太快,她还想多吩咐两句——别打死,但一定要往死里打,让他知道什么叫天外有天,如果能把他打到转校就更完美了。

韦登又是一拳头挥过来。

埃收回手机后,抬起右手去应对。韦登拳头外包裹的灵力已经撞击到埃的手掌上,但埃的灵力也展现出来,轻易地突破对方的灵力层,轻松地握住他的拳头。

"来吧。"埃微笑,然后猛地向左转身,将韦登整个人向后扔了出去。

"啧!"他眯了一下眼睛。因为脚不能动,所以扭过去时感觉伤到了腰。

韦登砸在那堆废旧的桌椅之中,发出巨大的声响,整个教室都震动了一下。

与此同时,埃脚下的图阵消失。

枥元蹲在门口,路塞尔缩在墙角,一声不吭地看着后续发展。

"这是没什么意义的事。"埃转身,用左手揉着后侧的腰部,轻声说,"适可而止就好了。"

"砰"的一声巨响,巨浪从那堆桌椅中爆开,把杂物全部推向了四周。

韦登站在对面,全身散发出白色的灵力光芒,他脚下的地砖受到碾压,像蛛网般"咔啦啦"地向外碎裂。

"果然还是有点儿本事的啊。"韦登毫不气馁地向埃走过来,双手汇聚出白色的灵力团,"之前那个端掉黑鹰老巢的人,是你吧?"

"是的。"埃眯起眼,"你也是黑鹰的成员吗?"

不过哪有自己称自己组织的根据地为"老巢"的?

"当然了!沃森是我哥!"韦登突然激动地大喊。

埃沉默两秒,问,"沃森是谁?"

"是我哥啊!"

埃回忆了一下,只能说:"虽然我没在意他是什么样子,但你们长得应该挺不像的。"

"你还真是多管闲事!"韦登将双手靠近,两个灵力团汇合。

埃的眼前立即变成白茫茫的一片,刺眼的光芒奔腾而来!

路塞尔觉得这一击太强,对埃大喊一声:"快闪!"不能正面扛下这一击!

埃依然一动不动,抬起右手也开始汇聚自己的灵力,但灵力只在他的食指之间汇聚成一个白色的小点。

"啊——"韦登咆哮着。

灵力团轰击至埃面前,埃轻轻一弹手指,一束更加明亮的白色光线从他指尖射出!

面前的灵力团突然爆裂,在埃的面前向左右两侧散开,没有对埃产生任何影响,只有他的长发被气浪吹拂得向后飞扬。

而埃的灵力射线却在射出一米后膨胀成一个接近九十度角的圆锥形态,一下子轰击在对面的墙壁上,穿透至另一个房间后才消失。

"没打中。"埃呢喃,眼眸向左瞥过去。

第十二章
在放飞自我的时候一定要保持冷静

这个家伙不太好搞定。

瞬移至埃左侧的韦登已经握住一柄巨斧,大喝一声后将斧头横向劈在埃的腰上。

埃的残影被劈成上下两半,然后消失。此时的埃已经出现在韦登的右前方,迅速一掌甩过去,手背拍在他的胸口上。

"砰"!韦登像是受到千斤重的撞击,整个人被掀出去撞在远处的墙上,巨斧继而砸在他身上。

埃抬起右手,灌注了灵力的右手散发着微弱的白光,他轻声说道:"请放弃吧。"

"不可能!"韦登抡起巨斧,再次朝着埃冲来,用巨斧横扫出一道白光。

不可能有这么强大的人存在!

埃避开白光跳跃至墙角,随即支开屏障挡下第二道白光。

白光消失之时,那柄巨斧已经飞旋着朝他呼啸而来,之后"铿"的一声劈在墙角。而埃蹲在了巨斧的斧面之上,继续温和地劝导:"放弃吧,你的速度不够,是不能攻击到我的。"

韦登极度自信地一握右手,巨斧上镶嵌着的一颗宝珠发出白光。

"雷咒!"

雷电爆裂。

虽然韦登不具备操纵雷属性的能力,但他可以控制这颗附有雷咒的宝珠。

埃没有防备,此刻已经来不及离开巨斧,只能强行用肉体扛下这次冲击。

"喂!"路塞尔惊恐地睁大眼。

普通的雷咒一般人倒是能扛住,但雷珠是非常珍贵的上等品,所释放的雷咒绝对不是能直接用肉体来承受的!

一瞬间,以巨斧为中心,整个房间都被雷电充斥。

同样被雷电击中的路塞尔与枥元发出惨叫。

埃没有发出声响。

雷电消失,雷珠因为释放过多能量而产生了两道裂缝。

韦登激动地睁大眼去看埃,却发现埃依然完好无损地站在巨斧之上。

而他的头发产生了非常强烈的静电,表层的几千根头发向四面八方笔直地飞扬起来。这发型给人的感觉非常嚣张。

埃的眼睛已经眯成一条缝,无法看出他的内心是不是也张扬起来。

"我有点儿不开心。"眯着眼睛的埃开口,声音嘶哑。

他能感觉到自己炸毛了。

这时,向来自信的韦登竟然在心中升腾起一股不该出现的恐惧感。

"等我把你打到爬不起来,你就把你收割团团长的位置给我,怎么样?"

埃睁开眼睛,双眼已经变成赤红色。

"这就是你要解散收割团的原因?"

第二日,埃去了和音的办公室,与她谈人生。

"是的。"埃点头。

他端正地坐在椅子上,双手放在并拢的大腿上,看上去要多乖巧有多乖巧。

昨天他纯粹是因为炸毛了而突发奇想地想要当收割团团长,等他冷静下来后,他又不想当了。

果然不能太冲动,还需要更多的修炼来让自己保持内心的平和。

而此时的办公室外,收割团的十几名成员们一脸紧张地靠在门板上,听着里面的动静。

"解散不太好吧?"和音皱眉。虽然她以前确实有这个想法,但现在埃同学成为名义上的团长了,她忽然觉得收割团肯定还有办法救一救。

"那我再去找个人当团长。"埃说。

"别,我觉得你来当团长挺好的啊。"和音赶紧劝他,"没准能让收割团焕然一新呢。"

"我没有兴趣。"埃面无表情。

"难道你做什么事情都是靠兴趣的吗?"

"是的。"

和音沉默了两秒,耐心地劝他:"告诉我,你的梦想是什么?"

"出国打联赛。"

"打完联赛以后呢?"

埃思索两秒:"还没计划。"

"那你小时候的梦想是什么?"

"征服全世界。"

"噗"!

和音本以为能得到一点儿有价值的东西,没想到引出了什么恐怖的东西。

第十二章
在放飞自我的时候一定要保持冷静

她立刻冷静下来,担心又好奇地继续问道:"你现在不想征服世界了吗?"

"现在好像对这个没多大兴趣了。"埃点头,"感觉做普通人更好一点儿。"

和音已经不知道往哪个方向引导比较好,于是很勉强地说道:"我觉得你小时候挺有志气的,征服世界是个很伟大的梦想,请不要忘记它,好吗?"

"我试试多惦记一下。"埃有点儿不太确定。

"作为征服世界的第一步,请你先征服收割团,好吗?"和音总算成功地把主题加了进来。

"没兴趣。"

"喂!"

双方僵持了一会儿,和音把盖了章的任命表交给埃,命令道:"我不管,我在这里任命你为收割团团长。埃同学,恭喜你,我为你感到高兴。"

"我并不高兴。"埃接过表格。

"我高兴就行,你走吧。"

"噢。"埃起身。

门口传来收割团成员们的欢呼。

埃平静地出门,一脸茫然地接受五个副团长的爱戴。

……好想出国打联赛。

一天后,收割团的成员们私下安排妥当,准备给新上任的团长举行一个上任仪式。

傍晚放学后,埃被路塞尔邀请去综合大楼熟悉一下收割团的根据地。

"请问,你们真的愿意让我来当团长吗?"埃认真地问。

他本以为这群人不会服气,没想到收割团的人在得知他成为团长后竟然非常开心,完全没有反对的意思。

突然换了个团长,不管怎样都会有一点儿不习惯吧?

"我们只认最强的人当团长,由你来当的话,我们更有追求力量的动力了。"路塞尔解释,"你看,韦登那种性格超级烂的不都可以当团长吗?"

"你们还真是不挑剔。"

在走进那个房间之前,埃就已经感觉到这个房间里挤满了人,凭借他的敏锐感知,有四五十个人。

他担忧地问路塞尔:"是什么欢迎仪式?"

路塞尔没料到埃竟然已经猜到了内容,连忙笑道:"只是见个面而已。"

"嗯。"埃打开房门。

里面瞬间发出欢呼,所有人大喊:

"恭喜上任——"

"恭喜上乐——"

"恭喜快乐——"

"恭日快乐——"

"生日快乐——"

埃看着满屋子的人。

不知怎的,全场突然就寂静了。

"谁喊的'生日快乐'?"伏啸崩溃地大喊。

三个女生捂头:"对不起,喊习惯了。"

一旦有人喊出"生日"两个字,其余人全部本能地把后面"上任"两个字念成了"快乐"。

埃露出微笑:"你们好。"

而路塞尔还愣着。

为什么轻风团的人也跑过来了?而且此时的收割团与轻风团好和睦啊!

不过由于轻风团的存在,场内多了十几个女生,她们还把这个空间装扮了一下,让这个庆祝会的氛围更加浓烈了一些——虽然也让空间变得更拥挤了。

伏啸走过来,对埃伸出右手,笑道:"恭喜你成为收割团团长,以后我们就是好兄弟了,今后多发展一下团队友谊。"

"好的。"埃笑着与他握手。

西木娅跑了上来,害羞地把手里的一个精美小盒子递给埃:"这个送你。"

"谢谢。"埃笑着收下。

一个收割团副团长拍了两下手:"请埃同学来随便说两句!"

"噢——"所有人欢呼。

"我没准备。"埃温和地笑着。

"随便说两句就成!"副团长很随意地拍了两下手,引导所有人一起鼓掌。

"嗯……"埃从喉咙里发出一个语气词。

大家以为他要开始发言了,全部安静下来。可过了五秒,埃依然没说话。

"没关系,随便说就可以。"伏啸说。

"很高兴见到大家。"埃瞥开视线,没看任何人,"希望……嗯。"

第十二章 在放飞自我的时候一定要保持冷静

他似乎不知道怎么说下去,脸竟然有点儿红了。

人群中被挤到角落的明歧觉得埃同学好像有点儿害羞,或者说,紧张?

埃还是没能再说下去。一个副团长感觉到埃此时的语塞,连忙把一个大盒子提上了桌子,大喊:"来!不说了!我们先吃蛋糕吧!"

"好!吃蛋糕——"一群人欢快地应和,及时缓解了即将出现的尴尬局面,虽然觉得这时候吃蛋糕有些不对。

几个人拆开了外包装,在看到水果蛋糕时,伏啸终于意识到了哪里不对,大喊道:"谁订的蛋糕啊?"今天和生日没有任何关系吧?

"呃……庆祝不是吃蛋糕的吗?"订蛋糕的那位男同学一脸震惊的表情。

"当然不是了!"另一个男同学对他大喊。

路塞尔随意地挥挥手:"算了算了,就吃蛋糕嘛,没关系。"

"嗯,吃蛋糕也不错啊。"女生们点头。

埃被拖到椅子上坐下。

伏啸把蛋糕给切了,把第一块放在盘子里,递给埃:"你先吃。"

"谢谢。"埃现在只能勉强地露出微笑。他感觉他的手脚有点儿发凉。

在热闹的氛围中,并没有人意识到埃的脸色有点儿苍白。

明歧倒是感觉到了这个时候的埃有点儿不对劲,但他不明白为什么,也不好意思去问埃现在是不是感觉不舒服。

"要不要点蜡烛?"一个女生拿起了一袋子彩色小蜡烛和火柴。

伏啸点头:"反正都在吃蛋糕了,那就把蜡烛也点上好了。"

"不过蛋糕都切开了……"女生皱眉,感觉不太好插蜡烛。

路塞尔说:"插埃同学这块蛋糕上就好了,反正又不是我们过生日。"

伏啸呢喃:"今天也不是埃同学的生日吧……"

"喜庆嘛!"拿蜡烛的女生跑过来,在埃面前的这一小块蛋糕上插了一支粉红色的小蜡烛。

"多插几根啊,好歹也要把埃同学的岁数插满啊!"路塞尔大喊。

女生顶回去:"一根就够了啊!一根粉红色的多可爱!插个十几根不就像刺猬一样了吗?而且今天也不是埃同学生日啊!"

"行吧行吧,一根就一根。"路塞尔挥挥手。女生话真多。

埃眯起眼睛,依然面无表情,双手紧紧握成拳头,似乎在竭力忍耐什么。

"埃同学,你的脸色不太好……"伏啸终于察觉到了埃的僵硬,皱眉问道。

埃重新露出微笑，轻声说："我没事，我很开心。"

其实确实是很开心的，只不过，他不知道这种情况下该如何是好。

女生给蜡烛点上了火，一小团微弱的火焰燃烧，在埃黑色的眼中投映出两个明亮的小点。

"埃同学，吹蜡烛啦！"女生们期待地双手合十。

埃将头凑上去，轻轻呼出一口气，小火焰熄灭。

"快吃快吃啦！"

所有人围在埃身边，喧闹的声音将埃包围。

他抬起右手捏住蜡烛，将蜡烛从蛋糕上抽出来。他看到自己的右手皮肤已经毫无血色，修长的五指骨节分明。

周围愈发明亮起来，喧闹的声音如同潮水般向他涌来。

"埃同学——"

"不要再唱生日歌了！"

"埃同学——"

"埃同学你在发呆吗？"

眼前一片雪白，他什么都看不见了。

依稀还能辨别出一些清晰的声音，但其余的声音像是融化了之后被搅拌在一起，似乎从天边缓缓地流淌而来，慢慢地流遍他的全身。

他想伸手去捕捉，但那流动的水从他指缝中流出，什么都没有留下来。

声音的潮水从他身上拂过之后，他什么都听不见了。

世界陷入一片空白与一片寂静。

这种感觉是怎么回事呢？

这种感觉并不陌生，他也并不害怕。只是很多年他都没有感受过了。

"你和别人很不一样啊——"

"我们不要你这样的人一起玩——"

"你好讨厌啊——"

"你就不能正常一点儿吗？"

啊，就是这种感觉。小时候有过这种感觉。

虽然今天这个情况和小时候完全不一样，但感觉竟然非常相似。如果不是因为今天又产生了这种似曾相识的感觉，他应该早就将这种感觉遗忘了。

只要不去回想，它似乎就永远不会再出现了。

第十二章
在放飞自我的时候一定要保持冷静

他凭着剩余的知觉，用指尖将面前的蛋糕向前推了一点儿点。

然后他缓缓地伏在桌子上，将额头搁在右手小臂上。

抱歉，在本应该庆祝的时候，控制不了自己了。

"身体很健康，所以可能是激动到昏过去了。"医生解释说。

"他并不激动吧……"伏啸呢喃。埃看上去一直都很冷静来着。

医生很肯定地点头："那他就是紧张到昏过去了。反正你们以后没事的话，别总是围着他转，他可能很容易受到惊吓。"

"埃同学不像是这么经不起刺激的人啊……"伏啸捂头。

而且这也不是什么非常严重的刺激吧？只是日常生活中很普通的小刺激而已。话说回来，其实这连刺激都算不上吧？

"他有点儿内向的。"明歧轻声对伏啸说。

"我一直觉得他挺外向的啊。"伏啸望天。

医生挥挥手，对这群人说："散了散了，你们回家去吧，别打扰他了，他休息一下就没事了，明天绝对活蹦乱跳的。"

众人不肯走。把埃同学吓昏过去还走掉，显得他们也太没有义气了。

"走啦走啦。"医生再一次催促，"你们在这里的话，他就更紧张了。"

"噢……"磨蹭了很久，见埃同学那边迟迟没有动静，他们只好离开。

明歧留到了最后，在其他人都走了以后，问道："我一个人可以见他吗？"

"你和他的关系很好吗？"

"嗯，挺好的。"

"那就去看一下吧，别太打扰他，早点儿走。"医生点头。她觉得有人去安慰一下那个因受惊过度而昏倒的同学也好，只要不是一群人一起冲上去慰问，基本没问题。

明歧轻轻打开房门，看见埃躺在床上。

"埃同学醒了吗？"他小声问。

没有反应，看来没有醒。

他坐在床边的椅子上，看着埃平静的面容，一时也不知道自己能干点儿什么，便伸出右手，准备去摸一摸埃的左手。

在他触碰到埃的瞬间，埃突然全身抽搐了一下，眼睛立刻睁开。

似乎是被吓醒了。

明歧被埃的反应吓了一跳，抽回手后不知所措地看着他。

"……啊。"埃侧过头望向他，脸色已经恢复，轻声叫出他的名字，"明歧。"

"嗯。"明歧微笑，"你没事就好。"

"抱歉。"埃坐起来，右手捂住脸，呢喃，"我也没想到会有这么强烈的反应……"

他当时很清楚自己即将要昏迷过去了，所以他现在一苏醒，就马上意识到发生了什么事情。

"是太紧张了吗？"明歧问。

埃沉默两秒，点头："是的，当时很紧张。"

在那么热闹的环境中，自己不知道怎么做才能迎合这开心的氛围，所以内心慌乱了。

"没关系，"明歧笑道，"习惯了就好。你以前一定很少经历这样的事吧？"

埃再沉默两秒，也露出微笑："嗯，从来没有成为过被庆祝的对象。"

听到他这么说，明歧就放心了，安慰道："这不是问题，以后会好起来的。"

"嗯。"埃点头，"有经验就好了。"经验对他来说，真是非常重要的事情。

他又思索了一会儿，问道："是不是让大家扫兴了？我感觉很难过。"

"啊，不，不影响的。"明歧连忙解释，"大家都知道你有点儿紧张啦，所以以后应该也不会这样子来惊吓你了。蛋糕的话我们都吃掉了，路塞尔说他明天给你补一个小蛋糕。"

埃终于重新打起精神，笑着说："蛋糕吃完了就好。"

他翻身下床，将双手向上拉伸，舒展了一下身体。

明歧觉得埃确实身体健康，只不过会紧张到昏过去这种事情，不亲眼见证还真的很难想象会发生在他身上。

"我没事了，你赶紧回家去吧。"埃说，"谢谢你们。"

"嗯。"

送走了明歧以后，埃离开医务室，在吃了一些晚饭后，回到了综合大楼。

回到那个收割团的活动室，他打开灯。

室内还是刚庆祝完的样子，墙上粘贴着气球和彩带，桌子上堆了很多糖纸和小零食包装袋，还到处沾着蛋糕的残渣。而蛋糕的包装盒被扔到了地上。

真是一群粗鲁的人啊。

第十二章
在放飞自我的时候一定要保持冷静

他把角落的垃圾桶拎过来,把可以扔掉的东西先扔进去。

简略地收拾了一下后,埃坐回他之前坐过的位置上。

他面前还摆着那份没吃的蛋糕,还有一把小叉子戳在上面,粉红色蜡烛摆在一边。他捏起小叉子,将歪歪扭扭的蛋糕叉下来一点儿,放进嘴里含着。

还是自己一个人的时候,最自在了。

下次再遇到类似的情况,自己要怎么表现呢?只要别紧张到晕过去,应该怎么表现都可以吧。全程微笑着不说话也好,别人应该不会苛求自己的。

埃耐心地把蛋糕吃完,又把桌子擦干净。全部收拾完毕后,他看向西木娅送他的那份礼物。

礼物一直放在桌子上。

是什么礼物呢?

他轻轻地解开这个漂亮的粉红色小盒子。

盒子里装的是三块心形的巧克力,旁边还放着一张粉红色的小纸片,纸片上画着一个小小的爱心。

嗯……感觉有点儿不太对劲的样子。

第二日中午,埃把明歧拖出教室,带着他来到教学楼后面的小花坛边,一起坐在长椅上。

"是什么事呢?"明歧问。

"帮我看看这个。"埃用左手抚摸了一下中指上戴着的小银环。

他左手前的空气中突然拉开一条上下走向的黑色小裂缝。他把手伸进裂缝中,从里面抽出那一个精巧的粉红色小盒子。

"好像是……昨天西木娅送的?"明歧对这个有印象。不过他内心感慨的是,次元空间果然好方便啊!好想买一个啊!但是买不起啊!

"嗯。"埃打开盒子,展示里面的三块巧克力,"我不是很确定她是不是对我有一些特殊的看法。"

明歧打量着爱心巧克力,良久,他点头回应:"我觉得她绝对对你有什么特殊的看法。"

"是吗……"埃轻轻盖上盖子。

他一向对感情不太敏感,也不太相信自己的感觉,只觉得明歧是个很正常的人,于是让明歧来帮忙判断一下。

既然明歧这么肯定,那这事一定就是他所想的那样了。

"请问,"明歧好奇地看着埃,问道,"是她先动的手,还是你先动的手?"

埃回想了一下,回应:"我想,是我先动的手。"

当时还没觉得,现在回想,可能动手的幅度太大了一点儿。

明歧不动声色,继续轻声问:"请透露一下,你到底怎么动手的?"

"送了一杯奶茶。"埃眯起眼。

"嗯……"明歧自顾自沉思一会儿,轻声呢喃,"这确实够微妙了。不过只送一杯奶茶也不至于马上会进展到这种地步吧?你还对她做了什么?"

埃起身,抬起明歧的左手,示意他起身。

明歧意识到一点儿什么:"假装我是娅娅吗?"

"是的。"埃把明歧领到花坛的边缘,"你站在这上面。"

"哦。"明歧站上两分米高的花坛边缘,立刻比埃高了一分米。

当时到底发生了什么?为什么会摆出这种姿势?

埃将礼物放回次元空间,然后从口袋里摸出一个小东西握在右手手心里。

"你准备好了吗?"埃抬头问。

明歧莫名其妙地有点儿紧张,咽了一口口水说道:"准备好了。"

准备什么?到底会发生什么奇怪的事?

埃温和地抬起眼眸,将右手拳头伸到明歧面前。

明歧虽然不知道他手里有什么,但本能地去接了过来。

接到掌心里,发现是一颗灰色的小晶石。

"嗯?"他不解。莫非埃同学在用这块晶石代替那杯奶茶吗?

在明歧观察手中晶石的时候,埃突然靠近一步,然后双手抱住他的腰。

"喂!"明歧惊叫,瞬间满脸通红。

埃依然抱着他的腰,但停止下了动作,疑惑地仰头看他:"怎么了?"

"你……你干什么啊?"明歧全身颤抖,仿佛有粉红色的蒸汽从他头顶上冒出来。

埃的双手向上一提,轻易地把明歧抱了起来。

"喂——"明歧的脸烫得都要融化了。

周围路过的同学朝这边看过来,全都惊喜地睁大眼睛,翻出手机拍照。

埃冷静地把明歧放在了地上,说:"就这样。"

明歧蹲下去,双手捂住脸,头上还在冒粉红色的水蒸气。

埃俯下身,伸手去拍明歧的头:"你还好吗?"

第十二章
在放飞自我的时候一定要保持冷静

西木娅当时的反应还挺正常的,明歧怎么突然就萎靡了?

"你觉得我会好吗?"

埃这才觉得对男生做这个动作不太合适,便安慰道:"没事的。"

"我们都成为亮丽的风景线了,还会没事吗?"

埃抬眼看了看远处围观的人,围观的同学们惨叫一声赶紧跑了。

沉默了一会儿,埃也蹲下来,靠在明歧身边,轻声说:"抱歉。"

明歧终于平静地站起来,笑道:"没事啦。"

本来就没关系啦。

但他看到埃同学依然蹲在地上,眼睛看着地面,又念叨了一句:"抱歉。"

"埃……埃同学……"他慌了。

埃同学又消沉了啊!

"请你忘了刚才发生的所有事。"埃依然面无表情地看着地面。

"埃同学你振作啊!起来啊!别这样!"明歧大叫。

他拉了半天才把埃拉起来,两人回到了长椅上。

"你这么做,正常人都会对你有意思的。"明歧解释。

"……"埃思索。

"你去向娅娅解释一下就好了。"明歧拍拍埃的肩膀,"反正娅娅是个很开放的人,要不是她对你有所表示的话,我还以为她喜欢的人是伏啸呢……"

说着说着,明歧感觉到哪里不对,眉头皱起来:"不对啊,我觉得她喜欢的人明明就是伏啸啊,怎么这么快就转变对象了?"

"嗯,我去解释一下。"埃点头。下次想办法把西木娅的感情线重新掰回伏啸那边吧。

明歧不再纠结这个,将左手握着的灰色晶石递到埃的面前:"这个还你。"

埃露出微笑,却说:"我想把这个送给你。"

第十三章
你这是在训练狗还是训练人

"是吗？"明歧惊喜地捏住晶石，仔细打量，问道，"这个我没见过……是艺术品还是实用品？"

"这是加工过的纳石，会自动吸取自然灵力，然后作为中介将灵力传导给你。"他伸出食指，戳了一下纳石。纳石受到刺激后，瞬间发出白光，将这几天收纳到的一定量的灵力传导入明歧体内。

"感觉到了！好神奇！"明歧睁大眼，真的有股温润的气息传遍他的全身。

埃继续解释："可以用来补充平时损耗的灵力，可能对拓展灵环也有用。"

"好像是很贵重的东西。"明歧重新握住纳石，望向埃，"我不方便拿……"

"没关系，我自己还有，这一个我希望能给你。"埃用手掌挡下明歧伸来的拳头，"请收下。"

"……嗯。"明歧望向自己的拳头，拳头中的纳石还在将灵力传导给他。

埃弯曲五指，最终将手掌包裹在明歧的拳头上，认真地说："我希望你也能加入我的队伍。"

"到底是什么队伍呢？"

"打联赛的队伍。"

"啊？"明歧惊愕地睁大眼。联赛……可以参加吗？

埃点头："基本确认了，我们可以参加，只是正式文件还没有下达。"

明歧愣住了。埃同学邀请西木娅作为同伴，确实是一个非常明智的选择，但是邀请他的话……绝对是错误的！

"可以吗？"埃友好地问。

明歧下定决心，反问："埃同学为什么选择我？因为我们的关系好吗？"

埃思考一秒，点头："是的，是我的本能让我选择你。"

在考虑西木娅之前，他就想到了明歧。

第十二章
你这是在训练狗还是训练人

"不，这种选择方法是不正确的。"明歧认真地说道，"用实力说话的事情是不能用感情来衡量的，我绝对不是一个可以依靠的同伴。"

"你这么觉得吗？"埃的神色也很认真。

"是的，请你继续去寻找比我更合适的人吧。"明歧露出微笑，"不能因为你的朋友少，就把选择范围限制在我这里啊。"

埃似乎觉得有道理，于是点头："嗯，我会再想一想的。"

"好。"明歧突然轻松了不少。

埃同学就是好，不会强行说出一大堆道理反驳他。

"这个还给你吧。"明歧再次把自己的拳头往前伸。

埃再次把他的拳头推回去，轻声说道："这个是感情的事情，与能力无关。"

明歧开心地收回拳头，张开手掌，看向掌心中的纳石，笑道："那我就收下了，我很喜欢。"

"嗯。"埃点头。

此时，埃的手机铃声响起，他打开翻盖，看见打来的人是和音。

"我接个电话。"埃对明歧说。

"那我先走啦！"明歧起身。

"嗯，待会儿见。"埃按下接听键。

和音说："是关于联赛的事。你来我办公室，我直接和你说。"

"好的，我现在就来。"埃挂断电话，朝教导处办公室走去。

教导处还有两个老师在，他们在见到埃后，全部露出友好的笑容，完全不像对待普通学生，而像是对待一位尊敬的朋友。

"就是你啊，厉害！"一位女老师敬佩地看着埃，眼里的神色近乎崇拜了。

能把联赛名额争取过来的学生肯定不是普通人，但她没料到这个"非普通人"看起来平平和和的，性格非常好的样子，而且长得还非常柔美，既有着男性的俊朗也有着中性化的温存，尤其是那双黑色的眼眸充满深不见底的诡秘之息，让他看起来很有精神。一瞬间，女老师的心就融化了。

"过来坐。"和音挥手招呼他。

"好。"埃朝和音的办公桌走过去。靠近女老师时，他突然勾起一丝微笑，略微向她点头示意，作为礼貌性的问候。

"我先走了。"女老师意识到自己的脸颊发烫了，赶紧假装没事地随口

说一句，快步离开教导处。

埃坐在椅子上，双手放在大腿上，又是一副乖巧的模样。

"理事会的正式文件下达了。"和音平静地说，将一份文件递给埃，"这个你有兴趣可以自己看，不想看的话扔掉也没事，我会口述给你。"

"好的。"埃漫不经心地翻看理事会下达的文件。

和音解释："理事会讨论出来，说这届联赛的规则确实要改了，首先为了体现国家与国家之间的公平，规定联合六国的每个国家都有三个参赛的院校名额。所以像是莫卡斯那样的国家，几百年来都只有摩羯学院一个能参加，但这次可以再多选报两个。"

"嗯。"埃并不在意别的国家的事情，呢喃，"光明帝国本来就有三个。"

双子学院、巨蟹学院、狮子学院，每届都是这三个院校参加。

"是的，但没关系，理事会又规定说具体选派哪三个院校参加，每个国家自己去定，他们不管。刚刚我和管理局局长联系了一下，局长说为了公平，他们也不指定是哪三个院校参加，所有院校都可以报名，然后组织一个比赛一起打一场，最后选出三个最强的学院报上去。报名的事我会处理好的。"

"嗯。"埃点头，轻声说，"我明白了。"

"对你而言应该不成问题，"和音很相信埃的实力，"其他的普通院校都很一般，你只要把那三所贵族院校随便打败一所，差不多就能拿到名额了。"

"好。"埃首先想的就是要去打败双子学院。

"具体的比赛时间还没有通知，管理局说想让我们把出征队的名单确定下来，三天内报上去，所以你赶紧再找两个人组队吧。组队这种事我不会干预你，既然你是领队，那就按你的意思来。"

埃点头："感谢你们的支持。"

"也不用感谢我们。"和音微笑，神色柔和的时候，她还是充满了女性魅力，"我们都很期待这样的结果。"

"嗯，还有其他事情吗？"埃问。

"没有了。"虽然这么说，但和音总觉得还有什么事情没交代。思索了一会儿，她对即将起身的埃说道："等一下，好像有……啊，对，魔使的事情。"

"是吗？"埃有点儿不解。这件事情应该已经告一段落了呀？

"我们拜托理事会那边找了一下资料，他们找到了当年的画册，那本破破烂烂的书记载了一部分魔使的信息。根据上面的描述看，你杀死的确实应

第十二章 你这是在训练狗还是训练人

该是巨蟹学院的魔使，样貌比较吻合。"

"嗯。"埃对这个证实没什么兴趣。

和音也看出埃已经不再把杀死魔使这件事放在心上，于是挥挥手："没事，只是通知你一下这件事。你可以走了。"

"可以拿到那本画册的重制版吗？"埃对这个有点儿兴趣。

"我觉得他们应该会拿去重制的，不过肯定不会给别人看。"和音说，"虽然你知道魔使的事情，但我们还是要当作不知道，而且就算你说出去也没人相信。上面规定是不能说的。"

"嗯。"埃点头。

同一个办公室的另一个男老师随口问："魔使是啥？"

"你给我忘了它。"和音瞥了一眼过去。

"哦。"那男老师随口应了一声，继续整理手中的文件。

从和音的办公室出来时，离下午第一节课上课还有一段时间。

埃决定先去找伏啸。

两个最大骑士团团长的会晤令女生们非常兴奋，便都凑上去围观。

埃和伏啸隔着一张桌子，两三米开外围着一圈女生，但没有人发出声音。

"我来问一问西木娅的事。"埃说。

"嗯？"伏啸愣了一下。本以为埃找他会说什么严肃的话题，比如学院规划啦，社团建交啦什么的，结果却是别人的事情。

埃的双手十指交叉，用手背托住下巴，问伏啸："她有喜欢的人吗？"

"啊？"伏啸又愣了一下。难道埃同学真的喜欢西木娅？

见伏啸没有回应，埃再问："我有没有伤害到你们之间的感情？"

"请等一下。"伏啸抬起右手，赶紧打住，"让我慢慢回答。"

"好的。"埃点头。

"那么，你是不是也喜欢她？"伏啸忽然眯起眼睛，神情微妙地问。

埃停顿了一下，有些困扰地皱眉，然后轻声问道："请问，这个'也'的意思为'你也喜欢她，我也喜欢她'，还是指'她也喜欢我，我也喜欢她'？"

伏啸呆住了，他还没有理解清楚埃的这两个假设到底是什么意思，就把自己刚刚提出来的问题给忘了。然后把埃同学回答了什么也忘了。

脑子里空白了好一会儿，他只能屈服，问埃："不好意思——请问我刚刚问的是什么问题？"

埃也愣了一下，然后回应："抱歉，我不记得了。"

世界一下子就安静了，围观的女生们全部悲愤地握着拳头，睁大眼睛。

伏啸不得不向观众求助："请问，刚刚我问的是什么？"

女生们全都安静地看着他们，终于，其中一个女孩子悲愤地开口："抢呀！"

"啊，抢什么？"伏啸茫然。好像自己没有问有关"抢"的问题啊。

"抢女朋友呀！"另一个女生悲愤地大喊。

继而，第三个女生加油般地挥舞拳头："没关系的！抢不过也没关系的！还有我们后援团在这里呢！我们会等的！"

"……"发生了什么？

"我们重来吧。"埃说，"抱歉，我一开始没有解释清楚，我对西木娅并没有任何超越友谊的想法，如果因为我的原因而干扰了你与她之间的感情，那我一定要做点儿什么来完结，也请你帮助我让这段感情回归到正常的轨道。"

伏啸被埃同学这么官方的语调说得一愣一愣的，听到最后才完全理解他的意思，突然就轻松地笑了起来。

"啊，娅娅一定给你造成困扰了吧？你什么都不用担心，我和她也只是朋友关系，她和你也只是朋友关系，她对你这么热情，纯粹是因为你长得帅而已。只要是长得好看的男生，她都非常狂热的，你真的不用管她啦。"

"原来如此。"埃一脸"受教了"的表情。

伏啸继续解释："她虽然平时对人挺凶的，但只要比较帅气的人和她交流的话，她就非常听话。总之你当她是个小孩子就好了，虽然她现在已经快二十岁了，但他们龙人的寿命有两百多年，所以她确实也只是个小孩子而已。"

"了解了。"埃点头。看来不需要想太多了，真是太好了。

"还有别的事情吗？"伏啸问。

"暂时没有了。"埃起身。

"那我提醒一下，赶紧把你的收割团整顿一下吧。我很想看看你能把收割团变成什么样子呢。"伏啸微笑，眯了一下右眼。

"好的。"埃也微笑，眯了一下左眼。

被两轮"眯眼"洗礼的女生们心满意足地散开。

次日，课间的长跑时，伏啸看见收割团的某个不知名成员正牵着一条狗跑步。那条狗跑得飞快，张着嘴不断哈气，而那名同学拼命拽着牵引绳，想要遏制住那大狗的速度。然而他还是一路都被那条狗拖着跑。

第十二章 你这是在训练狗还是训练人

这是什么情况？

牵狗的同学很快赶超了伏啸，跑到转角处消失了。

伏啸继续缓缓向前跑，看见前方有另一个人和一条狗。那条狗看上去完全不想跑步，直接趴在地上耷拉着头。而那位同学一手拉着牵引绳，蹲着劝它。

其他同学都好奇地围上去，一边夸狗可爱一边摸狗。那条狗满脸惬意，直接横躺在地上露出了肚皮，懒洋洋地眯着眼睛，更加没有跑步的动力了。

"起来啊！"劝说无效后，牵绳子的同学终于咆哮，怒气发作地站起来，准备踢它的屁股。

女生们尖叫起来，大喊"怎么可以这样"，连忙拦住那名男同学，还把他的屁股给踢了。最终，他发疯一般地把狗扛了起来，咆哮一声继续跑步。

那条被人扛在肩上的狗一脸茫然，看着的伏啸也一脸茫然。

再跑了半圈后，他看见第三个人牵着一条狗。那条狗跑得屁颠屁颠的，那名男生也跑得屁颠屁颠的，满脸都挂着笑容，正在和旁边的三个女生聊天。

一个女生拜托说："给我遛一会儿啦，拜托了。"

男生拒绝："不行啦，我怕你力气太小拽不住它。"

女生双手合十，祈求："不会的，我力气很大的。"

"那我就给你遛两分钟哦！千万别松手哦！"

这男生似乎是第一次和女生聊天一样，激动到脸都红起来了。

见那男生把牵引绳转手了，伏啸终于没忍住，跑过去和他搭讪："请问，这是埃同学让你们遛的吗？"

"是啊！"那名同学开心地回应。

"他想干什么？"

"他说要培养我们的爱心。"

伏啸嘴角抽搐了两下。

"你别露出这么嫌弃的表情啊！"男生突然翻脸，生气地大喊，"狗狗多可爱啊！你感觉不到吗？"

你的脑子坏掉了，你感觉不到吗？啊！你肯定感觉不到，毕竟它坏掉了。

早已跑完三圈的埃就站在终点的打卡机旁，手中牵着两条狗。

那两条狗伏在地上拼命喘着气，埃则面容平静地等待着他的团员们到来。

终于，第一个牵狗的同学跑过来，"嘀"的一声打完卡后，已经累到说不出话，上气不接下气地把牵引绳交到埃手里。

"辛苦了。"埃微笑。

又过了五分钟,第二个牵狗的成员到达,打卡后,他把牵引绳交给埃。

"你真棒。"埃微笑。

等伏啸跑到终点,喘息着打完卡后,看见打卡机旁边的埃已经牵了七条狗。

在他的手中,七条狗非常有纪律地排成一排端坐着,一律吐着舌头哈着气,仿佛受到了统一的操控一样。

伏啸绕过这排狗去拍埃的肩膀:"你这是在训练狗还是在训练人?"

"都有。"埃微笑。

"你就是这么整顿收割团的?"伏啸觉得很好笑。

"嗯,本来计划把这群狗送到安置机构去,现在准备过一阵子再送过去。"埃解释,有点儿答非所问。

过了一会儿,用两只手叉着一条狗的路塞尔到终点了。他生气地把狗丢向埃,"嘀"的一声打完卡,大喊:"这条不行!下次换一条!"

埃把瑟瑟发抖的小白狗轻轻放到地上,笑道:"好的,辛苦了。"

路塞尔见到伏啸也在,气势汹汹地走过去,一脸自豪地揪住伏啸的衣领,大喊:"羡慕吧?狗都是我们的!你们一条都没有!"

"……"你们的脑子也没有了,你知道吗?

长跑结束后,大家去操场上做操。

埃没有参加,而是直接牵着二十七条狗朝食堂走。虽然那值日的老师很想问埃到底在干什么,但看到他被一群狗簇拥在中间,便没过去问了。

埃隐约听到从操场方向传来同学们的惊呼声,似乎发生了什么大事情。

等他把狗都交给食堂阿姨,准备回教室时,正好撞上做操和晨会结束。

同学们都朝他冲过来,把他结结实实地围在人群中间,开始大喊大叫——

"埃同学!老师说你要去参加联赛选拔!"

"另外两个参赛人员你确定了吗?是谁啊?"

"太厉害了!埃同学参加的话!一定没问题的!"

声音的洪流将他淹没。

"埃同学厉害——"

"恭喜——"

埃没有说话,只是微笑着作为回应。但是洪流太汹涌了,他的耳膜开始震颤,脑中发出巨大的"嗡嗡"声。

第十二章
你这是在训练狗还是训练人

"我先走了。"埃笑着点头，用手拨开人群，迅速离开。

一直到了行人稀少的地方，他才终于轻松下来呼出一口气。

这次扛住了，挺容易的，没问题。

他表扬了自己一下。

下午的体育课，明歧坐在台阶上，看着场地内的同学们进行两两搏击。他晒着暖洋洋的太阳，无聊地打了个哈欠。

天气已经开始冷了，太阳晒着不再感到灼热，如今也该开始穿秋装外套了。

远处传来热闹的狗吠声，所有人朝那个方向望过去，看见一大群狗簇拥在一起冲过来，而埃在它们身后拉着所有的牵引绳。

"啊——壮观——"同学们惊叹，全都停止了训练。

体育老师辉之义愤怒地咆哮："埃同学！你逃课我也就睁只眼闭只眼了！但你还牵群狗来捣什么乱？"

"抱歉，路过。"埃牵着这群狗，浩浩荡荡地穿越操场，要抄近路走到另一头的水池边去。

辉之义语塞。就算他再咆哮下去，埃同学也是不会搭理的样子。

埃突然改变了前进路线，带领着一大群狗朝着明歧的方向走过去。

没人知道他是怎么操纵路线的，因为狗群在前面，他在后面，只能是狗群引领着他前进。埃在台阶前停下，所有狗竟然动作一致地蹲坐下来。

"你有空吗，明歧？"埃问坐在上方台阶上的那个人。

"嗯，有空。"明歧点头。辉老师一向让他在体育课上自生自灭，所以他不翘课和翘课的性质也差不多。

"那来帮我个忙，可以吗？"

"好。"明歧起身，从台阶上一阶阶跳下来，"要我帮你牵几只吗？"

"不用，我自己牵比较好，你可能控制不住。"埃微笑。

他们朝着水池边走过去。明歧终于好奇地问出这个问题："请问你是怎么控制住它们的？它们都好守纪律。"

"用兽控眼强行控制住的。"埃望向明歧，眼睛突然变成红色。

"噢。"明歧又被突然吓了一跳。虽然他之前也偶尔看见埃的眼睛变色，但每次看见的时候还是觉得有点儿瘆人。他平静了一下内心后，笑道，"之前我还没明白这个名词应该怎么写，现在觉得大概是'兽类控制'的意思，是吗？"

"是的。"埃点头。

当然这双红色眼睛也经常用来吓人。

到了水池边，埃把所有牵引绳挂在水龙头上，牵出一条狗，打开水龙头，用连接水龙头的水管往狗身上冲水。

狗突然一惊，像是意识到什么一样，开始惊恐地挣扎起来。

"别动。"埃侧过头去与这条狗对视，双眼再次变成红色。

狗的眼中也闪现出红光，随即呆滞地一动不动。

明歧笑起来："原来是要洗澡啊。"

这些狗从出生到现在都没洗过澡，所以第一次洗澡的话，一定很慌乱吧？

毕竟动物不能做到像人一样，智慧到能立刻理解洗澡的意义。

埃掏出了准备好的香皂，问："可以帮我吗？"

"好的。"

一开始还是一条狗一条狗地洗，洗了三条狗之后，埃就放弃了。他直接拿着水管，对着呆坐在一边的狗群直接喷水。安静的狗群瞬间混乱了，全都发出如临死亡般的惨叫。

"控制不住了。"埃无奈地眯起眼。

不适应的狗狗们拼命地抖掉身上的水，水珠迸溅出去，很快打湿了两个人。

埃把水管交给明歧，让他继续，他则拿着肥皂走过去，给每条狗擦肥皂。

明歧突然发现埃今天穿的是拖鞋，真是好样的。

既然他做好了牺牲的准备，那明歧也大胆地疯狂洒水。洒着洒着，他忽然愣了一下，"有彩虹……"

周围满是水雾，傍晚的阳光照过来，在一个小角落里形成了一道袖珍彩虹。

埃起身望过去，调整了一下自己站的角度后，眯起眼轻声回应："嗯。"

"有点儿像你的灵环了。"明歧笑道。

光线很微弱，但还是能用眼睛看到那若隐若现的色泽。似乎只要周围的环境略微有所变化，它就要消失了一样。

水汽减少时，那小彩虹真的逐渐隐去并消失了。

"嗯。"埃也露出笑容。

所有的狗都差不多冲洗干净了，明歧关掉水龙头。

狗狗们感觉到冲洗结束，全部疯狂地抖起毛，让水珠再次向四周飞溅开。它们开始快活地转来转去，享受着被冲洗之后清爽的感觉，那几十根牵引绳很快就纠缠在了一起。

"啊……太多了。"明歧把所有绳子从水龙头上解下来。

"等一下！"埃睁大眼。他现在还没有把所有的狗一起控制住。

这群狗突然朝着四面八方冲了出去。

"松手！"埃大喊。

明歧本想把它们都拽住，但马上就意识到这力量大得超乎他的想象。他连忙松开手，自己却因为惯性向前扑去，眼看着就要摔在地上。埃一挥右手，明歧突然以向前倾斜四十五度的方式，非常不科学地定格在了那里。

这是……空气控制？

他感觉自己胸前仿佛贴着一堵透明的墙，那一定是压缩的空气。

空气控制简直前所未见！

明歧胸前的无形墙面突然消失，他扑到了地上，但已经不会摔伤了。

"啊，对不起……"明歧连忙爬起来对埃说。

埃看着狗四处乱窜，笑着回应："没关系。你手指疼不疼？"

"啊，不疼的。"虽然那个瞬间以为自己的手指要脱臼了，幸好及时放手。

见那些狗狗四处撒欢的样子，他赶紧向操场跑过去，边跑边回头对埃说："我去追回来！"

"嗯。"埃穿着拖鞋，湿淋淋地慢慢向操场走去。

十几条狗在操场上欢快地奔跑着。洗完澡后，它们已经舒爽到控制不住自己了。受惊的女生们发出惨叫，而男生们乐呵呵地去追。

辉之义对跑过来的埃大喊一声："埃同学！你在干什么？"

"抱歉。"他走到操场中央，吹响一声嘹亮的口哨。

飞奔着的十几条狗竟然听从了他的号令，全部朝他狂奔过来。

与此同时，操场四面突然起风，天空中飞过上百只肥硕的山雀，到处都是扇翅的扑棱声。操场上投映出它们斑斑点点的灰影子，不断地闪动跳跃。

埃控制了这些狗后，又吹了一声口哨，有五条狗从很远的地方跑了过来。

而此时，天上飞翔的山雀已经按顺时针的轨迹飞成一个大圆环，其中还夹杂着不同品种的鸟类。它们全部像是没有意识一般，统一听从了一个号令；或者像是全部具有意识一般，去显示出一个即将到来的征兆。

仿佛在进行古老而神秘的仪式，不少羽毛从天空飘落，鸟类发出齐鸣。

操场上的人全都抬着头，望着上空黑压压的一片鸟群。

这感觉像……末世要降临了吗?

"埃同学,你住嘴。"辉之义抬起右手伸向埃,右手已经颤抖。

还有无数只鸟从远方飞来,要加入这场盛大的仪式。场面要控制不住了。

埃停了下来,仰头望着天空,似乎他也是第一次看见这么盛大的光景。

以前只能叫来十几只鸟的。

那些鸟在盘旋了几分钟后才慢悠悠地散去,像是什么都没有发生过一样。

明歧牵着三条狗跑回来了,大喊:"怎么了?"

"没事,不小心把鸟都叫来了。"埃微笑,"还差两条。"

那两条狗还在远处撒欢,跑过来靠近埃之后,又故意撒腿跑开了。

"我可以用一下风咒吗?"埃问辉之义。

"用吧。"辉之义耸肩。反正风咒的威力挺小的。

"好的。"

埃踏了一下右脚。突然"腾"地一下,除了埃与他手中的狗之外,操场上的上百个人和那两条狗全部悬浮到了一米高的半空。

一瞬间,周围安静到可怕。

在人们还没有发出惨叫之际,又全部原状落地。这才响起一阵尖叫。

只有那两条狗被埃锁定,还悬浮在半空,一脸呆愣地扑腾着四只爪子,在意识到它们还没有落地之后都傻了。

"埃同学!"惊魂未定的辉之义咆哮。

风咒里没有悬空这一项!你自创的吗?知道你很厉害!但请不要这么随便地发动超强技能!

埃无视了辉之义的咆哮,走过去安抚那两条吓得瘫软的狗。

集齐所有的狗后,埃心满意足地带着它们往食堂走。

"那个……埃同学啊。"辉之义无奈地叫住他。

"嗯?"埃停下脚步,回头。

辉之义沉下脸,严肃地说:"和音对我说,参赛队伍由我来带队。"

埃静静地看着他,微笑:"这样啊。"带着一脸"随便是谁我都无所谓"的表情,还有一种"竟然还有人带队吗"的茫然。

"我觉得你好像没把我放在眼里。"辉之义黑着脸说。

再这样下去,师生情谊的小桥会断裂的。埃回避了这个话题,却像是承认了自己有点儿无视他,他轻声说道:"我比较想要和音带队。"

"她的职能是镇压小犬学院。信不信她前脚刚走，小犬学院就得被那些人凿出一个坑？"

"嗯……"转移完话题后，埃认真地望向辉之义，点头说，"合作愉快。"

辉之义觉得自己的思路被埃带偏了，就干脆放弃了上一个话题，转而装作漫不经心地问他，"你选好另外两个人了吗？我挺好奇的。"

"选好了。"埃微笑。

"谁？先给我透露一下？"辉之义突然一下子搂住埃的脖子。

"先不透露。"埃眯了一下右眼。

"你小子真是的。"辉之义拍了拍他的肩膀，"你走吧！"

"好的。"埃重新操控着他的狗狗大军离开。

明歧看着埃的背影，刚刚的对话他都听到了。

已经选好了吗？这么快？记得他昨天还在邀请自己啊……

明歧无所谓地吸了一口气。反正不管选谁，都比自己强得多啦。

这时，明歧突然感到后背被重重地拍了一下，他惨叫一声，跳出去两步后，回头看见的是辉老师。

"羡慕吧？那就是天才！"辉之义大声说。

其实埃同学强大到了超乎正常人的范畴，明歧已经不是很羡慕了。

不过他倒是很明显地感觉到辉老师说这话，是因为挺羡慕埃同学的。

明歧随口应了一声。

"你和他关系挺好的，知道他选的是谁吗？"辉之义问。

明歧回应："一个应该是西木娅吧，另一个我也不知道呢。"

"哦，西木娅挺厉害的，有眼光。"辉之义点头，对另一个人更加好奇了。

放学后，埃接到路塞尔的电话，说是要开个会。

等埃到达收割团活动室时，一进门就看见三十一个成员全部坐在那里。

"你们好。"他露出微笑，直接坐在团长的专座上。

虽然气氛很严肃，但埃似乎感觉不到这股危险的气息，只是轻松地半敛眼睛："有什么事，请尽管开口。"

其中一个副团长猛地一拍桌子站起来，阴森森地咧嘴笑着，向前探出身子，用威胁的语气压低声音说："团长大人，你该不会是真的要我们每天去遛狗这种蠢事吧？"

埃面不改色地回应:"我一向是认真的。"

这个副团长愤怒地拍桌大喊:"你知不知道这让我们很没有面子啊?全班都在笑话我们你知道吗?"

"每天坚持,就不好笑了。"埃回应。

"啊?你真的还要我们每天去遛吗?"这一次,桌子被副团长拍出了裂缝。

"我说了,我是认真的。"埃依然很平静,不动声色地看着那个男生。

另一个人强行把这个即将失控的人拉回椅子,比较克制地对埃说:"埃同学,你刚接手收割团,对这里没有任何了解,甚至连感情都还没有,你这样乱来我不服气,你知道吗?"

埃眯起眼:"我知道。但韦登在位时,你们似乎也没有谁真正服过谁。"

"……"对方瞬间语塞,因为这是事实。

埃抬起右腿架在左腿上,双手环抱在胸前,后背靠在椅子上,露出不容辩驳的霸道神色,继续说:"你们难道不是只服最强的人吗?现在我来了,你们不服了是吗?"

"这事关尊严!"一个男生站起来大喊。

"一盘散沙般遭人诟病,难道比一起去做同一件事更有尊严吗?"

"一起做的事就是遛狗吗?你知不知道做这种事很像白痴?"

埃突然睁大眼,双眼变得赤红。所有人被这样的埃吓得一愣。

埃咧开嘴露出恐怖的笑意:"你觉得遛狗很白痴吗?嗯?"

与他对话的那个人突然全身战栗。

这种感觉……像是下一秒就要被这个人杀死的窒息感……

埃释放的灵压扩散到整个房间,众人瞬间感觉到了无形的压力。

没有人再说话。

因为坐在王座上的人,是认为遛狗至高无上的疯子。

而且是实力最强的疯子。

埃的双眼逐渐恢复成黑色,又平静地眯起眼睛露出微笑:"不想遛狗的,现在就可以离开。今后不愿意过来的话,就不用过来了。"

这很明显是在让那几个人退团了。

虽然他们知道会产生矛盾,但没想到矛盾这么快就要解决了。

因为埃直接示意不服从他的人全部出门右转。

这完全超越了凶恶的韦登。换成韦登的话,在互相大骂后,还要加入打

第十二章 你这是在训练狗还是训练人

架这个环节，把人打一顿之后才让他永久退团。

新团长真不愧是文明人。

"我们走！"带头的那个副团长起身离座，随即有九个人也起身离开。

埃没有正眼看他们，只是望着对面的窗外。

看来他们早就商量好了，走出去的队伍都非常整齐。这群人在昨天也没参加庆祝，昨天的庆祝成员多半还是轻凤团的。

在为首的那人即将出门之际，埃平和地微笑着，突然一眼瞥过去："想回来的话，可以随时回来。"

"你等着！"那人大喊。

"我会等你回来的。"埃点头。

那人一愣，更生气地咆哮："你给我等着！"

"好的。"

十个人离开，场内除了埃之外还剩下二十一人。

埃依然保持着微笑，对剩余的人轻声说："你们可以放松一点儿。"

此时的埃与之前红眼的那个完全不同，依然是平日里看似温和的模样。

"我们还是要每天遛狗吗？"一个人问。

"是的，"埃回应，"我回答过了。明天长跑时，请先到食堂来找我集合。"

"但愿这个团不会被你弄到解散。"另一个人有点儿不甘心地嘟囔。

"我会不会把这个团整垮，就看我的心情了。"埃继续微笑，"我的心情是取决于你们的。刚才那种小问题，可影响不了我。"

众人沉默了。

"想打架的来和我私下交流。没问题的话，大家可以随意，散了吧。"埃说。

十几个无所谓的人直接走了，剩下几个一如既往地翻出书包，开始写作业。

埃侧身，左手手臂悠闲地支在椅子上，右手翻着手机，查看一下有没有接收到有意义的消息。

他听到写作业的同学们在小声谈论这件事情——

"我觉得遛狗挺好玩的，我小时候就很想养狗的。"

"啊！毛茸茸的挺可爱的。"

"我觉得女孩子有点儿喜欢我了……"

第十四章
不用担心，我们肯定是最美的

埃翻到邮箱，看到上次执行 B 级任务的汇款已经到了，评价为良好。他再翻到账户余额，确实增加了一点儿，中间还扣除了那笔莫名其妙的赔偿费。在其他时间帮小犬学院做的一些微不足道的小事情，也都有相应的收入明细。

"埃同学。"路塞尔走到他身边，故作随意地说，"我觉得你可能有点儿人格分裂。"

埃漫不经心地回应："我人格还安好。"

"那个……埃同学……"路塞尔终于很认真地问起正事，"参赛的另外两个人选，你确定了吗？"

"确定了。"埃仍然漫不经心地回应。

路塞尔皱起眉头，垂死挣扎般地再探问："还有变动的余地吗？"

"还有的。"

路塞尔沉默两秒，突然拍桌，大声咆哮："埃同学！让我厚脸皮地问一次！我有机会吗？"

埃终于关了手机，认真地望着路塞尔，似乎在赞许他真是个坦诚的好少年。

路塞尔被埃看到脸红。

"抱歉，"埃终于露出他那标志性的温和微笑，"你不是我喜欢的类型。但你是个好人。"

路塞尔脑中响起"嘀"的一声打卡声。他也知道自己百分之九十九会被拒绝，所以并没有产生什么失落的情绪，只是对后面的那句话有点儿异议。

不是喜欢的类型？听着怎么那么……那啥……

他眯起眼，问："你喜欢哪种类型的？"

埃思索了一会儿，忽然将双手伸出，左右手手掌相对，表示出大概不到半米的距离，然后他再将双手互相靠近了一截："腰细的。"

不用担心，我们肯定是最美的

路塞尔眨了两下眼，拍桌咆哮："你真以为是找对象啊！"

埃放下手，发出"嗤"的类似于轻笑的声音，抬眼看着路塞尔，似乎在表明他纯粹是在开玩笑。

路塞尔挥挥手，"好的好的，我放弃了，我走了。"

"慢走。"埃眯起眼睛，忽然想到什么，问："对了，我听说别的社团已经准备完社团文化展示了，收割团……没动静吗？"

因为文化展示之前不能暴露展示内容，否则就达不到惊喜的效果，所以所有社团都在秘密地安排节目，甚至秘密到了让埃没发现任何有关于这件事的痕迹。

直到今天早上他在和西木娅聊天时，听西木娅透露说轻风团的节目已经排演完了，大家都很开心时，才知道这件事。

听说这个活动是在一个月前公布的，那时候埃还没到小犬学院入学，所以他更不可能知道这件事。而这周六就是展出的日子了。

"啊？"路塞尔似乎早已忘了这件事，惊异地回想起来后，无所谓地对埃挥挥手，"这个就算了吧，当时我们根本没有报名。收割团从来就不参加什么文体活动的，厉害吧？"

"抱歉，我看不出哪里厉害了。"埃眯眼。

路塞尔说道："反正没有报名，你也别管了，到时候我们去砸场子就行了。"

埃的眼睛继续眯着，严肃地说道："要报名的话，我能搞定。"

只要他去和和音说一声，和音绝对能准许收割团临时排个节目。

没错，和音就是这么重视他。

"你说，隔壁钢琴社的每年弹钢琴，舞蹈团的每年跳舞，学习社的每年在那儿朗读，小说社的每年在那儿搞笑，我们收割团能干吗？"

埃认真回应："收割成长的果实。"

路塞尔一顿，再摆摆手，内心完全无所谓，反正既没报名也没有时间去准备，"算了吧，我们的文化就是暴力美学，展示不出什么来的。"

埃突然从中抠出了一个字眼："美。"

路塞尔瞥了埃一眼。

埃肯定地点头，重复念了一遍这个字："美。"

路塞尔的内心开始发痒，像是有什么很可怕的毛茸茸的东西在抓挠。

写作业的同学们一直都在听他们两人对话，这时手中的笔都颤抖了起来。

"你不是认真的吧?"路塞尔害怕地后退一步,"你不是真的想参加吧?"

"我一直都是认真的。"埃说,"改变收割团,从身边每件小事做起。所以,请从现在就表现出我们的美。"

路塞尔惊恐地抬起双手:"和'美'有什么关系啊?我们根本就不美!不美的!非常不美!"

埃平静地看着路塞尔,黑色的眼眸中流淌着微弱的笑意,似乎在传达坚定的信念——相信自己,你很美。

写作业的人已经瑟瑟发抖。

"明天放学后在这里开会。"埃起身,对路塞尔下令,"请通知所有人必须到达,让我们谈论一下如何实现大美之美。我先去找和音报个名。"

"喂!"路塞尔咆哮。

埃已经离开了。

第二日长跑时,埃一个人牵了七条狗。

他起跑比较晚,但在跑了半圈后便赶超了很大一部分人,再次成为引人注目的焦点。

"埃同学,狗狗可以给我一条吗?"一个女同学努力赶上他,很殷勤地问。

"可以。"他把一条体形略小的狗分给她。

周围女生们见状,全都拥上来借狗,于是他很快把手上的狗狗们分完了。

此时,突然有一个收割团的成员牵着狗跑过,瞬间靠近埃,以"不知不觉"的状态把手里的狗塞给他,同时在他耳边轻声说"我看见韦登在三教楼的四楼",说完随即跑开。

埃意识到手里莫名其妙地又牵了一条狗。

此时,他已经经过了三教楼。

埃停下脚步,向上望去,看到三教楼的四楼站着一个人影。

确实是没有参加长跑的韦登。

他在周一时被埃痛击到回家休养了三天,到了今天早上才回来。

两人目光对视。

韦登严肃的脸上突然露出凌厉的笑意,仿佛完全没有因为遭到了打击而丧失自信。

埃也露出温和的笑意作为回应。

第十四章 不用担心,我们肯定是最美的

傍晚放学时,收割团剩余的所有人在活动室集中。此时,埃还没有到达。

"我们真的要参加活动吗?"一个人不安地问。

"而且他还说要展示什么'美'。"另一个人也充满不安。

"路塞尔,你觉得他是认真的吗?"

路塞尔想了想,说,"我只觉得他下定决心做事时,像个疯子。"

活动室被一股紧张的氛围笼罩着。

收割团一向以不受欢迎著称,从来没有参加过任何集体活动。

安静地过了五分钟,埃还是没有来。

"我们要么先聊聊什么叫作美吧?"一个同学提议。

"行啊,你先聊。"

"喂!这么抽象的话题我要怎么开头啊……"

在众人轻声讨论时,路塞尔给埃打了个电话。

埃表示:"我马上就到,有事要耽搁一下。"

"好。"路塞尔并没有多想就挂断电话。

而此时的埃抬眼望向对面的韦登。

以及韦登身边那十个昨天退出收割团的同学。

这十个人已经集体围攻埃失败,全都充满惧色地盯着埃。

他此时站在二楼的楼梯口,正准备朝三楼走。

"你给我过来!"韦登站在二楼的中央平台上,对他大喊。

他合上手机翻盖,走向了二楼的平台。

金色的光线从窗户外投射进来,洒在地面上扬起一层炫光。

一切都很明亮。

面对埃的无所畏惧,韦登不得不夸奖一句:"呵,有勇气!"

埃露出微笑,也夸奖他:"你也很勇敢。"

韦登没有动,而埃继续朝他们走过去,似乎真的打算要动手解决他们。

"我喜欢有勇气的人。"埃轻声开口,"一切直来直往,不用考虑那么多。"

他的脑中浮现出明歧的模样。

时间很短暂啊,时间会自己消失的,明歧。

"但是勇气过多也不太好。"他再呢喃。

不过勇气太少也是不行的啊。

韦登大喊一声,十一个人一起朝他冲过来。

他敏捷地避开攻击，抽出腰间的短刀依次挡下袭来的冷兵器。

用极速在这群人中穿梭，他一路反击如入无人之境，任何启动的图阵都被他踏碎，所有咒法攻击全部被他挡在防御屏障之外。

他是一个完美的人！

韦登调动起全身的灵力，五米宽的白色大灵环展现，全力发动一击后，终于用斧头劈碎埃的防御层。

"我不信。"韦登拖着斧头朝埃走过去，嘴里呢喃道，"我不信真的有这么强的人……"

埃面色平静地站在中央。他的身形在落日的金光中挺拔修长，手中的短刀反射出金色的光芒。

而韦登正处于极度绝望之中。

埃看着他，半敛眼眸，流露出怜悯的神色，轻声说："抱歉。"

"啊？你要抱歉什么？"韦登狰狞地笑着，猛地将斧头朝埃身上砸去。

埃轻松地跳离原地，向后退了两米。

巨斧砸在地面，地表碎裂。

"抱歉，我无法向别人解释，我确实是无法被超越的人。"

而且这种强大不是靠后天努力获得的，是先天就拥有，之后还有无知的命运一次又一次把特殊的际遇强行加给他。

韦登再次抢起巨斧，朝着埃劈去："我不信——"

"我也……"埃想说"我也希望自己能够成为普通人"，但他最终还是没有说出口。

他抿起嘴。

"怎么了？只会躲吗？"韦登又一斧抢下去。

埃再后退。

最终他落地之时，他的脚下突然出现一个原本隐藏着的图阵。

他已经退到墙角，那个图阵也被隐藏在了墙角。

他的全身都不能再动弹。

韦登扛起巨斧，缓缓地向他走近，重新露出狂妄的笑脸："怎么样？你不是很厉害吗？继续跑啊！"

埃没有说话。

图阵是蓝色的，他的全身都被细小的蓝色丝线缠绕着。

不用担心，我们肯定是最美的

这种复合型的大型图阵一般无法由普通人轻易制作出来，只能去特殊的商店以高价购买。被这种效果极强的图阵控制，即使是他也无法轻易突破束缚。

他一动不动，连挣扎的尝试都没有，因为他一下子就看透了这图阵的性质而放弃了抵抗。

这种平静让韦登的内心重新燃烧起怒火。

"为什么不害怕？"韦登抢起巨斧，作势要往埃的头上劈下去。

"你想杀死我吗？"埃轻声问。

"……"韦登握紧斧头，斧刃停留在埃的头顶。

为了一点儿小事，你就动了杀戮之心吗？

面无表情的埃，却让韦登觉得他脸上充满嘲讽。

"为什么？"韦登将斧头劈在地上，猛地一拳挥在埃的左脸上。

一声闷响，埃的脸侧向右边，左脸立刻发红，缓慢地肿起来。

"你为什么是这种表情？"韦登又挥出一拳揍在他的左脸上。

埃将头侧过来，平静地看着韦登，轻声说："我只让你打这两次，请你现在就住手。"

我的脑中早就已经出现无数种方法可以反击你，但请你不要让我动用超越常人的手段。

"你求我啊！"韦登再次挥起拳头。

埃的双眼突然变成红色。

恐惧感瞬间弥漫韦登全身，他愣了一下。

上次就是在埃出现了这双赤红的眼睛后，他的性格突然大变，力量骤增，将他打到不趴下不罢休。

"我不想肯定地告诉你，我永远是你无法超越的存在。"

如果可以，我不想让其他人知道这种荒谬的事。

埃闭上右眼，左眼睁大，虹膜的红色迅速扩展到整个眼球。

他的左眼眼眶之内全部充满红色的光芒。

像是瞬间成为来自地域的恶魔。

韦登全身颤抖着，急促地呼吸，嘶声大喊："我不信——"

"召唤。"埃睁着红色的左眼，念出两个字。

韦登身后的地面上出现了一个一米宽的召唤阵，图阵中央爆开红色的光芒。

其余人发出惊呼声。

韦登没有转身，而是将拳头再次挥向埃的脸。

一声雄浑的犬吠声响起，一只黄色大狗已经扑在韦登的后背上，张开大嘴狠狠地咬住他的右肩，并且左右摇头撕扯，几乎要把他的这一大块肉给咬下来。

召唤来的是小犬学院内最大的那条狗。

狗的双眼也已经变成红色，与埃的左眼一模一样。

韦登惨叫一声，猛地转身甩开这条狗。

狗落地后迅速迈开四肢，凶狠地咧嘴露出獠牙，喉咙中发出"咔咔咔"的声音。

韦登抡起巨斧，暴怒地大喊："只有这种手段吗？"

竟然只召唤一条狗过来吗？

巨斧劈出一道白刃，朝着黄狗奔腾而去。

埃闭了一下左眼，随即再将左眼睁大。

"嗡"的一声，黄狗的四肢之下又出现了一个红色图阵。

属于埃的灵力不断从图阵中向上涌出，沿着黄狗的四肢向上蔓延。

黄狗眯起眼睛，体形迅速膨大，头颅与四肢变得极为健硕，惨白的獠牙变长并露出嘴外。再被它咬一口，就会瞬间骨骼碎裂。

白刃劈在巨大化的恶犬头颅上，只让它感觉不适地摇了一下头，随即让它露出更加凶恶的神色。

此时的恶犬已经有接近两米高，全身毛发颀长蓬松，像是一头健硕的金狮。在它金色的皮毛上分布着红色的纹路，纹路发出明亮的红光，像是在它身上燃烧起了火焰。

韦登把嘴咧开一条缝，颤抖着吸入一口气。

"啊啊啊啊啊——"他咆哮起来，朝着巨犬冲上去，横向扫出斧头。

"铿"的一声，巨犬用牙咬住斧面，被逼向右移行一米远，但终究用蛮力轻易地抵抗住了！

"你们几个！"韦登对那些一直在围观的人大喊。

五六个还有胆量的人冲上来，帮助韦登一起攻击巨犬。

巨犬虽然力量巨大，但终究无法与人类一样可以灵活地发动咒术攻击，很快就被暂时围困。

韦登抽身冲向埃，嘴里怒不可遏地喘着粗气。

不用担心，我们肯定是最美的

埃才是给巨犬提供灵力来源的人！

想要解决巨犬，必须先要解决掉埃！

总之，就是要解决掉这个人！

韦登挥起右手，将灵力汇聚。

他必须要给这个人致命一击！

他要将所有的尊严百倍要回！

埃平静地闭上左眼又睁开，开口念："人形化。"

"嗡"的一声，灵力冲击再次响彻所有人的脑海。

"去死吧！"韦登的右手砸向埃的胸口。

"吼！"一只巨大的兽爪握拢，从韦登右后方甩来，率先一掌将他向左侧击出。

这一掌用上了全部的力气，力量巨大到直接让韦登飞了出去，撞塌左侧的墙壁并坠落下去。

"呜——"巨犬终于冷静下来，发出绵长的嘶叫。

此时它已经拥有了类似于人类的大概轮廓，凭借健硕的后肢站立起来，成为三米高的兽人。

它头顶的耳朵已经贴到上方天花板，只能拱起后背才不至于撞到天花板。

其他人没敢再做出任何一个动作。

因为这个埃同学，真的不是与他们处在同一个世界的人。

"来吧。"埃微笑，将已经疲乏的左眼闭上。

兽人温顺地站在埃面前，也缓缓地闭上红色的双眼，然后向前倒下去。

埃仰头，迎接这个庞然大物的倾轧。

兽人皮毛上的红色纹路消散，全身散发出金光，体形开始缩小。

与此同时，埃脚下的图阵也蓝光大绽。它在接触到兽人散逸出来的灵力后，开始破碎瓦解。

埃已经能够张开双臂拥抱它。

最终，一条普通的黄狗扑到埃的怀里，被他抱住。

黄狗的精神非常好，因为全程消耗的都是埃的灵力，它没有受到丝毫损伤。它激动地张开嘴吐出舌头，头部不断地往埃的脖子上蹭，似乎想要尽情地感受埃身上的气味。

埃抱着它，就像是抱着一个六七岁的大孩子。

"我也爱你。"埃半敛眼眸,将自己的脸也贴到黄狗的侧脸上。

其余人又默默地看了一出"人犬情深"。他们面面相觑,正准备离开时,却发现已经有一群人从三楼冲了下来。

"埃同学!"路塞尔大喊。

他们这群要开会的人一直以为楼下"乒乒乓乓"的是因为学院又在派人修桌椅,直到他们听到墙面炸裂的巨响后,才确定楼下真的发生了骚乱。

埃同学身体健康地抱着他心爱的大狗,正眯着眼睛站在被破坏的墙边,沐浴在落日的余晖中。

他的黑色头发泛起金光,长长的眼睫毛上也跳跃出金色的碎光。

被染成金色的大狗愉快地歪着头,张着嘴发出"哈哧哈哧"的喘气声。

这个瞬间,他们都安静了。

这是无法用语言来形容的一种宁静。

一种风暴过后,所能感受到的心灵上的安详。

一切都依然那么美。

埃缓缓地睁开眼,眯了一下右眼。使用过度的左眼果然又看不见了,需要一段时间后才能恢复视力。幸好这一次,他很明智地只使用了一只眼睛。

"怎么弄?"路塞尔问。

"随意。"他微笑。

路塞尔看着埃那已经红肿的左脸,又望向那群已经被修理得很惨的十个人,大喊:"再打一顿!"

二十余人冲上去殴打那十个人。

"希望是最后一次。"埃笑着呢喃。

以后还是做个文明又美丽的骑士团吧。

周六那天早晨,收割团的成员们都在校服外套上了亮橙色的无袖小短衫。

穿小短衫倒是很开心,显得他们像威风凛凛的警察,但是小短衫后面印着的五个字就不怎么让人愉快了。

——最美收割团。

好像少了前面两个字,他们就不美了一样。

以及,印上这么羞耻的五个字,是生怕别人不知道这群神经病是收割团的吗?

/第十四章/
不用担心，我们肯定是最美的

"小犬学院的安全与秩序就拜托大家了。"埃站在众人面前，将右手贴在胸口，向众人行礼。

因为昨晚还是讨论不出什么有意义的活动，所以他们最终决定给小犬学院当一天的保安。和音在听到这个消息后很高兴，立刻让总务处给他们发了一批保安执勤时穿的警示服。

埃在拿到警示服后，又拿去复印店往上面印了五个字。这些字在多洗两次后还是可以完全洗掉的，只要在今天洗不掉就行。

于是，不管他们走到哪里，身后总会传来谜一样的笑声。

埃同学，我们把收割团解散了好不好？

埃也穿了警示服，牵着三条威风的大狗，缓缓地在人群中穿梭。

今天的小犬学院是对外开放的，外界的人拥进来，让小犬学院的校园内显得异常热闹。

普通人对"骑士"抱有极大的好奇心，对平日里不准外人进入的"骑士学院"也充满极大的新鲜感。所以今天虽然只是举办一个"社团文化展示"的普通活动，却像变成了盛大的交流会一样，气氛都被外校来的人员们带动得热烈起来了。

花坛那边有一株正盛开的罗歇树，上面开满了粉白色的小碎花。一群外校来的女孩子们激动地在树下打转，并且很努力地去把花枝折下来，当作工艺品举在手里。

埃扯了一下手中的牵引绳，三条狗突然朝着那个方向狂吠起来。

犬吠声将那群女孩子吓了一跳，埃再扯了一下牵引绳，凶恶的大狗们立刻温顺地歪起耳朵摇着尾巴。

他缓缓走过去，微笑着说："树会秃的哦。"

罗歇树已经秃一半了。

"啊……"一个女孩子很不好意思地脸红起来，"因为我们觉得骑士院校里面的花，应该也和外面的不一样……"

"它只是很普通的花而已。"埃温和地解释。

"吃了不能变强吗？泡水喝不能提神吗？吸收它的精华不能满血复活吗？"女孩子们很好奇。

"不能。"埃微笑。

"哦。"女孩子们都有点儿失落。

另一个女孩子小心翼翼地避开狗,跑到埃的身边,问:"你也是骑士吗?"

"是的。"他点头。

"可以给我们表演一套剑术吗?会剑术吗?"女孩子们都围上来。

"只会广播体操。"

"那可以给我们表演一套广播体操吗?"女孩子们越来越激动。

"和你们跳的是同一套。"

"我想看啦!你们骑士跳出来的肯定不一样!"

"一样的。"这个是帝国教育局总部统一规定的。

"那可以和你合照吗?"女孩子举起手机。

"可以的。"埃微笑。

女孩子们争先恐后地挤过来,要和埃一起拍合照。

远处一个在搬道具箱的男同学看到被女生们包围的埃,笑道:"我们骑士在外界真受欢迎啊。"

与他同行的女同学说:"长得好看的人才受欢迎,好吗?"

埃拍完了合照,仍然处于被女孩子们包围的困境中。直到和音一个电话打过来,他才有了理由抽身离开。

"有空吗?来一趟一教楼大厅。"和音说。

"好的。"他朝一教楼大厅走过去,回头对女孩子们说:"请不要伤害小犬学院的环境。"

"好的!"女孩子们激动地答应。

到达一教楼,埃看见和音就站在大厅的中央。

现在到了天气开始转冷的季节,和音还穿着夏季才适合穿的短袖与背带半截裤,双手胳膊和小腿还赤裸着。

即使埃是个身体健壮的人,也觉得若是换成自己穿成这样,根本抵挡不住侵袭而来的寒冷。

小犬学院的学生都已经穿上秋装了。他们的秋装是深绿色的改良小西装,基本模仿了那些贵族院校校服的款式,不过改良得更加接地气,穿起来显得比较日常化,非常适合做大幅度的运动。

"你到底什么时候把这群狗送走?"和音皱眉。

她觉得埃的能力超群,所以一直很纵容他,但再这样纵容下去……埃要

第十〇章
不用担心，我们肯定是最美的

把这群狗供奉成小犬学院的神兽吗？

"再过一阵子就送走了。"埃微笑，终于问出那个问题，"请问，你继续保持这样的穿衣风格，真的不会感到寒冷吗？"

和音愣了一下，反应过来后，左手拍了拍腰部，解释说："我有做保暖工作的。"

埃仔细地看着她腰间缠绕着的深蓝色布条。

以前缠绕三四圈，现在缠绕了六七圈的样子。

"这样啊。"他明白地点头。

"……"和音看着埃很久，还是没有等来她所预料的吐槽，有点儿挫败感地捂头。

大概埃同学真的是个不会吐槽的人。

"怎么了？"埃认真地问。

"没事。你先看一下我旁边这个人。"

"好的。"埃将视线挪向和音右侧的一个男人。

这个男人面貌端正，穿着很正式的黑色西装工作服，很像是刚从公司里跑出来的人。虽然埃对他的样貌没印象，但整体装束还是让他觉得有点儿熟悉，一定在不久之前见过。

对方很有礼貌地微笑，对埃伸出右手："你好，埃，我是沃森。看起来你似乎没有记起来我是谁。"

"你好。"埃与对方握手，突然停顿了一秒，又继续握手，"现在想起来了。"

"我来找你，是想谈谈我表弟的事情。"沃森说。

"嗯，请说。"埃一点儿也不慌乱，虽然他昨天傍晚把韦登从二楼拍到了一楼，导致韦登现在还没有出现。

"具体的我已经和主任聊过了，我觉得我有必要直接来向你道个歉。"沃森笑着，一副很开心的样子，一点儿也看不出来他为表弟心疼过。

"没关系。"埃回应。

"真是抱歉了，希望他没给你造成什么伤害。"沃森继续开心地说，"韦登他昨天和我说，他要直接参军去。我听到这话真是太高兴了，毕竟他都已经二十岁了，参军一定比混学校毕业证更有前途。"

"我也为你感到高兴。"埃点头。

和音把视线瞥到另一处，不打算加入他们之间的谈话。她一直觉得埃的

说话方式很奇怪，或许是她本来就有点儿在意的原因，她现在觉得埃说话真的真的非常奇怪。

"这次我觉得他有一点儿思想上的转变了。"沃森继续说，"虽然我也说不清楚他到底是有什么改变，不过我真的觉得他有点儿不一样了。"

"希望如此。"埃再次点头。

"所以，我还是非常感谢你的，虽然不知道你让他经历了什么。不过能有人让他看到自己的定位，也是好事呢。"

"嗯。"埃点头，最后说，"祝福你们。"

"在我走之前我想再问你一个问题。"沃森看着他。

"请说。"

"你今年几岁了？"

"十六。"

沃森看着他，用怀疑的神色勉强地接受这个现实："是吗……我还以为你的年纪应该比较大了。"

埃眯起眼睛露出微笑。

"那么我走了。"沃森告辞离开。

等他离开后，和音一掌拍在埃的肩头，感慨一声，"感谢你，韦登这个可能十几年都无法因成绩达标而毕业的人终于要走了。"

也算是小犬学院达成了一个成就。

"他的监护人是他的表哥吗？"埃问。

"是的。他的父母以前在军队工作，意外牺牲了。他的家族没有人想理他，这个表哥心肠还不错，会照应他一下。我觉得他应该会讨厌军队才对……现在突然想去参军的话，确实可能是产生了很大的思想变化吧。"

"这我也不清楚了。"埃轻声呢喃。

他无法预知别人未来所要走上的道路。

既然他促成了别人的一些改变，那他就衷心希望这个改变是正确的。

和音换了话题，对埃说："今天外来人员挺多的，保安已经全部出动了，你们收割团也努力一把，别让学院内发生武力冲突，不然很容易伤害到普通的人。"

"好的。"埃点头。

第十四章

不用担心，我们肯定是最美的

社团展示活动分为东西两个区域，分别在两边的体艺馆同时举行。上午是各个社团的表演时间，下午是各个社团之间进行集体的互动游戏。

在醒目的各处公告栏中已经贴满了节目单大海报，上面介绍了各个社团的节目和表演时间。

埃在小犬学院校园内逛了一大圈，觉得目前的校园还在一片其乐融融的氛围之中，不需要做太多的保护工作，于是他准备去看轻风团的歌舞剧表演。

他们表演的节目是经典爱情故事《阿萨伊兰卡战纪》。

这个故事有非常多的版本，不知道他们表演的是哪一版。就算他们不去选择任何一个现成的版本，纯粹自由创作剧情进行演绎也可以，毕竟这个故事的说法实在太多，而每个版本都有着很大的区别，只有几个核心元素是固定不变的，比如魔王、骑士、公主和王子。

似乎只要有这几个元素在，不管故事如何展开，都能成为一版标准的《阿萨伊兰卡战纪》。

他们的演出就在四十五分钟后，如果埃现在就出发前往西区体育馆的话，看完前一个诗歌朗诵《生命之声》，就能立刻看到这个歌舞剧了。

有点儿期待。他一直都很喜欢《阿萨伊兰卡战纪》。

他朝着西区前进。

身后突然有一个并不陌生的声音念出了"最美收割团"五个字。

他没有给出反应，只是牵着狗继续往前走。

"你还是一如既往地引人注目啊，埃。"那个声音再度响起。

他缓缓地回过头去，露出微笑，念出对方的名字："辛萝。"

那是一个年龄接近十八九岁的女生，有着接近一米七的修长身形，身材丰满。她有着栗色的长发，头发柔软地披散着，一双浅绿色的眼睛显示出她是非常珍贵的稀有贵族血统。

她穿着双子学院的秋季校服，校服款式类似于改良的短袍，上衣是深黑色的，上面印有 Gemini 的校名与校徽，下面穿着深蓝色的短裙。

因为大家对各个骑士院校的原名都不太感冒，所以倒还没有小犬学院的学生认出这个女生是双子学院的学生。

埃能记得这个人并说出她的名字，可见他们曾经还有点儿联系。

"我都不知道怎么找你，听说今天 Canis Minor 有活动，会对外开放，就过来看看。"辛萝看着埃。

她的眼中没有什么介怀，倒是有着许久不见的挂念。

"谢谢你的惦记，我很好。"埃亲和地点头。

这样温柔的回应，就像是埃还在双子学院时一样，给人若即若离的感觉。

辛萝缓缓吸入一口气，眼中流露出了悲伤。

埃已经离她越来越远了。

"你与修米利之间发生的事，我和瑞瓦已经知道了。"辛萝调整好自己的情绪，尽量不展露自己的柔软，严肃地对埃说道。

"这样啊。"埃随口应着。

这个时候，瑞瓦从别处的人群中挤出来，看见埃之后连忙挥手："埃！你在这里啊！我刚刚已经把 Canis Minor 逛了一圈了！"

"好久不见，瑞瓦。"埃向对方发出问候。

瑞瓦是个看起来性格很外向的少年，有着一米八的高大身形，剪着短发，穿着 Gemini 的校服与黑色长裤。他直接就提起了之前发生的那件事："修米利的头发是被你剪掉的啊……一开始他还不肯说呢，后来承认是又被你打了一顿。"

埃微笑："你们要来帮他报仇吗？我的头发也很值得剪掉。"

眼前的瑞瓦与辛萝，就是双子学院出征队三人组中的另外两人了。

埃与他们有过一定时间的接触，觉得这两人还比较容易相处。虽然他们之间的情感并没有什么深入，但至少能始终和睦地互相尊重，没有产生过明显的矛盾。

"倒没有报仇这一说，修米利他自己作死，不关我们的事。"瑞瓦笑道，"只是我很好奇你究竟是什么实力。听说释放魔物的人很像你啊？"

又有人提起被遗忘许久的魔物了。

埃平静地微笑，内心也毫无波澜地否定："不是我。"

辛萝认真地开口说："不管怎样，埃，我一直都认为你是非常厉害的人，只是从来都见识不到你真正的实力。在这一阵子发生了一系列事情后，我觉得我的感觉没有错——你是天才一样的人物，埃。"

埃温和地半敛眼眸。

用"天才"这个词来形容他，他已经听到无数次了。

他对这个词一点儿都不敏感。

辛萝提高了音量，几乎是大喊出来一般，继续说："我想要知道你到底

不用担心，我们肯定是最美的

有多强！埃！这种好奇几乎变成了我的愿望！我急切地想要知道！我还想知道——你平时保持着普通的模样，从来不崭露头角，你的内心到底是怎么想的？你又是如何看待我们这群人的？"

埃只是看着她，不作回应。

"好了好了，少说两句，别激动。"瑞瓦笑着拍拍辛萝的肩膀，却直白地对埃说，"没错，我们就是来挑战你的，你只要接受我们的挑战就行了。"

"我不想接受挑战。"埃说。

"迟早需要分出高下的。"瑞瓦从背后抽出了长剑，表明他今日一定要挑战的决心。

"今天在这里不方便。"埃又说。

"我可以隔离空间，这都不是问题，埃。"瑞瓦露出严肃的面孔，"不要寻找拒绝的理由，请把你的同伴叫过来，两个人也好，三个人也好，我和辛萝都要挑战。"

埃从口袋里掏出手机，打开翻盖，但没有拨通电话，只是继续看着他们，轻声问："你们是想在选拔开始之前，提前知道我的实力吗？"

"是的。"瑞瓦说。

他们不相信埃能杀死魔物，割断修米利的头发，甚至改变了理事会的政策，让光明帝国对参赛的三个院校进行重新选拔——没有亲眼见识到埃的实力，他们不会甘心。

这种急切，就像是重新评价他们自己的能力水平一样，让他们根本等不到选拔开始的那一天。

第十五章
他用的应该不是灵力而是超能力

"我把朋友叫过来。"埃点头，终于拨通西木娅的电话，问："娅娅，现在空吗？帮我来打个架。"

"打架？好的！我马上过去！你在哪里？"电话那头的西木娅非常激动。

"我在一教楼与二教楼之间的路上。"

"好的！我马上到！"西木娅应该已经动身了，声音都带上了跑步的节奏。

埃担心地皱眉："你会不会赶不上表演？"

"只要半个小时内打完就没问题！"西木娅很自信。一般打架根本不需要她打半个小时。

埃思索了一下，觉得确实应该打不了半个小时，于是对西木娅说："好的，我先挂断了。"

"别挂！我快到啦！正在找你！"

埃的内心感慨一声"这速度确实有点儿快"，然后补充道："别心急。"

"我看到你啦！你前面那两个人就是要打的对象吗？"

"是的。"埃立刻环顾四周，但是并没有看到西木娅的身影。

手机"嘟"的一声，西木娅挂断了电话。

随后埃感觉到右上方有异物飞来。他刚把头转过去，就看见一块五颜六色的重物猛地撞向瑞瓦。

"噗！"什么都没有察觉到的瑞瓦瞬间被一双红色高跟鞋踹中侧脸，整个人被掀飞出去。

西木娅提着五颜六色的公主裙落地，高跟鞋踏在地上发出"咔嗒"一声脆响。

辛萝刚反应过来是怎么回事，就被西木娅一把揪住衣领，猛地向下拉了小半米。

第十五章
他用的应该不是灵力而是超能力

"走你!"西木娅大喊一声,一甩手就把辛萝也扔了出去。

随即她扭头望向埃,伸出大拇指,露出灿烂的笑脸:"搞定。"

"很棒。"埃也微笑着伸出大拇指。

"喂!"瑞瓦与辛萝挣扎着爬了起来。

这个女孩子就算穿了高跟鞋,看着也还是很娇小,但是爆发力真的很强。

"我们是 Gemini 的参赛者,"因为是被女孩子踹了一脚,所以瑞瓦并没有生气,而是很有礼貌地解释说,"在此挑战 Canis Minor 的参赛者。"

"好啊!来啊!"西木娅一点儿也不在乎他们为什么要来挑战,而是激动地睁大眼,金色的眼睛露出凶光,双手抱拳后按压关节发出"咔啦啦"的声音,咧开嘴露出尖牙,"虽然不知道 Gemini 是哪个学校,但你们这种贵族我一个人就可以打两个!"

埃略微侧过身,轻声对西木娅说:"娅娅,你真漂亮。"

"啊,谢谢。"面目凶恶的西木娅瞬间乖巧地望向埃,还撩起裙子展示了一下,"这条裙子在灯光下还会变三种颜色的!"

"待会儿稍微温柔一点儿,就更可爱了。"埃继续微笑。

"好的,没问题!"西木娅的气势柔和下来,抚了抚蓬松的金色短发后,她周围似乎亮起了无数金光闪闪的小星星,显得她真的如同一位小公主般高贵矜持。

瑞瓦抽出一枚水晶,表示说:"那我要开始隔离空间了。"

"喂——娅娅——"

一个气喘吁吁的少女提着红色的裙子从远处跑来,一路吸引了无数人的目光。

埃愣了一下。

这个人披散着黑色的长发,脸上还化着彩妆,穿着一身红色的长裙,脚底拖着一双拖鞋,跑起来发出"啪嗒啪嗒"的声音。

如果不是他没穿长袜而且腿毛还挺嚣张,所有人都会把他看成是女孩子的。

"这是第三个吗?"瑞瓦用"原来如此"的平静表情点头。

三人队里竟然有两个漂亮的女孩子,不得不说埃真是幸福呢。

埃看着停下来喘气的伪少女,轻声说:"你也很漂亮。"

伪少女缓过气后立刻拽住西木娅的胳膊:"公主大人,王子叫我把你弄

回去。"

"啊呀,你去和王子说一声,我打完架就回去。"西木娅挥了挥手。

瑞瓦的空间水晶启动。

一道半透明的光幕将他们笼罩,形成一个半球形的保护罩。保护罩向外扩散,圈出一个上百平方米大的空间。

圈外经过的人发出惊喜的大喊:"要打架了,要打架了!快来快来!"

很快围过来十几个本院的学生后,外来的普通人也都激动地围过来:"终于可以看到骑士打架了!"

"听说骑士打起架来超厉害的!"

"是的!我一直想看骑士打架!"

随即响起"咔嚓咔嚓"的拍照声。

瑞瓦听到外界的声音,无奈地呢喃:"难道骑士的观赏价值就只有打架吗?"

"都说了这是观赏价值了。"辛萝抽出腰间的长剑。

"喂……喂喂?"莫名其妙被圈在了空间之内的伪少女一脸呆愣的模样。

埃将三条狗的牵引绳交给他,拍拍他的肩,温和地吩咐:"你看着就好,注意安全。"

"你……看出我是谁了吗?"伪少女全身颤抖。

"看出来了,明歧。"埃微笑。

明歧捂头,牵着狗蹲在角落里。

见埃也准备就绪,西木娅迫不及待地对前方两个人说:"好!我们准备好了!"

"好的。"瑞瓦瞬间向前冲出。

西木娅也立刻向前奔跑,张开右手,右手手背上的银色印记发出白光,随即她的手中出现了一柄长戟。

这长戟巨大到让一个体重一百多公斤的男人来抡都不过分。它是标准的戈与矛的结合体,绝对是重量型的大型兵器。

西木娅轻巧地抡起长戟,"铿"的一声劈向瑞瓦的长剑,巨大的灵力波动沿着长戟爆开,竟然直接将瑞瓦向后击出两米。

"太弱了!"西木娅再抡出长戟逼近,迫使瑞瓦不断防御后退。

埃和辛萝都还没有动。

第十五章
他用的应该不是灵力而是超能力

辛萝感觉很不可思议，一方面是这个娇小的女孩子竟然有这么巨大的力气，另一方面是——埃竟然真的让一个女孩子去打头阵！而他只是看着！

瑞瓦在不断的防御与退让中找不出对方连续进攻的破绽，于是只能转而寻求进攻上的突破。他凭借速度上的优势瞬间跑开，随即立刻转变方向，从侧面对西木娅进行攻击。

与此同时辛萝也展开行动，从另一侧对西木娅进行包围。

虽然攻击的是西木娅，但他们却是在间接逼迫埃赶紧出手。

果然，在看到西木娅即将被围困之时，保持观看状态的埃突然冲上去，抽出短刀加入其中，用极快的速度冲至西木娅与瑞瓦之间，一抬手就用短刀刀面抵住了瑞瓦刺来的剑刃！

在瑞瓦惊愕于埃的超快速度之际，埃又已经灵巧地大幅度侧过身，用右侧身躯撞击了西木娅，让西木娅得以避开辛萝的攻击。

埃是以速度取胜的人！

瑞瓦与辛萝立刻对埃的力量下了定义。

一个人就算力量不强，但若拥有了这样惊人的行动速度，也足够成为一个让人束手无策的强者了！

此时的埃已经逼近了辛萝，于是他就近攻击，否则显得他的战斗毫无诚意。

他再次避开辛萝扫来的剑刃，侧身反手，猛地将短刀刀柄敲在长剑那靠近剑柄的一截刃面上。

"嘶！"辛萝倒吸一口气，被震麻的右手暂时失去知觉，长剑竟然很不争气地掉在了地上。

她立刻挥出左手，张开五指后，掌心出现了一个图阵。她将图阵向埃的胸口击出——埃后退，顺势又跳离两米远，一下子又远离了主战场。

瑞瓦与西木娅还在进行力量上的死扛，长剑与长戟不断交锋产生摩擦，发出金属撞击的清脆声响。

辛萝已经清楚了。埃不会主动去展示他的能力，只会在同伴受到威胁时才动手解救，以此来尽可能地隐藏他的实力。

为什么不主动地展现出来？

辛萝冲入瑞瓦与西木娅的纠缠中，强行扛下了西木娅长戟的重量，对瑞瓦大喊："你去对付埃！"

应该让女人对抗女人，男人对抗男人才对！

瑞瓦很想表示这个娇小的女孩子好像比一般的成年男子更为可怕，但眼下容不得他多加评论。他在抽身后立刻收回长剑，双手结印，调动灵力后大喊："地印星！"

埃四周的地面上顿时出现了二十多个明亮的金色小点，小点迅速扩大成半米宽的圆环。埃立刻跳离原地，一个后空翻远离圆环，却在半空中遇到瑞瓦投掷过来的三把刀片。他不得不闪身避开，因此在下落时偏离了原来预计的地方，左脚踏入了一个圆环的边缘。

瞬间，其余所有圆环都迅速朝他移动过去——巨大的爆炸产生，随即烟尘立刻被风驱散，露出埃站在中央的身形。

瑞瓦长驱直入，直接用剑刺向埃的胸口——埃的身形变成水雾消散。

瑞瓦睁大眼。难道对方既用了风咒还用了水咒？

埃已经出现在他的身侧，他立刻挥剑横扫过去，却被埃一掌拍在了右侧后背上。

他被近乎几百斤重的冲击力撞击出去，砸在远处的空间隔离层上。

此时西木娅也处于优势，正连连逼退辛萝。

这时，她的手机突然响起铃声，铃声还伴有"嘀嘀嘀"的特殊音效，这是她特地设置的来电提示，表明打电话过来的人非常受她重视。

她伸出左手示意暂停："等一下，我接个电话。"

就算她不说明，捂着小腹喘息的辛萝也暂时没有力气再去攻击她。

打电话过来的是伏啸，西木娅连忙接听："嗯，王子大人，我在打架呢，打完马上就过来。"

"现在就过来，时间要来不及了。"伏啸说。

"没关系啦，打完再过来肯定来得及！"

"还要提前准备的，现在就过来！"伏啸的语调严肃起来。

"好嘛……"西木娅有点儿委屈，一边往外走，一边问，"侍女也在我这里，要不要带过来？"

"侍女有没有无所谓，你赶紧过来就行。"

"好的。那我先过来！马上就到！"西木娅有点儿歉意地望向埃。

埃微笑着点头，示意她快点儿赶过去，这里不用担心。

于是西木娅跑起来，冲到隔离屏障前，打破屏障后立刻飞奔出去。

瑞瓦与辛萝呆愣地看着空间屏障破碎。

第十五章
他用的应该不是灵力而是超能力

竟然一拳就打破了！

"比我当时还厉害呢。"埃呢喃道。当时自己砸的校门屏障也是这个水平吧？

外侧的惊呼声变得更加嘹亮。

之前有屏障作为隔离，倒是听不清也看不清外面的情况，现在，他们完全暴露在众人的视野之中了。

有三个保安在人群之中维持秩序，示意大家不要靠近，不要大喊大叫，必须文明观赏，不要惊吓到内侧的战斗人员。

里面的四人瞬间觉得自己变成了动物，正在动物园被游客们围观。

瑞瓦退回去与辛萝站在一起，说："那么，请另一位来替补吧。"

远处还蹲着那个牵着狗的少女，那模样让人想到四个字——生无可恋。

埃没有在意明歧，只是说："我一个人就好，没问题。"

那个蹲得不太雅观的红裙少女突然起身，大声说："我也参加！没关系的，埃……"

"同学"两个字还没有说出口，他突然两眼一黑，整个人扑在地上。

被他牵住的三条狗立刻跑出去，冲进人群中消失了。

埃跑过去搀扶他："你还好吗？"

"蹲……蹲太久了……"明歧羞愧地捂脸，"啊……狗又跑掉了……"

瑞瓦无言了两秒后，表示理解地说："一下子脑部供血不足，应该不是大问题。"

"正常人都会有这种情况的。"辛萝也点头。

"狗没有关系，我会叫人去处理，"埃说，"你似乎没有力气。"

明歧向前走了两步，突然又跪了下去，直接跌进了埃的怀里。

他继续捂脸："对……对不起，脚蹲麻了……马……马上就好……"

瑞瓦再次表示很理解地说："休息一下吧，调整调整。"

辛萝终于忍不住呢喃："这种体质放战场上会直接出局的好吗？"

明歧左手捂着脸，右手搭住埃的肩，羞愧地开口说："没事了……我缓过来了，谢谢。"

辛萝觉得对方的声音不太女性化，继而意识到他胸部实在太平，惊愕地开口说："你是……男孩子吧？"

瑞瓦一愣："男孩子吗？"

"知道就好了,别说出来啊!"明歧崩溃地蹲回地上。

"我就说是男孩子吧。"辛萝拍拍瑞瓦的肩。

观众席传来惊呼。

"你想要帮我吗?"埃温和地轻声问。

蹲着的明歧沉默了一会儿,终于缓缓站起来,扯掉假发丢在一边,"虽然帮不上什么……但我觉得,既然我在场,那就不能让你一个人战斗。"

埃望着他,露出感激的神色,明媚地笑道:"谢谢。你真好。"

明歧一愣,连忙解释说:"你先别感谢啊!我肯定会拉后腿的!就算你拒绝我也没关系的!你还是拒绝我比较好!"

"不,我不会拒绝的。"埃继续看着他,眼中似乎充满希望。

"你们能换个时间交流感情吗?"瑞瓦问。

"啊!对不起!耽误你们时间了!"明歧慌张地说。

"开始!"瑞瓦大喊一声,迅速向前冲出。

埃也迅速迎上去,抽出短刀握在右手。

短刀与长剑第一次碰撞,瑞瓦一下子就感觉到——不一样了!

埃的气势与之前不一样了!

之前因为那个娇小的女孩子主战,所以埃几乎是在用一种"无所谓"的敷衍状态在应战,而现在,他主战了!他认真起来了!

莫非是因为……另一个人的战斗力其实不高?

瑞瓦被埃攻击得连连败退,辛萝冲上去想支援,瑞瓦却大喊:"另一个!"

辛萝立刻转而去攻击明歧。

明歧暂且能够敏捷地避开攻击。

他向来不适用兵器,这次也只能让双手出现白色闪电,利用闪电形成攻击。勉强招架了几个回合后,他立刻失去了攻击的优势,转而躲避辛萝的攻击。

辛萝有点儿讶异。怎么会弱成这个样子?像是个刚入门搏斗的新手!

瑞瓦专心地观察埃的反应,立刻就感觉到,埃果然在分神!他时刻在分出注意力观察另一侧的战斗!

这种分心,是在之前与小女孩做同伴时没有的!

因为这一次,他的同伴真是太弱了!

"够没意思的!"辛萝觉得不断让这个人招架并没有意义,决定将他一举击溃。

第十五章
他用的应该不是灵力而是超能力

她略微滞缓一秒，调动全身力量发动最强一击——

"风行道！"

巨大的风刃从她的剑端劈出，形成一道接近两米高的白刃向前碾压过去。

埃突然爆发出强大的灵力，瞬间挡开瑞瓦的攻击，一个飞身踢就把瑞瓦踢出，迅速将右手的短刀猛地向下一划，同样大喊："风行道！"

两道巨大的风刃极速撞击过去，以两倍的速度成功地对另一道风刃进行拦截。

惊慌的明歧来不及躲避，却看到右侧飞来两道风刃，从自己前方水平横扫而过，几乎形成一堵风墙将他保护下来！

观众席发出尖叫，赶紧散开。

埃的风刃在碾碎辛萝的风刃后，径直向观众席奔腾而去。幸好有百米外的同学出手拦截，没让它继续奔腾破坏远处的建筑。

瑞瓦都不知道刚才自己是如何被一脚踹出去的，也不知道埃如何瞬间改变了局势。

只能确定一点儿——埃的实力，确实强到惊人！

辛萝再冲上前。

埃也冲过去，挡在明歧身前，猛地挥刀挡下辛萝的剑。

此时，瑞瓦也出现，作势袭击明歧，埃再次迅速地转身，用左手抽出腰间的匕首，挡下瑞瓦的剑。

被埃护在身后的明歧颤抖着，不知如何是好。

并不是因为害怕而控制不住自己，而是因为这种无能的感觉。

僵持间，瑞瓦忽然对明歧露出微笑："你还真的挺像女孩子的。"

像女孩子一样，只能躲在男人的身后。

"雷咒。"埃轻声念道。

刺眼的雷光从他的短刀与匕首中发出。他猛地侧身，左右手各甩出一条白雷，像舞动的长鞭一样将瑞瓦与辛萝逼退。

"来吧，结束吧。"埃露出微笑，白雷遍布他的全身。

这一次，他主动发起攻击，直接冲向瑞瓦与辛萝，瞬间打破对方的防御，冲入两人中间！

瑞瓦被白光刺痛眼睛，在晃神的瞬间突然被重物击中腹部！

他被掀了出去。本以为能迅速落地后稳住，却不料脚下又被什么东西一绊，

他倾倒下去，随即有刀柄捅在了他的胸口！

雷电爆开，他全身麻木，甚至感觉不到后背撞击在地上的闷痛。地表炸裂，他已经躺在了坑中。

辛萝呆愣地看着。这一切几乎只发生在眨眼之间！

站在瑞瓦身侧的埃突然望向辛萝，老练地提起右手的短刀。

在他即将冲过去的那一刻，辛萝很理智地抬起右手："好吧，我认输。"

如果埃一开始就对他们展现出这个实力，不到五分钟，他们两人就会被就地消灭。

埃迅速将短刀收回腰间的刀鞘。

"好痛……"瑞瓦在地上翻了个身，挣扎着站起来。

"没关系吧？"埃将右手拍在瑞瓦肩上，手掌突然发出白光。

瑞瓦赶紧拍掉埃的手，有些忌讳地后退一步："别帮我治，我没事的。"

被对手击败还被对手治疗，这就说不过去了，毕竟是他们挑战在先。

"对场地的破坏，我会赔偿的，请不要介意我们的鲁莽。"辛萝说。

埃回应："不，请交给我来支付，我才是招待你们的主人。"

"啊，不，这个必须要由我来支付，道义上必须是这样。"

"不可以，你们理应是宾客……"

明歧站在远处，看着埃和辛萝对话。

怎么说呢……长这么大，还是第一次见到打完架还抢着去赔偿的。

这就是传说中的贵族风范吗？

或者，这就是传说中的……贵族都很有钱吗？

"埃！"辛萝突然生气地大喊一声，向埃走过去，一直走到他面前，凶狠地扯住他的衣领，大喊，"我来支付！听到没有！"

埃沉默了两秒，露出微笑，不得不回应："好的，谢谢。"

"真是的。"辛萝高傲地闭了一下眼，呢喃一句后松开手。

"埃，"瑞瓦对他说，"很高兴能够与你较量，不过很遗憾，以我们的实力，无法逼迫你展现全部的能力。"

埃转头望着他。

瑞瓦露出亲切的微笑："我有一种我永远无法超越你的感觉。但我会努力的，希望会有一天，能让你认真地面对我。"

埃笑着眯起眼睛，点头："嗯。"

第十五章
他用的应该不是灵力而是超能力

"那么就此别过吧,我与辛萝再去参观一下 Canis Minor,不打扰你们了。"瑞瓦说。顺便去这个学院的总务处报个到,把赔偿事宜谈一谈。

"请尽情参观。"埃点头。

待两人离开后,一直傻站在那儿的明歧终于有机会对埃说:"那个,我有事……就先走了?"他刚刚看了一下时间,发现现在赶去体艺馆应该还来得及。毕竟他出场比较靠后,迟一点儿出现也没有关系。

虽然他扮演的是可有可无的侍女,但既然已经穿得这么羞耻了,那他一定不能白白羞耻这一回。

埃也查看了一下手机,发现时间确实还有一点儿点富余,于是朝明歧走过去,捡起那顶被丢在地上的假发:"请等等。"

他把假发扣在明歧的头上,调整好长发的位置后,认真地开口说:"我送你过去。"

"啊,不,不用了,我自己跑过去就好。"明歧挥挥手,转过身准备跑。

"我送你。"埃突然冲上去,右手胳膊一把抱住他的腰。

"喂!"明歧发出惨叫。

但他已经被埃轻易地用一只手提了起来夹在腋下,毕竟埃是可以徒手掀翻大蜥蜴的人。

埃迅速向前奔跑,右手腋下像是夹了一只毫无重量的小鸡一样,冲出人群,跳上一棵大树的树干,再纵身越至三米高的路灯顶部,以此为中转平台,飞行到二教楼的二楼阳台。

"喂——"明歧继续惨叫。

他感觉他在飞。这个高度掉下去会断手断脚的啊!

埃提着明歧冲入无人的教室,从课桌上轻盈地奔跑而过,几乎没有在桌面上留下明显的脚印。随即他又跳出教室的窗外,凭借惯性滑行出去五六米,落在花园广场边缘的一座白玉石像头顶。

明歧不喊了。喊已经没有用了,而且他竟然已经有点儿适应这个飞行的节奏了。

埃在这里停顿了一下,突然说:"你的腰真的很细。"夹起来特别顺手。

身子弯成一只大虾的明歧不想说话。

"很快了。"埃再度纵身跃出,跳到花园广场的喷泉边缘,飞快地抄近路穿越林荫小道。

其实慢一点儿也可以的。明歧觉得埃应该是要让他在节目上演之前赶到吧。

很想开口说"慢慢来没关系"，但他怕自己一开口就会吐出来，于是不敢说话。

十余秒后，埃已经提着明歧冲入西侧体艺馆，在工作人员们惊愕的注视下，他穿越员工快速通道，最终把明歧丢到了后台的一把椅子上。

明歧瘫痪，靠在椅子上仰着头，双眼迷离地看着天花板上的灯光。

"竟然赶上了啊。"扮演成王子的伏啸轻声呢喃，他们正准备上场。

明歧继续仰望上空。

"你先休息一下吧。"看明歧这个样子，伏啸也没有让他强行打起精神。反正侍女多一个少一个都无所谓。

"埃同学你打完了呀！怎么样？"西木娅蹬着高跟鞋跑过来，一蹦一跳的，充满了活力。她在经过了第二轮打扮之后，变得比之前更漂亮了一些。

"赢了。"埃回应。

"那就好！"西木娅随手把明歧歪掉的假发理了理，然后跟着伏啸跑出去，回过头对埃挥挥手，"我要上场啦！来看我哦！"

"好的。"埃微笑。

一半的人员上台去了，埃望向明歧，轻声问："你不在第一幕吗？"

"我在第四幕。"明歧轻声回应。他在颓废完之后，神情有点儿恍惚，仿佛陷入了非常深邃的思考之中。

"抱歉，吓到你了吗？"埃有点儿担心。

"啊！不，不是……"明歧调整了一下坐姿，很勉强地打起精神，然后对埃露出微笑，"只是觉得很不好意思，没有帮上你的忙。"

埃回应："不要在意这些。只要你愿意帮助我，我就很开心。"

"啊……"明歧不知应该摆出什么表情，只好将视线挪开望向别处，不愿意再注视埃的眼睛。

"我去观众席看看。"埃说，抬起右手对明歧挥了挥。

"……嗯。"

埃离开。明歧再次望着明亮的天花板，轻轻哼唱起歌舞剧的一句歌词：

秘密的绯色坠入大海里，

枕边的思念葬在时间里，

第十五章
他用的应该不是灵力而是超能力

刀与风割碎了无处停息,

剑与雪遗忘了不知言语。

所有的音乐与音效都已经事先录制好,他们只要跟着声音动一动嘴巴就好。他听过很多遍音乐,倒是第一次把这一段哼出来。

哼了这一段之后,他突然感觉很寂寞,就没有继续哼下去了。

他一直都觉得寂寞没什么,这种寂寞本来就是属于他的。

但就是突然想对什么人感慨出来,好寂寞。

就像有什么沉重的物体一直挂在他心脏的边缘。这一次,这个重物突然击打了他一下,让他的心想要轻声说一声"有点儿疼"。

第三幕结束后,一个打扮成精灵模样的女生赶紧跑下台,对着三个扮演成侍女的男同学挥手:"来!来!"

包括明歧在内的三个男同学沿着通道走到舞台边,陪着公主一起前往魔王的城堡。

魔王穿着一件非常夸张的黑色舞服,仿佛生怕别人认不出他就是与众不同的大魔王一样。他在沉重的音乐中迈出夸张又奇特的舞步,在舞台的另一侧旋转、跳跃,唱出声音低沉又嘶哑的歌:

"来呀——我的公主啊——让我们——前往另一个世界吧——"

侍女们将公主护送到魔王面前,与魔王一起旋转跳跃,然后摘掉长发、抽出宝剑,对魔王唱道:

"骑士啊——骑士啊——骑士护送公主来这里——要将魔王赶出去——回去吧——回去吧——回到另一个世界里——让光明重回大地——"

魔王被三位骑士包围,他们忽而簇拥在一起旋转,随即又分开来跳跃。骑士穿的红色长裙如蝴蝶展翅,魔王衣服上的黑色流苏散开,象征一场凶恶的战斗即将开场。

"我要让这个世界从此见不到光明——"

"光明之神啊——请听到我们的祈求——让和平降临这人世间——"

骑士们被魔王杀死,魔王意图统治人间。

公主跪下来祈求:"魔王啊——我的王啊——请带我离开这个世界——请不要伤害这世间的生灵——"

埃坐在观众席的最后几排中,听到本校的学生在轻声感慨:"场面确实挺漂亮的,就是歌舞剧这个形式有点儿傻傻的。"

"艺术的表现形式确实是夸张了一点儿,但感染力还不错啦。"

而外校来的一群女生们始终惊讶地睁大眼睛:"好厉害!跳舞好厉害!"

"真不愧是骑士!连跳舞的基本功都有!"

"又跳起来了!那个——中间那个最好看!腰最细的那个!"

埃平静地看着。

手机铃声突然响起,他立刻起身离开,一边朝出口走,一边翻开翻盖,看到是一名收割团成员打来的电话。

"埃同学!来田径场的三号入口帮忙!"

"好的。"他立刻朝那个方向奔跑过去。

闹事者是一群外校来的少年。这群人似乎非常好奇骑士究竟有什么本事,就在小犬学院的开放日这一天进来挑衅。本校的学生们在忍耐了一会儿后终于动手,双方厮打在了一起。

为了彰显骑士的人文精神,本校学生没有使用任何灵力,只用体力互搏,让战斗重新回归最原始的粗犷状态。

面对这种打群架的场面,除非劝解的人也去暴力地加入团战,彻底压垮那肇事的一方,否则是无法凭口舌来解决的。

埃一边冲向那一片被围观的地方,一边冷静地与和音打电话说明情况,让她立刻过来处理。挂断电话后,他拨开人群冲进去,猛地抬起手,一股强大的气浪从地面升腾而起,打群架的三十多人全部悬浮到了两米高的上空。

尖叫声四起,距离埃过近的几名围观群众也在上空挣扎。

"放我下来!"一个惊慌失措的女孩子惊叫。

埃用右手支撑悬浮,左手朝那几个无辜的群众一指。被他指中的那四个人随着他左手的运动轨迹,缓缓地降落到地面。

"感觉怎么样?"那几个群众刚落地,就被一群人团团围住,急切地询问他们反重力、反科学的感受。

"其实挺好玩的……感觉很神奇……"那个女孩子解释,内心竟然想着还是不要被放下来比较好。

没有升空的群众们羡慕地说:"啊,我也好想体验一次!"

一个外校的学生对本校的学生发出感慨:"你们骑士真的好厉害!"

那位同学很冷静地说:"不,他已经超出骑士的范围了,他用的应该是

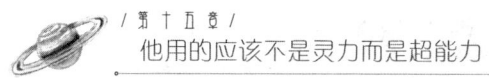

第十五章
他用的应该不是灵力而是超能力

超能力。"

被埃架空的那些人无法再打架，只能不断对埃发出喊叫。

埃在托举十余秒后便无法再支撑，右手颤抖起来。最终，他将右手握拳，三十几个人全部以自然速度下坠。

惨叫声一片。从两米高的空中摔下来对骑士倒是无妨，他们都能凭借经验调整好姿势，以最稳当的方式落地，最大限度地减少伤害，而外校来的那群人就没有这么幸运，他们几乎全部倒在地上打滚。

"站着的人请先撤离。"埃对着本校的学生招招手。

因为埃的强大有目共睹，所以多数小犬学院的学生都不敢违背埃的命令，参与纠纷的本校学生全部离场。

埃再次抬起右手，念道："水咒，化形。"

一小圈水浪把那群外来的人员包围。水浪突然凝固成冰并且向上生长，像是有十几株藤蔓纠缠盘绕在一起，一直到了顶部汇合——形成了一个冰制的囚笼。

"艺术！"女生们纷纷拿出手机拍照。

连本校的学生也拿出了手机拍照。从没见过有人能把水咒掌控到化形这最种地步。

埃转身对身边的保安说："我先走了，马上会有人来处理的。"

在他准备离开时，却被四五十个外校的游客包围。

"好厉害！可以和你合照吗？"

"可以要你的签名吗？签在我衣服上就好！"

"请问你的电话号码是多少？邮箱也可以，请告诉我！"

"我可以拔一根你的头发带走吗？"

埃的耳膜嗡嗡作响。在人群的推搡中，他感觉全身都如同被蚂蚁啃噬般难受。他眯着眼睛，勉强地露出微笑，轻声说："请让一下。"

站在人群外的一个同学对另一个同学说："埃同学变成明星了呢。"

"我们要不要去救他啊？"

"看这阵势感觉是没救了。"

埃闭上眼，调整一下自己有些急促的呼吸，面色有些苍白地轻声说："请离开这里。"

没有人在意他的言语，所有人都想离他更近一点儿，争取与他合照的机会。

他突然感觉到自己的头皮产生了一丝刺痛。

竟……竟然真的有人在拔他头发做留念……

他猛地睁开眼睛。

腾地一下，周围十米内的所有人悬空了半米。

以他为中心似乎散发出了微风，他周围的人全部缓缓地向后飘了出去，给他腾出了宽阔的空间。

被强制悬空的游客们发出欢呼："太棒了！"

"感觉进入外太空了！"

"当骑士果然好刺激！"

后勤组的人终于赶到，和音站在远处，郁闷地开口问他："埃同学，你在干什么呢？"

"我需要去冷静一下。"埃走出人群，身后所有人缓缓落地。

和音眯起眼："你有超能力吗？"

埃也眯起眼，开口却是说："请保护我。"

"等一下——"那群落地的游客再度冲向埃。

"喂！"后勤组赶紧组成人墙，挡下拥来的大部队。

和音在分神了一下后，发现埃已经迅速逃离了。

"你怎么不去当明星啊？"她呢喃。

埃一路跑回西区体艺馆。此时《阿萨伊兰卡战纪》已经落幕，伏啸换下了演出服，正在侧门的门口和其余人一起搬道具。

见到埃出现，伏啸放下手里的道具，笑着和他打招呼："没有看我们的节目吗？"

"看了一半。"埃也露出微笑，"没有赶上结束。"

"嗯，圆满落幕了。"伏啸朝他走过来，然后伸手，把他头上一缕翘起来的头发压下去，轻声呢喃，"怎么感觉你孓毛了……"

埃晃了一下头，凌乱的长头发略微显得柔顺了一点儿。

"你喜欢我们的节目吗？"伏啸笑着问道。

"是的，我经常看不同的版本。"埃点头。

伏啸重新扛起道具，埃也帮他扛了一部分，帮他一起送到仓库去。

"你看过几个版本呢？"伏啸随口说，"我啊，为了编排这一版，看了

第十五章
他用的应该不是灵力而是超能力

七个版本的录像,都要看吐了。"

埃回忆了一下,轻声呢喃:"一百三十九个。"

伏啸突然盯着他。

"不对。"埃突然反应过来,改口说,"我自己看过的,应该有三十一个。"

伏啸继续盯着他。

埃突然转移了话题,轻声问:"你们这个版本的剧情走向是怎样的呢?公主与王子在一起了吗?"

大多数版本的《阿萨伊兰卡战纪》的结局,都是以王子迎娶公主告终。不过也有少部分的版本,为了创新,王子没有迎娶公主,而是双方平和地各回各家了。

"唔,一开始是勉强在一起了。王子打败魔王,迎娶了公主。"伏啸说,"但是后来王子与公主的婚姻并不美满,因为王子和公主几乎是闪婚,结了婚以后才发现双方不合适,经常闹矛盾。"

埃惊奇地盯着伏啸。

伏啸继续说:"后来王子有了新的情人,意识到他终于遇到了自己最爱的人。公主知情后非常伤心,大闹一场后与王子离婚,自己去寻找属于自己的幸福。"

埃继续惊奇地盯着伏啸。

"公主离开了王子之后,意识到她最爱的男人其实是骑士,而骑士早就已经牺牲了。公主越来越伤心,终于在一个风雨交加的晚上,因为悲痛而离世,灵魂成为一只白鸟飞走了。"

埃抿起嘴。

伏啸得意地看着埃的这个表情:"你似乎很想说点什么?"

因为这么一个不靠谱的版本是他编排的,能够让埃露出这样的神色,他心满意足。

如果埃当时看完让观众惨叫连连的后半场,他会更加开心的。

第十六章
队伍中有一个正常人在真是太好了

"嗯……"埃将眼睛瞥向别处。

"没关系,想说什么就说吧。"

"我说不出来。"明明确实很想说些什么,但他就是一时想不到任何合适的语言。

"那真是太可惜了。"伏啸点头。

埃又抿起嘴,显得很委屈。

不知为何,伏啸心里简直要笑得颤抖起来。

他强忍住自己的笑意,拍拍埃的肩膀,转换话题:"我们聊点儿别的,你那支队伍的另外两个人选,听说已经定好了?"

"嗯。"埃依然是这么回应。

"一个是娅娅,我知道。另一个是谁?"伏啸压低声音,把头侧向埃,微妙地眨了一下左眼。

"暂时不想透露。"埃微笑。

伏啸又往埃身边靠过去一点儿,像是说悄悄话那样:"你就没考虑过来邀请我,是吗?"

"没考虑。"埃点头。在这种事情上,他一向很耿直。

"完全没有考虑过我?一点儿点都没有?"

"完全没有。"

"你还真的不考虑啊。"伏啸将身子缩回去,无所谓地耸起肩膀,感叹道,"虽然就算你来邀请我,我也应该不会答应,但你完全没想到我这个人……这也太不够意思了吧?"

"抱歉,我从不考虑那么多。"埃很平和地解释。

伏啸在进行了话题的预热后,终于深吸一口气,像是做了什么决定一样,

第十六章
队伍中有一个正常人在真是太好了

收敛了笑意，认真地轻声说："我在想，你该不会真的……在等明歧那个家伙吧？"

埃突然睁大眼，黑色的眼眸望向伏啸。他略微转过身，肩上扛着的那块板子几乎要打到伏啸的后脑。

虽然没有说话，但他这反应已经说明了一切。

"还真是啊。"伏啸再深吸一口气，竟然没有继续往下说。

这显然就是在逼着埃提问。

于是埃在沉默了片刻之后，终于不得不开口询问，却有点儿不情愿地眯起眼睛："你怎么知道的？"

"就是感觉啊……"此时的伏啸对他的感觉充满自信，笑着对埃说道，"虽然你这个人给人的感觉挺神秘的，但你的人际关系似乎……非常简单啊。"

埃沉默地眯眼笑着，等着伏啸继续说下去。

"稍微留意了一下你，我就感觉到，你在小犬学院里似乎只认识很少的人而已。之前德利安对我们开玩笑说，你连自己班里的大部分人都记不清楚。"讲到这里，伏啸忽然想要测试一下，便试探着问，"德利安，你还记得德利安是谁吗？"

"名字很耳熟，但确切是谁就记不住了。"埃回应。

"你对人的敏感程度还真是低到可怕。"伏啸感觉很不可思议地眯起眼。

"请继续说。"埃点头。

"所以，你的人际交流其实很少，朋友也不多，而队友的话，是非朋友不可。而你的朋友，我觉得我都能数出来是哪几个。"

"嗯。"埃笑着点头，算是承认了。

虽然埃的反应很平静，但伏啸竟突然觉得有点儿感伤。

回想起明歧当时说"他有点儿内向的"，大概就是指他的人际交往能力不行吧。这样说来，在极度热闹的场合会紧张到昏倒那种事情，似乎也更好理解了。

"我觉得你……"他本来想脱口而出"挺可怜的"，但想了一下，还是没有说出来，只是拍了拍他的肩，改口说，"啊，没什么，明歧那边我会去关注一下。"

"谢谢，但请不要勉强。"埃缓缓睁开眼睛。

将道具搬回仓库后，伏啸去找明歧。

在演出结束后,明歧就直接离开了,前往几乎没有人出没的二教楼。

他觉得很难受,他想要一个人待一会儿。

表演时的那段舞蹈,他跳得格外起劲,让另外两个扮演侍女的男生都很讶异。

他以为自己更投入一点儿,就能摆脱那种痛苦的想法了。

虽然他也确实淡忘了那么一下,但当表演结束后,巨大的疲惫感涌上来,那种压抑的感觉却更加汹涌地席卷过来。

仿佛在他的力气被掏空之际,一下子就被它填满了。

他双眼泛红,喉咙似乎肿起来了一般干涩。他终于闭上眼,咳嗽起来。

怎么这么糟糕?

明知道自己帮不上忙,一定会拖后腿,为什么还要去啊?

自己一开始就应该离开的。

不要管什么友谊,不要管什么本分,像他这样的角色,就应该远远地站到一边去,不要给周围的人带来麻烦最好。

虽然埃同学很和善,但他究竟是怎样看待自己的呢?

在他眼里,自己是不是真的像个柔弱的女孩子一样?他是宽容着自己,还是怜悯着自己呢?

手机铃声响起。

明歧打开翻盖,看到是伏啸的来电。

他深吸一口气调整情绪,又缓了五六秒才接听电话,努力用平静的声音轻声问:"喂?"

"你现在在哪里?我有事找你。"

"我在二教楼……"他的声音已经带了哭腔,他在意识到之后赶紧说,"待会儿我来找你好吗?我现在不太方便……"

伏啸似乎察觉到了他语调的不正常,故意用漫不经心的口气问道:"你还好吗?"

"我挺好的,没事。"他连忙笑起来,但突然就感觉到温热的眼泪流了下来。

怎么可能没事啊!快点儿来个人安慰自己啊!

但并没有人能安慰他,他也绝对不希望来安慰自己的人是伏啸。

一边希望着有人能安慰自己,一边又不愿意将自己的内心暴露给别人。

第十六章
队伍中有一个正常人在真是太好了

因为连他自己都知道,这种无能与弱小,是无法得到安慰的。就像是得了绝症,没有治疗方法的。

他坐在无人的教室里,趴在最角落的那个位置,轻声抽噎着。

"那我就进来了。"电话里的伏啸说。

明歧猛地抬头,发现伏啸已经出现在教室的前门。

伏啸挂断电话,明歧耳边的手机响起一串忙音。

他一下子伏在了桌子上,不让伏啸看到自己的面孔。不一会儿,脚步声在他身边响起,他感觉到伏啸已经靠近。

然后他的头顶被伏啸的手掌按住。

明歧连大气都不敢出,生怕自己"呜"的一声突然哭出来。

不过伏啸倒是没有询问他目前的状态,只是问:"埃同学应该邀请过你参加联赛吧?"

"嗯。"明歧鼻子里发出一声轻哼。他有点儿不明白伏啸怎么会突然跳到这个话题。

"你拒绝了?"

"嗯。"他再次发出一声轻哼。

"怎么像个女孩子一样。"伏啸揉揉他的头发,把他棕色的短发搅乱。

"你别管我了。"明歧终于略微抬起头,让双眼从臂弯中露出来。

我这德行已经没救了。

伏啸依然低头看着他,但将右手收了回来。他将双手环抱在胸前,就这样居高临下地俯视着明歧。

"嗯……"明歧把头转向另一侧去,不敢再看伏啸。

他觉得伏啸的气压有点儿低,似乎自己的不争气招惹到了他。

"你还真是毫无长进啊。"伏啸说。

这声音从明歧头顶上方传来,听起来有些缥缈。

"唔……"他应一声,算是默认了。

"你真的没有参加联赛的兴趣?你真的想永远生活在这里的底层吗?"伏啸问。

明歧突然回过头来看着伏啸,不明白他为什么要说起这个话题。

"你回答我。"伏啸看着他。

"想又怎么样?那根本就不是我可以奢望的事情。"明歧感觉到自己的

内心发出悲鸣，竟然还带有一种难以描述的愤怒。

这种愤怒不知道是从何而来，也不知道该发泄到何处去。

感觉就像……这愤怒也不应该属于他。

"连奢望都没有的话，那真是太可悲了。"伏啸的眼睛眯起来一点儿，眼中充满戏谑的笑意。

而明歧并没有被他的语言所刺激。

因为这样的语言，他早就可以接受，并且认定这样的自己就是真实的自己。

"嗯。"他平静地应了一声，再将眼眸瞥到别处，轻声说，"对自己，我已经无所谓了。只是会担心，自己会不会影响到别人，给别人带来麻烦。你应该感受不到吧？这种不想给别人添麻烦的心情。"

"确实感受不到。"伏啸面无表情地回应，"所以这就是你拒绝埃同学的原因吗？"

"嗯，是吧。"

"你只会考虑别人的感受吗？"

"自己的感受已经不重要了。"

"你觉得别人的感受比自己的感受更重要吗？"

"是吧……"他呢喃，内心在说：是的。

"你心里，其实是想要跟随埃同学离开这里的吧？"

他不说话。

虽然自己的内心确实是这样，但他不想向伏啸承认。

伏啸深吸一口气再缓缓呼出，环抱的双手解开，右手叉腰，似乎嫌自己站着太累，继续说，"虽然不知道别人是怎么想，但我觉得，多数正常的人，应该会更加重视自己的感受吧？啊，应该说在两者不太融洽的时候，还是会多考虑自己的意愿吧？"

明歧对这个话题的反应很迟钝，他似乎不太想去思考这个问题。

伏啸此时的话语对他来说像是个艰难的考验，他必须要很努力才能熬过去。

见明歧的反应不大，伏啸转而说，"埃同学还是想让你参加的，他想等你。"

听到这句话，明歧突然有了明显的情绪波动，全身的肌肉都收缩了一下。

"不会的。"他呢喃。

埃同学只邀请了自己一次，之后就再也没有提起过了。

"他应该也不想让你苦恼，所以没有强求你吧。"伏啸说，"不过，这

第十六章
队伍中有一个正常人在真是太好了

一点儿我倒是很理解。要是换成我，我也不会强求什么人的。"

明歧觉得心里很难受。

"这种事情，如果一而再、再而三地来邀请你，而你每次都很苦恼地拒绝，那你把自己当成什么人了？难道你愿意加入，对我而言是恩惠吗？你同意了，我会感激你吗？这并不是关乎我的问题，而是关乎你的问题。

"没有人会来求你的。你想要加入，就看你自己愿不愿意，机会都是要自己去抓住的。至于添麻烦什么的，那是他该考虑的事情。对你而言，你的眼前只有机会，没有麻烦。"

伏啸后退一步，无奈地抬起右手，搭住自己的右侧太阳穴，突然变了语气，用抱怨的腔调轻声说："好累啊，忽然觉得你好烦啊。"

我基本什么都没说，好吗？

"想不起我要说什么了。我走了，你怎么想都随便你，关我什么事……"伏啸很干脆地转身离开。

"……"你这是自己都没法把这么麻烦的逻辑绕下去了吗？

明歧目送伏啸离开，然后平静地看着空旷的教室。

自己眼前的东西，只有这个机会而已。给别人添的麻烦，那都不是属于自己的。

属于自己的，只有这个机会。

而自己内心的愿望则是——我想要。

明歧的四肢冰凉，双手轻微地颤抖着。

什么时候去找埃同学表白呢？什么时间比较合适呢？

啊，就现在吧。

不要再等了。

自己不做点儿什么的话，事情是永远不会有转机的。

自己是可以去改变的，哪怕只改变了一点儿点也好。

他奔跑着离开教室，打开手机拨打埃的电话。

"你好。"埃对明歧进行象征性的问候，就像他习惯性问候其余所有人一样。

"埃同学，你在哪里？我想找你。"明歧说。

"我在一教楼楼顶。"

"我现在就过来。"他挂断电话,跑到隔壁的一教楼,爬上五楼的楼梯前往天台。

埃同学为什么要在楼顶呢?可能因为今天小犬学院的地面上太过喧闹了吧?

他气喘吁吁地到了天台,一抬眼就看见埃坐在栏杆上。

埃的身体在栏杆之外,背对着明歧,黑色的长发被风吹拂得向后飞扬。只要重心稍微向前,他就会立刻掉下去。他逆着风,身上还套着保安才穿的警示服,背后印着"最美收割团"五个字。

"埃同学。"明歧轻声叫他。

摇晃的风吹拂着他,他的棕色短发也凌乱地向后飞起来。

这时候是不是先谈点儿别的话题比较好?

但他此时大脑一片空白,像是一切思绪都随风而去了。

"嗯?"埃回过头,温和地望着他。

他张开口,大声说:"我想参加联赛,可以吗?"

"可以的。"埃眯起眼睛露出微笑。

没有任何的迟疑,就像埃早就准备要说出这句话一样。

明歧露出微笑,说:"谢谢!你真是个好人!"

"第一次听见有人说我是个好人。"埃保持着微笑。

"因为一般人都不这么说话。"明歧走过去,靠在栏杆边,对他伸出右手。

埃也伸出左手,轻轻地贴在他的手掌上,算作击掌了。

"我把娅娅也叫过来。"埃从口袋里摸出手机。

明歧轻声问:"你一直在等我吗?"

埃看着手机里的号码,思索两秒后按下呼叫键,轻声呢喃:"不清楚。"

大概是在等待吧。如果等不到的话,就直接把他的名字报上去,强行让他参加就好了。

"方便来一教楼楼顶吗?我们见个面。"埃对西木娅说。

"好的!"西木娅很欢快地答应了。

十分钟后,西木娅风风火火地跑到顶楼,到达目的地后先停下来缓两口气。

"你可以慢一点儿过来。"埃微笑。

"没关系啦,我就喜欢快一点儿。"西木娅对埃笑道,在发现明歧的存在后,有点儿惊讶地眨了眨眼睛,"明歧你也在哦?"

第十八章 队伍中有一个正常人在真是太好了

——本来还迫不及待地想要和埃一对一交流的。

"嗯。"明歧感觉到西木娅突然有那么一点儿小失望,于是很尴尬地笑着耸起肩膀。

埃介绍说:"明歧与我们一起参加联赛。"

西木娅的笑容消失了,面无表情地盯着明歧。

明歧全身寒毛都竖了起来。果……果然自己的存在会让别人觉得……

"这样啊。"西木娅突然吐出了这三个字,打断了明歧的悲观思绪。

他愣了一下,好像西木娅并不介意的样子?

西木娅思索了一下,用无所谓的表情挥挥手:"还是有点儿意外啦。那我们就一起好好干。"

"啊。"明歧发出一个语气词,然后点头,"嗯。"

西木娅在平常的时候,对待那些长得不够好看的男生,语气一直都是这么随便的。所以明歧觉得,此时她的态度还是很正常的。

他又转头望向埃。

埃已经回转身子,面朝里侧坐在栏杆上,略微仰着头。风从他身后逆向吹拂而来,让他的头发向前飞扬出去。

他半眯着眼,没有明显的表情,却是一副很放松、很满足的模样。

这一瞬间,明歧突然感觉到了一种他从没感到过的感受——真正的强者的感受。

这些强大的人,其实是不会在意同伴有多弱小的。他们的目光是永远向前展望的,即思考如何让自己变得更强。

同伴很弱小,那就保护同伴好了。

他们是不会歧视弱小的同伴的,因为同伴一旦拖了后腿,那不是同伴的错,而是他们还不够强。

他们不会责怪同伴的。

应该说,他们根本就不会在乎同伴的实力。

"那就祝愿我们的旅程能够开心吧。"明歧笑道。

"嗯嗯。"西木娅点头。

此时,明歧已经完全释然了。

能够拥有这个机会,真是太好了。

"娅娅,你上次送的东西,我还没吃。"埃抬起右手,启动空间戒指的

次元空间，把西木娅之前送的那盒巧克力取出来。

西木娅欢快地跳了一下，笑道："那现在就吃吧，我们正好三个人呢。"

"嗯，我也觉得。"埃打开盒子，里面正好是三块心形的巧克力。

他们一人拿了一块。

西木娅高举着她的那块巧克力，大喊："为我们的友谊！干杯！"

明歧为了配合她，也举起他的那一块，大喊："干！"

然后他眼睁睁地看着西木娅把她手里那块巧克力塞进了埃的嘴里。

埃愣了一下，含住了西木娅的巧克力，把自己手里的那块塞到了明歧嘴里。

明歧含着埃的巧克力，把手里的那块伸给西木娅。

西木娅一脸嫌弃地把头向后缩了缩，不让明歧直接把东西摁进她嘴里。

"你吃嘛，流程是这样的。"明歧含含糊糊地说。

西木娅只能眯起眼，用牙齿叼住了巧克力。

吃完点心，感觉像是完成了一个仪式。从此，他们就是必须要互相信任的同伴了。

"接下来去和音那里报个到吧。"埃说。

"好！"西木娅激动地举起双手。只要是埃的提议，她都非常急切地想要去完成。

"嗯。"明歧点头。他觉得自己去面对主任应该会有点儿恐惧，但他此时并没有不安的感觉。

是不是自己内心的什么信念，真的发生了变化呢？

而信念这种无法捉摸的东西，他又无法真切地体会到。

当他们走入办公室的时候，和音正百无聊赖地翻看一堆文件。

虽然她顶着的是教导主任的头衔，但实际上她是除了院长之外，掌控整个小犬学院运行的最重要的人。院长是在暗地掌控，很少露面，而她是在明面上掌控，所有人都默认她是小犬学院的总负责人。

所以她的工资高到离谱也是正常的。

她注意到进来的是三个人后，就意识到是怎么回事了。把椅子转过去面对他们，她微笑着说："队伍到齐了啊。"

"是的。"埃回应。

和音将右手手指指向埃，再缓缓指向另外两人，试图凭借自己的记忆来

第十六章
队伍中有一个正常人在真是太好了

叫出他们的名字:"埃同学、西木娅,这个的话……我再想一下,我能想起来的。"

刚想把自己名字告诉她的明歧不得不选择沉默。

"哦,明歧。"和音想起来了。

明歧点头,刚想回应说"是的",却见和音又把手指挪走,指向西木娅:"西木娅的话,挺好的,我对你的能力很有信心,埃同学很有眼光。"和音评论说。

"嗯!我们会好好合作的!"西木娅开心地点头。

和音也致以微笑,将手指重新指向明歧。

明歧眨了两下眼睛,咽了一口唾沫。

"明歧的话……"和音拉长了音,似乎正在回忆明歧在日常生活中的表现,然后发出谜一样的音调,"嗯……"

很明显她很想说些什么,但话到了嘴边又似乎被什么神秘的力量给遏制住了。

明歧尴尬地看着她。

你想吐槽什么就快点儿吐出来吧!不要这样迟疑啊!这样让人更加难堪了啊!

和音把头转向旁边的墙壁,面无表情地对着墙壁说:"还行吧,埃同学的眼光很独到。"

"独到"这个词好像有别的什么意思吧?

明歧终于开口说:"你直接说出来也没有关系的。"

和音把头转回来,很认真地看着明歧:"我想了一下,队伍中有你在的话,真是太好了。请你努力把小犬学院出征队的整体实力拉低,让我们的队伍与别人的队伍能力一致,这样,我们的队伍看起来会正常一点儿。"

"你可能想多了。"明歧呢喃,转过头看埃的反应。

埃似乎对此没有反应,像是默认了这个理论一样。

而西木娅闭上眼,很随便地点点头,觉得和音这话十分有道理。

和音跳过了这个片段,进行下一个话题:"那么,从你们三人中选一个主角出来,就是那种比较有代表性的,能够代表小犬学院形象的——"

虽然是在询问意见,但和音的眼睛一直看着明歧。

明歧望向埃,发现埃也看着自己,又望向西木娅,西木娅同样看着自己。

他沉默两秒，崩溃地开口："等……等一下，这种气氛是怎么回事？是我吗？怎么感觉默认是我啊？"

"就你吧，"和音说，"一眼看过去，就你显得最正常。"

"我觉得应该让埃同学来代表吧？"明歧戳了一下埃的腰，对和音说，"不管怎样他都是最强的人哪……"

"我觉得他这人的脑子不太正常。"和音直白地对明歧开口，完全没有去考虑埃听到这话的感受。

埃眯眼笑着，完全没有反驳和音。

"那么埃同学怎么想呢？"明歧问埃。

埃回应："我只想打联赛而已，其余的一概不感兴趣。"

明歧立刻放弃了埃，转而对西木娅说："娅娅，你愿意当形象代言人吗？"

西木娅露出一如既往的嫌弃表情，拉低声线幽幽地说："竟然让我这个女孩子来代言吗？你还是不是男人哦？"

明歧选择了闭嘴。

"那就拜托你了，明歧。"和音说，"到时候就靠你来统筹了，只要你的人际交流能力是正常的，那就没问题。"

西木娅的性格其实是很任性的，而埃同学虽然看起来脾气很好，但总归会给人一种怪怪的感觉。

总之，不得不说，明歧真是一个很普通的正常人。

有一个正常人存在，真是太幸运了。

"好，我会努力的。"明歧点头。

"嗯。"和音也点头，然后说明，"联赛选拔将在三天后开始，选拔出三个院校。报名的一共是四个学院，除小犬学院之外，还有双子学院、巨蟹学院和狮子学院。"

三人沉默。

一片寂静中，明歧终于忍不住惊恐地说："等一下，只有四个学院吗？也就是说，人家好端端的三个贵族院校摆在那里，只有我们小犬学院要去踹他们一脚，是吗？"

"是的，别的普通院校连报名的胆量都没有。"和音点头。

"啊，不……重点是，在这种情况下，我们是不是太招摇了？我们会不会太嚣张了？"

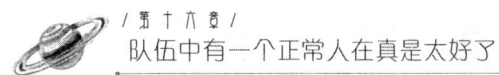

队伍中有一个正常人在真是太好了

和音左手托腮，无所谓地轻声说："我只在乎明年的招生情况。你们要是能打出点成绩来，小犬学院就可以提高招生门槛了。"

埃抬起右手搭在明歧的肩膀上，很负责地说道："我们可以把他们全部消灭。"

明歧沉默了。

"我没有别的什么事可以告诉你们了，你们随意吧。"和音挥挥手。

在离开办公室的那一刻，明歧再次朝埃看过去。

埃望着远处，浓黑的眼眸映不出任何色彩，却像是广阔的宇宙，容纳了整片天空。

这样一个人真实地存在于这个世界。

他周围的一切，似乎都成了梦境。

特别篇
小犬学院
以后没有犬

"我们养猫吧。"

轻风团的例会结束后，伏啸突然说了这么一句话。

刚准备离开座位的众人又安静地端坐了下来。

他们都明白伏啸为什么会提出这么奇怪的建议，因为最近收割团的人气似乎……太高了。

而人气这么高的原因，很可能真的是因为……他们手里有狗！而且是一群狗！

萌萌的狗！可爱的狗！会撒娇的狗！

于是原本根本不受欢迎的收割团，竟然吸纳了不少女性粉丝，那群收割团的成员也因此而变得阳光帅气了。

女生给男生带来的影响，真的是无穷的。

而如今，伏啸感觉到轻风团的地位即将滑坡。

因为轻风团的人气那么高，一直都是靠着女生们的支持；而女生们会支持轻风团，全靠他们的帅气。

但现在他们的帅气完全没用了，显然毛茸茸的宠物更能够获得女生们的欢心。

"啊……猫……"一位男生想到这种生物后，忽然脸红，整颗心都荡漾了。

"猫好可爱的！"一位女同学欢呼，"我们养猫好了！"

"没错！猫比狗可爱多了！"另一位男生大喊。

"养猫！"大家欢呼。

伏啸没想到大家都这么喜欢猫——啊不，是危机意识都这么强。

"外面野猫很多，我们抓几只过来养吧。"有人提议说。

"好啊好啊！我看见街上的那只小黄好可爱的！"

番外篇
小犬学院以后没有犬

"我们要养几十只！让整个小犬学院沉沦在猫的海洋里！"

伏啸看着大家兴奋地规划小犬学院的未来蓝图，甚至详细规划了什么时候把"小犬学院"的校名改成"小猫学院"。

其实他不怎么喜欢动物，但是看到大家这么激动的样子，他觉得自己有必要忍耐一下。

其实他也不怎么喜欢收割团的团长——埃同学。

虽然并不是讨厌，但他总归就是喜欢不起来。埃同学给他的感觉一直很奇怪，这种奇怪的感觉让他和埃同学相处的时候，总觉得有什么东西很瘆人。

尤其是埃同学笑起来的时候，他会隐约觉得这个人虽然有着人类的外貌，但表面之下并不像是正常的人类。

大概是有点儿害怕力量深不可测的埃同学吧。

不过也许到了某一刻，他会喜欢上毛茸茸的动物，也会了解埃同学究竟是什么人，继而喜欢上埃同学吧。

轻风团的成员们花了两天时间去抓野猫，但是一只都没有抓到。

抓野猫这种任务似乎超越了骑士的能力范围，不管他们如何追赶，在各个地方上蹿下跳，还是连猫尾巴都揪不住。

猫真是一种神奇的生物。

"别伤心，我们会有猫的。"明歧安慰伏啸。

"养仓鼠吧。"伏啸眯起眼睛，快要自暴自弃了。

"其实我想告诉你的是……埃同学今天已经把那群狗送到安置机构去了。据说那群狗会做绝育手术，然后等待领养。"明歧说，"小犬学院以后没有狗了。"

"啊，是吗？"伏啸突然想到，他们马上就要离开小犬学院，去外校进行联赛选拔了。

如果一切顺利的话，埃同学要离开小犬学院两年的时间。

而两年之后，如果埃同学在别的学院完成了一定量的课程，那么回到小犬学院之后，他就会直接从小犬学院的中学部毕业。

而小犬学院是没有大学部的。

这样一想，埃同学似乎与小犬学院……擦肩而过啊。

他没有感慨什么，只是对明歧说："那么收割团团长的位子呢？他会交给别人吗？"

"嗯，让路塞尔来当团长了。"明歧点头。

"哦。"伏啸回忆了一下,今天在长跑时看见过路塞尔,那家伙确实一脸开心的样子。

感觉轻风团和收割团的微妙感情会结束,重新回到最开始的僵持状态。

不过韦登那个万年留级的家伙不在了的话,轻风团与收割团的关系没准能好一点儿吧,毕竟路塞尔那个家伙也比较好打交道。

"那么,祝福你。"伏啸对明歧微笑,"你很幸运。"

"嗯,我也觉得。"明歧点头。

那之后,明歧搬了家,退掉了出租房,把自己的行李重新搬到小犬学院的宿舍来,和埃同学住了同一间寝室。

他把那个天鹅工艺品擦干净,摆在了桌子上。

"这个你也带过来了吗?"埃呢喃。

"嗯,本来已经忘了有这个东西存在,但是扫地的时候突然看见了它,我就想起了那个小精灵。"明歧看着这个缺了一只眼睛的工艺品。

同时也想起了已经被他遗忘,当时根本就没有在意的约定。

《决战星座学院》第二册精彩预告

"新鲜出炉"的小犬学院出征队向着星座学院联合举办的联赛进击,却参与到了四个学院的激烈角逐中。而在这种异常混乱的时刻,小犬学院出征队的核心人物埃同学竟然从这个世界上消失了!埃同学,你是去称霸"隔壁世界"了吗?

不管埃到底经历了什么,明歧他们可是面临着更加危险的局面——狮子学院封印的魔使现身了!埃因受到了魔使的干扰十分气恼,他在找魔使算账时却跟明歧和西木娅一起被卷入了异时空。异时空的经历让埃忽然对自己的责任有了新的认知,而明歧和西木娅也因此知道了被某些人隐瞒的魔使的秘密……

新的挑战,尽在《决战星座学院》第二册!

意林精品图书推荐

《雪鹰领主1》
简介：我吃西红柿全新力作！少年骑士惊世崛起，铸就为人类荣誉而战的英雄传说！
定价：29.80元

《禁域①墓地神婴》
简介：皇者重现世间，只为触底反击，再创传奇！踏破乾坤纵横时空，禁域绝密即将揭晓！
定价：28.80元

《禁域②宗门斗者》
简介：扶桑谷内迷雾重重，时间长河、神秘女子……时空彼端，究竟有着怎样的秘密？
定价：28.80元

《风之守望者》（①、②）
简介：一个关于青春和魔法的故事，一些关于崩坏与爆笑的校园日常，一次爱的救赎。
定价：24.80元/册

《我不成仙 一 断尘绝念》
简介：不想成仙却毅然修仙，她见愁只想有朝一日对那人说："纵你成仙，亦不可逃！"
定价：28.80元

《我不成仙 二 杀红小界》
简介：血衣作战袍，刻骨为利刃。她的通天坦途，便是他的穷途末路！
定价：28.80元

《我不成仙 三 流星赶月》
简介：敏锐与直觉，无一欠缺，缜密与果决，兼而有之。力敌群雄者，舍她其谁！
定价：28.80元

《我不成仙 四 鏖战空海》
简介：为成大道，葬痴情、斩尘缘者有之，可若寻仙问道是这般模样，她宁愿永不成仙！
定价：28.80元

《符神传说①斩焰少年行》
简介：接通元灵异界，交易、对战、派单……现实与虚拟之间，体味什么叫酣畅淋漓。
定价：28.80元

《符神传说②东川起风云》
简介：逆转鬼煞岭、入蛮荒探迷城，跨越空间界限，开启度奇幻热血征程！
定价：28.80元

《符神传说③刀芒惊天下》
简介：巧出黑狱筑识海，烈焱龙雀惊天下。勇探天符浩土，领略异闻传奇！
定价：28.80元

《符神传说④地下悬赏令》
简介：识妖族斗南洲，符驱四方显奇谋。游历异界空间，探索奥妙人生！
定价：28.80元

《倾世萌狐1》
简介：避难避到了王爷家，竟然有去无回？冷酷王爷"情仇"憨萌灵狐，甜宠升级，深情不改！
定价：29.80元

《倾世萌狐2》
简介：心悦君兮，矢志不渝！当一切线索都指向了天界，他们真的要"天人永隔"？
定价：29.80元

《我的画风不太对①》
简介：当外星玩家遇到地球萌妹，爆笑爱情悬疑大戏惊喜上演！
定价：29.80元

《我的画风不太对②》
简介：一不小心成了外星玩家的目标对象！千回百转的拼图游戏，谁是最终赢家？
定价：29.80元

《仙萌奇缘①》
简介：迷糊弟子"约架"冷傲少主，无厘头话本奇袭玄天剑宗，非正经仙侠大戏反转上演！
定价：29.80元

《仙萌奇缘②》
简介：大战一触即发，"仙门叛徒"云悠与"魔族卧底"白潮携手，为天下苍生而战。
定价：29.80元

《灵犀1》
简介：龙族、赏金猎人、千年火龟……山海异兽玄奇登场，谱写一个暖心温情的历险传奇！
定价：29.80元

《浮玉仙魔》
简介：跨越六界的情仇离合，仙家养成，爆笑开演！看一代魔尊，如何揽翻浮玉仙山！
定价：29.80元

意林精品图书推荐

《那个神秘的宣愉小姐》
简介：心理分析小说，一次亲情伤痛造成的人格分裂，一场治愈并守护爱情的计划……
定价：32.80元

《对方正在输入中》
简介：你是否能从他涨红的脸颊看到他比阿尔卑斯山还强大的内心，让他的病只为你发作。
定价：29.80元

《你是年少的欢喜，喜欢的少年是你》
简介：古风作家吞玉打造都市清风之作，告诉你，如何学着去爱一个人。
定价：29.80元

《余生请对我好一点》
简介：时光回望，今日的纠葛，竟好似还了往日的债。
定价：32.80元

《比心》
简介：暗恋被冷酷拒绝，离开却突然收到女孩的短信，只有一行字，却让他笑了……
定价：32.80元

《从此晚安我自己》
简介：95后作家何家豪青春成人礼童话，将16个故事，说给长成大人的你！
定价：29.80元

《我不愿让一个人走过青春的荒芜》
简介：写给你深情的告白书，15篇故事，有作者的亲身经历，也有勾勒的世间温暖。
定价：29.80元

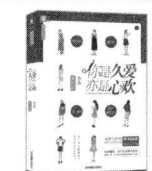
《你是久爱，亦是心欢》
简介：青春与梦想，爱和守护的故事，孤冷少女与霸道阔少相爱相杀深情开演。
定价：32.80元

《胭脂将》
简介：魔幻江湖的纷乱，胭脂女将的传奇！
定价：32.80元

《一两江湖之望星记》
简介：古风作家一两打造全新江湖，一醉江湖三十春，尽在《望星记》！
定价：29.80元

《一两江湖之琵琶误》
简介：家仇国恨，爱上不该爱的敌国先锋，如何面对这生死纠缠的爱情？
定价：29.80元

《月光蒲苇①·夜阑时》
简介：阴谋、友情、爱情，上古四神的恩怨，今生能否化解？
定价：32.80元

《世界的另一个你》
简介：18岁少女的奇幻冒险，唯美魔幻的童话世界，寻找世界的另一个你！
定价：32.80元

《绯色黎明》
简介：人类并不孤单，在黑暗种族的环伺下，被掩盖的真相等着你去探寻。
定价：29.80元

《这一杯，我敬的是年少无知》
简介：悬疑作家何慕精心打造的都市心理悬疑成长小说集。
定价：32.80元

《我的人生无须证明给你看》
简介：是选择梦想，还是安于现状？马叛用这些故事告诉你答案。
定价：32.80元

多味之恋
简介：七彩青春，多味之恋，寻找身边错过的小美好。
定价：29.80元/册

十八而志
简介：十八岁之前的远大志向，决定了十八岁之后的梦想人生。
定价：29.80元/册

深夜暖心
简介：青春絮语，灯下最好的陪伴，马叛、张芸欣、冷亦蓝深夜暖心之作。
定价：29.80元/册

初心讲义
简介：初心故事讲给你听，拥有一个又一个的小温暖。
定价：29.80元/册